Destinados a Voar

Indigo Bloome

HIMMEL

2014, Editora Fundamento Educacional Ltda.
Reimpresso em 2014.

Editor e edição de texto: Editora Fundamento
Editoração eletrônica: Bella Ventura Eventos Ltda. (Lorena do Rocio Mariotto)
CTP e impressão: Centro de Estudos Vida e Consciência e Edit. Ltda.
Tradução: Capelo Traduções e Versões Ltda. (Neuza Maria Simões Capelo)

Himmel é um selo da Editora Fundamento
Copyright © Indigo Partners Pty Limited 2013
Capa: Jane Waterhouse, HarperCollins Design Studio
Fotografia de capa: John Paul Urizar

Publicado originalmente em inglês em Sydney, Austrália, por HarperCollins Publishers Australia Pty Limited em 2013. Esta edição em português é publicada conforme contrato com HarperCollins Publishers Australia Pty Limited.

O direito de Indigo Bloome de ser identificada como autora desta obra foi assegurado.

Todos os direitos reservados. Nenhuma parte deste livro pode ser arquivada, reproduzida ou transmitida em qualquer forma ou por qualquer meio, seja eletrônico ou mecânico, incluindo fotocópia e gravação de backup, sem permissão escrita do proprietário dos direitos.

Dados Internacionais de Catalogação na Publicação (CIP)
(Sindicato Nacional dos Editores de Livros, RJ)

B615d   Bloome, Indigo
        Destinados a voar / Indigo Bloome ; tradução Neuza Maria Simões Capelo ; [versão brasileira da editora] – 1. ed. – São Paulo, SP : Editora Fundamento Educacional Ltda., 2014.

        Tradução de: Destined to fly

        1. Ficção australiana. I. Capelo, Neuza Maria Simões. II. Título. III. Série.

14-08958   CDD: 828.99343
                                        CDU: 821.111(94)-3

Índice para catálogo sistemático:
1. Ficção: Literatura australiana em inglês 823

Fundação Biblioteca Nacional

Depósito legal na Biblioteca Nacional, conforme Decreto nº 1.825, de dezembro de 1907.
Todos os direitos reservados no Brasil por Editora Fundamento Educacional Ltda.

Impresso no Brasil

Telefone: (41) 3015 9700
E-mail: info@editorafundamento.com.br
Site: www.editorafundamento.com.br

Este livro foi impresso em papel pólen soft 80 g/m² e a capa em papel-cartão 250 g/m².

Para Roberto,
obrigada por estar ao meu lado a cada passo desta jornada e de tantas outras.

Para Nix,
*que nos deixou cedo demais,
com muito amor.
Tenho certeza de que, esteja onde estiver,
você voa alto...*

O sistema límbico é um complexo conjunto de redes e nervos no cérebro que sustenta várias funções, inclusive emoções, comportamento, motivação e formação da memória. Seu funcionamento ainda não foi revelado completamente, embora pareça ser o principal responsável pela vida emocional, regulando sentimentos tais como medo e prazer. O sistema límbico atua sobre os sistemas endócrino e nervoso, além de estar fortemente interconectado ao centro de prazer do cérebro, o qual desempenha um importante papel no desejo sexual.

Prefácio

Alguma vez já sentiu como se as mãos do universo pegassem você e lançassem em um ambiente sem ligação alguma com a sua essência? De alguma forma, a vida me levou a um lugar no qual jamais imaginei estar, até porque não sabia que existia.

Tudo começou com um fim de semana que me despertou a sexualidade e ativou alguma coisa, no fundo da minha alma. Desde então, sinto-me arrastada por um tornado psicológico e sexual, contra o qual não possuo defesas. Ignoro quais serão os resultados dos recentes acontecimentos. Só espero que aqueles a quem amo continuem ao meu lado.

Se soubesse então o que sei agora, teria eu escolhido este caminho? Ou será que nunca houve alternativa, e o caminho é que me escolheu?

De qualquer maneira, o que aconteceu no passado aconteceu, o presente é o que é, e o futuro será o que tiver de ser. Posso tão somente desejar e esperar que, de um modo ou de outro, eu esteja destinada a voar.

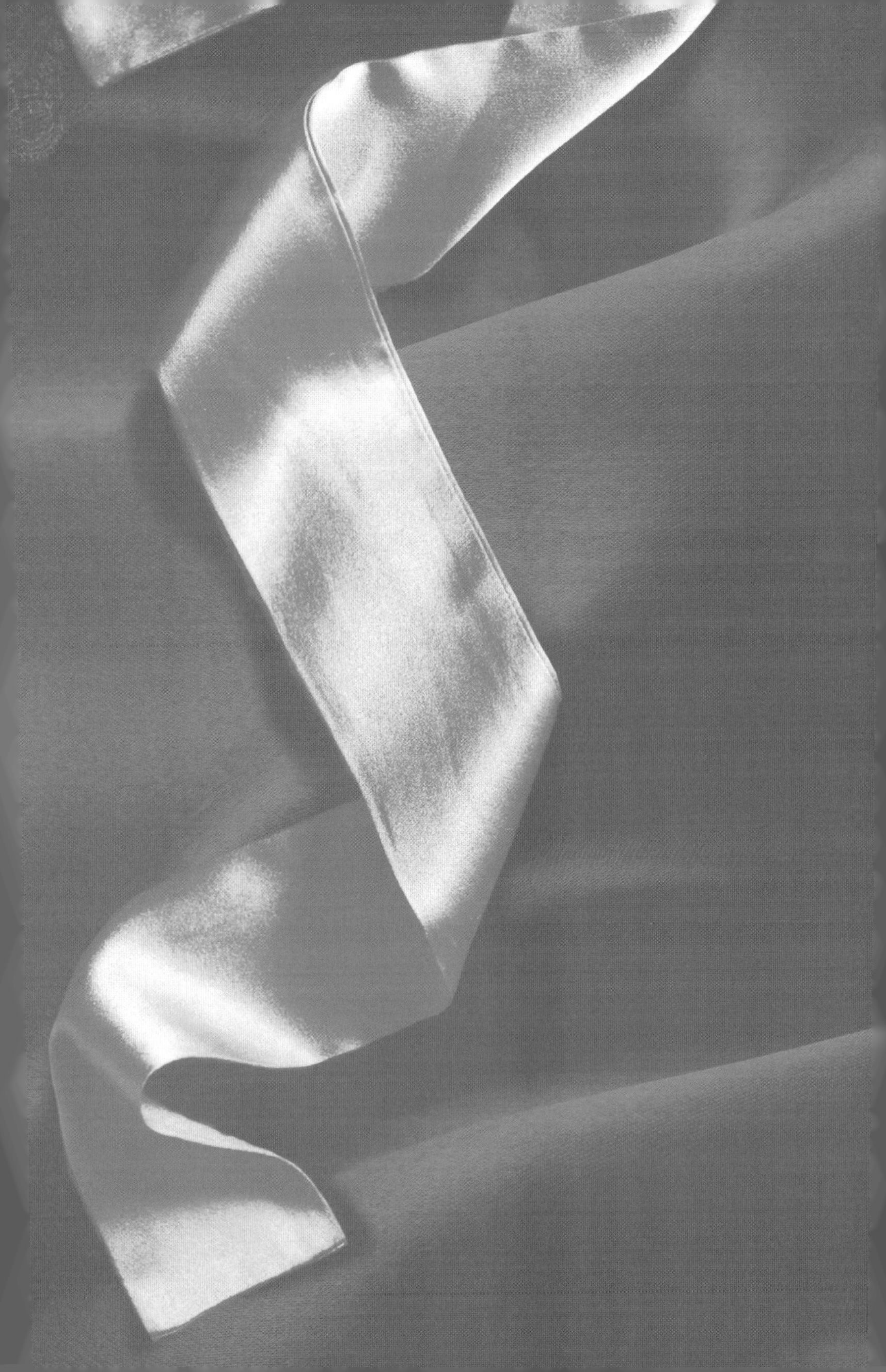

Parte 1

"Fale ou aja com a mente impura, e os problemas seguirão você."

– Buda

Lake Bled

Cega de fúria, Madame Jurilique esbofeteia Josef.
– Como ousa falhar comigo? Depois de tudo que fiz por você e pela sua família, todos esses anos! É assim que me retribui?

Josef está imobilizado por dois seguranças fortões, Frederic e Louis, e, embora vire a cabeça rapidamente, tentando desviar-se da bofetada cruel, o canto do magnífico anel de diamante usado por Madame escorrega e corta-lhe o rosto. Ela contrai os lábios, em um sorriso de inegável satisfação diante das gotas de sangue que se formam sobre a pele dele.

– Tudo o que eu queria era o sangue dela. Honestamente, é pedir muito?

O dr. Josef Votrubec permanece resolutamente calado, evitando encontrar os frios olhos da mulher.

– Responda, Josef!

A raiva de Madame Jurilique transparece nos punhos cerrados, em total desacordo com seu estilo elegante. Ela estuda as providências a tomar em relação àquele homem desafiador, antes um empregado leal e estimado. Jamais pensaria em fazer-lhe mal, até ser traída. Talvez a única opção seja acabar com ele de uma vez por todas. Não pode permitir um só canhão mal ajustado em seu navio de guerra comandado com tanta firmeza.

Madeleine se lembra de quando Lauren Bertrand, sua amiga íntima, telefonou para dizer que acabava de ser convidada para fazer parte de um grupo de elite, o Fórum Global de Pesquisas. Quando jovens, Madeleine e Lauren haviam estudado na mesma escola suíça, para mais tarde transformarem em carreiras muito bem-sucedidas a paixão que compartilhavam pela Química. Lauren se tornara uma profissional renomada na França, e frequentemente fazia trabalhos de consultoria para a Xsade. Havia tempo que Madeleine observava atentamente o desenvolvimento do Fórum Global; quanto mais perto pudesse chegar de qualquer coisa em que o dr. Jeremy Quinn, conceituado cientista de Harvard, estivesse envolvido, melhor. O interesse se intensificou quando Lauren revelou que Jeremy Quinn mantinha arquivos confidenciais de pesquisas – incluindo registros médicos – sobre a psicóloga dra. Alexandra Blake, radicada na Austrália. Madeleine ficou ainda mais interessada quando soube que o trabalho da dra. Blake sobre percepção visual era patrocinado por outro membro do fórum, o professor Samuel Webster, que atuava no campo da sexualidade e da Neurociência. Contratou, então, uma equipe de técnicos para invadir os computadores dos dois homens e descobrir o que estava acontecendo exatamente.

Tal como o urubu fareja de longe a carniça, cada fibra do corpo de Madeleine sentiu que Quinn trabalhava em outra descoberta revolucionária. Suas impressões foram confirmadas mais cedo que o esperado, quando os *hackers* descobriram que o maior benfeitor de Quinn, o enigmático e sempre discreto filantropo Leroy Edward Orwell – ou Leo, como era conhecido – voaria para Sydney no mesmo fim de semana em que Quinn iria encontrar-se com a dra. Blake. Como a Xsade estava prestes a conseguir a patente de sua "pílula cor-de-rosa", desenvolvida para combater disfunções do desejo sexual feminino, ela sabia das vantagens de continuar tendo acesso às informações sobre os estudos de Quinn e Leo.

As duas amigas foram juntas a um seminário, quando Lauren comentou que os projetos de experimentos do fórum talvez não se realizassem, afinal. Madeleine não viu alternativa: enviou a Quinn uma carta anônima, chantageando-o para que levasse adiante o procedimento que tão meticulosamente planejava havia meses. Para alívio seu, a chantagem surtiu efeito. Os testes foram feitos segundo a programação, e os resultados colhidos nos sistemas dos computadores de Quinn e Webster superaram as expectativas.

O telefonema casual de Lauren para Madeleine, de Cingapura, mencionando um encontro fortuito com Alexandra Blake, antes que esta embarcasse em um voo para Londres, veio a calhar. Frustrada pelo reforço implantado no sistema de segurança dos computadores de Quinn e Webster, Madeleine considerou que o universo conspirava a seu favor, entregando-lhe a dra. Blake em mãos, como um sinal para que entrasse em ação. Assim, providenciou para que ela fosse levada à força até um castelo na Eslovênia e, depois, a uma instalação secreta da Xsade, sob o lago Bled.

Madeleine tinha certeza de estar prestes a descobrir a fonte das anomalias no sangue de Alexandra, gerando ganhos potencialmente ilimitados para a Xsade e garantindo para si o nível de influência pessoal e profissional com que sonhava havia anos. A melhor parte, porém, seria finalmente levar a melhor sobre o grande dr. Quinn. Para ela, não existem afrodisíacos mais eficazes do que o prestígio social e o poder que vêm da posição alcançada. De fato, Quinn conquistou a consagração nos setores de Medicina e Farmácia. Madeleine, porém, acredita que o sucesso dele, razão pela qual é reconhecido mundialmente, aconteceu por sorte e por acaso. O que mais a intriga é o fato de o dinheiro, ao que tudo indica, jamais ter sido a motivação de Quinn. Ele certamente nunca vendeu suas fórmulas pela melhor oferta; se tivesse feito isso, a Xsade estaria no controle do mercado. Naquela ocasião, não permitiria que uma posição moral inadequada do dr. Quinn impedisse a Xsade de ocupar o primeiro lugar. Descobriria os segredos dele antes que chegassem ao mercado. Seria ela a ganhar, tanto a notoriedade quanto os superlucros do próximo grande medicamento destinado a salvar a humanidade. Quinn teria de recolher-se a sua insignificância. Se ela não atingisse esse objetivo, restabelecendo ao mesmo tempo o acesso ao enigma do sangue da dra. Blake, contaria pelo menos com o consolo de haver pessoalmente destruído a credibilidade deles aos olhos do mundo.

Tudo caminhava de acordo com o plano, até a traição de Josef, no último minuto. Claro que algumas gotinhas de sangue não seriam suficientes para a análise detalhada que ela pretendia! Bastava que ele colhesse uma generosa amostra, enquanto Alexandra estivesse adormecida, depois de tomar a pílula cor-de-rosa. Simples, fácil e sem maiores consequências. Os resultados dos testes seriam importantíssimos, com certeza. Madeleine está furiosa por não ter procedido pessoalmente à coleta, o que seria muito mais eficiente, embora talvez um pouco complicado.

Um arremedo de sorriso curva os lábios de Madeleine, enquanto ela deixa a mente divagar. Se houver semelhanças entre o sangue de Alexandra e o sangue de seus filhos, as possibilidades serão infinitas. Ainda que não tenha acesso direto às crianças, talvez possa oferecer-se para criá-las, caso a mãe perca a guarda delas, quando o mundo tomar conhecimento das fotos escandalosas tiradas no laboratório. Assim, estarão permanentemente disponíveis para as experiências necessárias.

Com certo desânimo, admite que apenas sonha acordada e volta ao presente. Como está diante da versão de Judas da Xsade, e não da única pessoa no mundo que quer sob seu controle – a dra. Alexandra Blake – suas entranhas se contorcem de raiva. Aquele homem, um funcionário confiável nos últimos cinco anos, era o responsável pela fuga de Blake, entregando-a pessoalmente ao amante, o dr. Jeremy Quinn, em Dubrovnik. Por acaso não havia recebido bom tratamento? Não tinha sido generosamente pago por seu trabalho como chefe do setor de Pesquisa e Desenvolvimento da Xsade? Que loucura o teria atacado? Madeleine se faz essas perguntas, enquanto Josef permanece desafiadoramente parado diante dela, seguro pelos dois capangas.

Josef mantém bravamente o silêncio face à ira sádica da chefe. Ele bem sabe, por experiência própria, que nada do que diga será tolerado enquanto Madeleine Jurilique estiver furiosa. Ela é determinada, poderosa, manipuladora, astuta, perigosa, e não deve ser contrariada – em especial no estado de espírito em que se encontra. Ele muitas vezes ouviu, no refeitório, comentários à boca pequena feitos pelos colegas, comparando-a à Feiticeira Branca de Nárnia ou a um barril de serpentes venenosas e agressivas. Agora entende por quê.

Como diretora administrativa da Xsade para a Europa, Jurilique é uma das mais poderosas executivas da indústria farmacêutica mundial. Com a estranha habilidade de oferecer aos consumidores a próxima "grande droga", bem como de gerar polpudos lucros para a diretoria e os acionistas da Xsade, aos poucos conquistou a liberdade de administrar a empresa mais ou menos de acordo com regras próprias. A ambição incontrolável fez dela uma pessoa insensível e impiedosa. Assim, vem tomando decisões cada vez mais perigosas e correndo riscos sem precedentes, em nome do laboratório. No entanto, como o dinheiro entra sem parar, os executivos parecem felizes com sua atuação.

O próprio Josef vinha ignorando a voz da consciência e fazendo vista grossa, mas o tratamento dispensado a Alexandra Blake foi a gota d'água. A princípio, ele pensou que ela, como tantas outras pessoas, houvesse oferecido o próprio corpo por dinheiro ou pelo bem das pesquisas. Somente depois de ter acesso a alguns arquivos da chefe, entendeu que as razões da presença de Alexandra eram muito diferentes do que especificava o contrato.

Sob circunstâncias tão extremas, ela se comportara com uma dignidade raramente encontrada. Tratava-se de um ser humano de qualidade, com certeza. A ordem de Madeleine Jurilique, para que ele retirasse um litro de sangue de Alexandra enquanto ela estivesse dormindo, representava uma grave violação de seus valores pessoais e éticos. Não havia dinheiro no mundo que compensasse tal procedimento ou os riscos que seriam impostos à vida da dra. Blake. Impossível prosseguir.

O impasse continua. Josef se recusa a encontrar os olhos de sua chefe. Ainda assim, sente no rosto a respiração dela, que desliza uma unha bem cuidada sob seu queixo, obrigando-o a levantar a cabeça e encarar o olhar mortal que lhe dirige.

– Não se iluda, caro doutor. Não irá a lugar algum enquanto eu não tiver o que preciso, e vai me ajudar no processo.

Madeleine passa a unha sobre o corte no rosto de Josef, que se contrai, e continua.

– Portanto, pode dar adeus à ideia de rever a sua doce esposa tão cedo. E aproveite para despedir-se do seu futuro profissional, quando tudo isso estiver terminado.

Ele estremece, ao ouvir essas palavras.

Com um passo atrás, ela ordena aos fiéis capangas.

– Prendam-no. Perdi a paciência. Sinto enjoo só de olhar para ele.

Com um estalar de dedos, Madeleine dispensa os dois homens, percebendo que Josef finalmente luta para se soltar. Então, com um olhar cheio de ódio, completa.

– Para ter certeza de que ficará quieto, vou dizer ao Dr. Jade, o novo médico chefe, para lhe aplicar as mesmas drogas que paralisaram nossa querida amiga fujona, Alexandra, quando a transportamos do castelo para cá.

Pânico e medo invadem o corpo de Josef até os ossos. Ele compreende que aquela mulher não é apenas cruel, como presumia: é sádica. Sua extrema falta de consciência alimenta um perigoso gosto pela violência. Conclui, então, que pode perder as esperanças de vê-la acalmar-se e ouvir suas argumentações. Pela primeira vez, desde que foi apanhado, teme efetivamente pela vida. Imobilizado por drogas, não terá como escapar.

Madeleine finalmente vê nos olhos de Josef o terror que desejava provocar. Isso a inspira ainda mais.

Josef continua tentando safar-se. Seu rosto chega a brilhar, de tanto esforço.

– Madeleine, por favor, não faça isso! Por favor, minha mulher...

Ao ver Madeleine erguer a sobrancelha, Louis imediatamente dobra o pulso de Josef, fazendo-o interromper o que dizia e gritar de dor.

– Levem-no para o laboratório. Vou avisar ao dr. Jade para encontrar vocês lá. Não se afastem dele em hipótese alguma, rapazes. Vocês são pagos para isso.

Com um sorriso nos lábios ela se volta, ouvindo os gritos de Josef, arrastado pela porta dos fundos. Em silêncio, alegra-se por, pelo menos, poder sempre contar com a obediência de Louis e Frederic.

Alexa

Encostada ao portal, aprecio a conversa séria entre os dois homens poderosos diante de mim. Jeremy Quinn – que é e, para ser totalmente honesta, sempre foi o amor da minha vida – e Martin Smythe, um ex-fuzileiro naval dos Estados Unidos, agora encarregado da segurança do misterioso e esquivo Leo, um dos mais próximos amigos de Jeremy e seu maior benfeitor.

Não posso deixar de pensar que as diferenças entre machos e fêmeas tornam-se mais pronunciadas nos momentos de perigo ou inquietação, quando eles buscam ação, e elas, reflexão e apoio. Ou talvez isso só aconteça comigo.

A discussão começou quando recebi uma carta terrível, na qual era chantageada pela mesma mulher que me sequestrou há menos de um mês, assim que cheguei a Heathrow para encontrar Jeremy e outros membros do Fórum Global de Pesquisa.

Ainda tenho o estômago embrulhado, depois de vomitar na pia da cozinha, ao tomar conhecimento do conteúdo da carta. As emoções se confundem no meu sistema nervoso, alternando dor, raiva, remorso e, surpreendentemente, uma pitada de resignação. Aceitação de que este é o meu destino, até que o pesadelo termine. Pelo menos assim espero. Será que isso só acontece na ficção? Tenho a leve suspeita de que o pesadelo só chegará ao fim quando entendermos exatamente como e por que o meu sangue é como é: um enigma que varia conforme os hormônios liberados em determinados momentos. Ao que parece, quanto mais severas as condições, mais intrigantes são os resultados, ou pelo menos é o que dizem Jeremy e seus especialistas. Por quê? Por que eu? Não faço a menor ideia. Ainda tenho muito a entender.

O desconforto no estômago e a dor de cabeça latejante me forçam a deixar de lado o planejamento estratégico do meu futuro, e vou para a suíte. Depois de lavar o rosto com água fria, em uma tentativa de esquecer as ameaças que pairam sobre minha cabeça, dou uma olhada no panorama perfeito que se vê da janela do Disney Resort Hotel em Orlando, Flórida, e atiro-me sobre a cama *king-size*. Estou no local anunciado como "o mais feliz do planeta" e há apenas dez minutos, teria discutido veementemente com quem quer que negasse isso.

Eu estava plenamente feliz, mais do que julgava possível a um ser humano, durante a vida. No entanto, bastou um sopro ou, mais precisamente, um envelope tamanho A4, para minha felicidade se transformar em medo e horror, graças a Madame Madeleine Jurilique, a diretora administrativa da Xsade para a Europa – também conhecida como Madame Áurea ou Bruxa Malvada dos Raptos e Sequestros. A lembrança de ter sido sequestrada no aeroporto de Heathrow, em Londres, drogada, amarrada a uma cadeira de rodas, escondida sob uma burca e, finalmente, transportada em uma mala, pela Europa, até as instalações da Xsade na Eslovênia, me dá arrepios. A ânsia de vômito surge novamente, mas o que me vem à boca é somente o gosto ácido e persistente de bile. Que diabos vou fazer?

O dr. Josef Votrubec, que trabalhava para a Xsade, arriscou tudo para empreender a minha fuga do laboratório sob o lago Bled, antes que uma porção significativa do meu sangue fosse praticamente drenada. Graças a Deus, ele entrou em contato direto com Jeremy que, por meio dos aparentemente infinitos recursos globais de seu amigo e mentor Leo, conseguiu garantir minha segurança total. Lamentavelmente, não se pode dizer o mesmo de Josef, capturado por mercenários armados da Xsade assim que me deixou perto de Dubrovnik. Jeremy, Martin e eu conseguimos escapar em uma bonita lancha que nos levou até um luxuoso iate. Embora me conhecesse havia pouco tempo, Josef, um homem generoso, de bom coração, arriscou a carreira para garantir minha segurança. Serei eternamente grata por isso. Quando viajávamos ao encontro de Jeremy, ele me falou do amor que sente por sua mulher e contou que ainda não conseguiram ter filhos. Esse tipo de situação sempre me causa tristeza, pois sei a vontade que tive de ser mãe, quando chegou a hora.

Só posso esperar e desejar que tenha conseguido reunir-se à mulher em segurança. No entanto, por mais que esse seja meu desejo, no fundo sei que os dois homens no cais, com as armas apontadas para Josef, eram Louis e Fred – os mesmos que me vigiavam quando estive no castelo localizado nas colinas ao norte de Ljubljana: os braços fortes de Madame Áurea.

A traição de Josef, tanto à Xsade quanto a sua chefe, Madame Jurilique, muito provavelmente resultou em uma reação que nenhum ser humano gostaria de experimentar. Jamais conheci mulher tão narcisista e perigosa. Desde a minha fuga, Martin nos fornece regularmente informações atualizadas que a fazem parecer ainda mais sinistra. Ela aparece na sociedade como uma capacitada líder da elite do setor e transita em círculos de influência com que a maioria das pessoas apenas sonha... O que suponho não seja o caso de Jeremy e Leo. Madeleine, no entanto, tem tanto coração quanto uma serpente esfomeada que procura a melhor posição para devorar a presa. A intensa preocupação com o bem-estar de Josef me causa arrepios. E ela quer que eu volte a sua desprezível corporação para novos experimentos que envolvem, explicitamente, meu sangue.

Não tenho dúvidas de que Madame Jurilique será capaz de cumprir as ameaças contidas na carta que ainda seguro com mãos trêmulas e releio como se esperasse que, de alguma forma, o texto seja outro.

Cara dra. Blake.

Espero que tenha descansado bastante no Mediterrâneo, com seu amado, e esteja aproveitando os prazeres de Disney World com suas adoráveis crianças, Elizabeth e Jordan.

Lamento que não tenha concluído adequadamente as 72 horas em nossas instalações. Depois das informações úteis que nos forneceu, necessitamos apenas de um elemento.

Caso não se apresente, seremos forçados a, mais uma vez, assumir o controle da situação. As manchetes em anexo são uma pequena amostra das estratégias que estamos dispostos a empregar, para obter o que nos falta. Portanto, vou ser clara.

Precisamos do seu sangue.

Se, por alguma razão, decidir não cooperar conosco dentro dos próximos dez dias, seremos obrigados a empreender a campanha global "Quem conhece realmente a dra. Alexandra Blake?" Não preciso lembrar que dispomos de fotografias e videoclipes incrivelmente explícitos para confirmar as manchetes.

Aproveito para mencionar que, caso não contemos com a sua colaboração, adotaremos uma segunda opção: o sangue dos seus filhos.

Espero ansiosamente que voltemos a trabalhar juntas em futuro próximo.

Sinceras recomendações.

Madame Madeleine de Jurilique

Caso não consiga chegar a mim, Jurilique cuidará para que ninguém mais o faça, seja lá como for. Também estou convencida de que o fato de me separar de Jeremy alimentaria seu prazer psicótico, por manter-me sob controle, sem que ele pudesse fazer alguma coisa. Esse pensamento me dá náuseas novamente.

Salina, que trabalha para Martin como parte da equipe de segurança de Leo, ainda está na Europa, tentando localizar Josef e Jurilique. Durante as investigações, ela descobriu que Lauren Bertrand, a química francesa, ficou amargamente desapontada, ao perder para Jeremy a função de líder de projetos do Fórum Global de Pesquisa. Nos *emails* trocados, Lauren e Madeleine disseram que Jeremy receberia o castigo merecido, tanto profissional quanto pessoalmente; só precisavam de um pouco mais de tempo e paciência.

Eu não suportaria, se alguma coisa acontecesse a Jeremy ou aos meus filhos. A maldade pura da ameaça é perturbadora. Caso eu não cumpra suas exigências, ela fará de tudo para conseguir o sangue dos meus filhos! Trata-se de uma mulher doente cujo desejo de poder, dinheiro e controle definitivo do mercado é absolutamente insaciável. Como ousa ameaçar as minhas crianças? Elas são meu mundo, significam tudo para mim. Vou protegê-las com a minha vida. E com o meu sangue.

Mais uma vez volto ao quarto que Elizabeth e Jordan dividem. Sinto uma terrível necessidade de ver seus corpinhos descansando serenamente. Custo a acreditar que já têm nove e sete anos. O tempo voa. Minhas emoções são tão intensas quanto meu amor. Eu me aproximo dela, e depois dele: afasto os cabelos do rosto angelical e dou um beijo na testa. Em seguida, pouso as palmas das minhas mãos sobre seus corações, para que cada um sinta a energia do meu amor fluindo para seu sono inocente.

– Tenham doces sonhos, meus anjinhos. O que sinto por vocês é um amor tão profundo quanto o centro da Terra, e vai tão longe quanto as estrelas no céu – digo com voz baixa e grave.

Inspiro profundamente, como se quisesse guardar a presença deles dentro dos pulmões, saio e fecho a porta com cuidado.

Volto à cozinha, onde Martin e Jeremy continuam debruçados sobre as anotações, elaborando estratégias e planejando os próximos passos da minha vida. Assim que sente a minha presença, Jeremy corre e me prende em seus braços fortes. Quero desesperadamente ficar para sempre nesses braços, mas sei que isso é impossível a curto prazo.

– Não se preocupe, querida, vamos dar um jeito.

Ele toma meu rosto nas mãos delicadamente e levanta minha cabeça, forçando-me a encontrar seu olhar. Não posso deixar de notar que a ansiedade marca seu belo rosto; os olhos verdes estão mais enevoados do que nunca.

– Não vou deixar que ela toque em você ou nas crianças, Alexa. Vamos proteger vocês a todo custo. Prometo.

Sinto um bolo na garganta. Sei que a palavra de Jeremy é para valer, em especial quando as promessas têm a ver comigo. Nunca na vida precisei ser tão firme com ele como vou ser agora.

– Por favor, Jeremy, sente-se aqui.

Eu o conduzo de volta à cadeira junto à mesa. Preciso estar de pé, para tirar vantagem da posição, ao falar, e só começo ao ver que conto com toda a sua atenção.

— Já decidi.

Ele se põe de pé de um salto, anulando a minha vantagem.

— O que você quer dizer com "já decidi"? Ainda nem discutimos o assunto! Além disso, Martin e eu estudamos algumas opções...

— Jeremy, por favor — interrompo. — Não há o que discutir. Se os meus filhos estão em risco, só existe uma solução.

Firmo as mãos sobre a mesa e respiro fundo, preparando-me para falar, antes que me faltasse a voz.

— Aquela piranha pode ficar com o meu sangue. É só sangue. Não aguento mais este pesadelo. Se ela conseguir o que quer, talvez desista de destruir a minha vida, como parece determinada a fazer, e me deixe em paz.

Eu mesma me assusto com as palavras que emprego. Ao que parece, Madame Áurea faz sempre brotar o que há de pior em mim.

— Isso não vai acontecer, Alexa. Só se for por cima do meu cadáver!

A seriedade da fisionomia e do tom de voz de Jeremy confirma que minha decisão está longe de ser aceita. A noite vai ser longa. Ele faz um sinal para Martin recolher os papéis espalhados na mesa, me pega com firmeza pelo cotovelo e me conduz até a sala. Ouço a porta da frente ser aberta e fechada com cuidado. Lá vamos nós. Preparada para o conflito inevitável, decido fazer o primeiro movimento.

— Eu não colocarei meus filhos em perigo, Jeremy. Nunca.

Ele me abraça com força, pressiona meu ouvido contra as batidas do seu coração e pousa os lábios no alto da minha cabeça. Procuro permanecer firme. Tento afastá-lo. Prefiro assim, para não ser obrigada a deixar o homem a quem finalmente me juntei, depois de tantos anos. O homem que amei logo que entendi o que é amar.

— Calma, querida. Não precisa agir sozinha. Estou ao seu lado. Por favor, deixe-me ser forte por você, por todos vocês.

As palavras atravessam minha máscara de insensibilidade, e meu corpo cede à força do abraço. Enquanto me brotam lágrimas dos olhos, Jeremy se mantém forte, como acaba de oferecer. Embora conheça o caminho que devo seguir, tenho de admitir que ele sabe perfeitamente do que preciso neste momento, pois compreende minha exaustão emocional. Fico em seus braços até as lágrimas secarem. Então, ele me pega sem esforço e me leva para o quarto. Ao pousar meu corpo cansado sobre a cama, delicadamente, como se eu fosse feita de porcelana (na verdade, é assim que me sinto), pergunta:

– Precisa de alguma coisa para dormir?

– Você me conhece, Jeremy. Mesmo um remédio fraquinho me derruba. Vamos ver como reajo. Por enquanto, tenho muito em que pensar. Parece que levei um soco no estômago. Não sei o que fazer.

– Será que posso ajudar a afastar os seus pensamentos por alguns instantes?

– Como?

O que será que ele tem em mente?

– Posso preparar um banho.

Relaxo um pouco.

– Ah... Ótima sugestão.

– Lavanda?

Apesar da preocupação, consigo exibir a ponta de um sorriso.

– Perfeito.

Minutos depois de entrar na água perfumada e morna, um pouco mais calma, eu me aninho junto ao peito de Jeremy, que me guarda entre as pernas.

– Justo quando as coisas iam tão bem, ela puxa o nosso tapete outra vez. Por que não a encontram, Jeremy? Por que ela ainda não foi presa?

– A hora dela vai chegar, meu bem, garanto. Gente como Jurilique um dia se dá mal. Talvez ela até se entregue.

– "Um dia" demora muito. É preciso que ela seja presa nos próximos dez dias, antes que a minha vida mergulhe novamente no desconhecido!

Sinto as pernas de Jeremy se retesarem em volta do meu corpo.

– Você não vai a lugar nenhum que seja perto daquela mulher, Alexa.

Sei que não será fácil convencê-lo, mas ele precisa entender que as circunstâncias não me deixam escolha.

– Ficou tão calada... Por quê? – ele pergunta, com a boca encostada nos meus cabelos.

Jeremy sempre me pergunta o irrespondível. Fico quieta. Não quero essa conversa que nunca deveríamos ser obrigados a ter, uma conversa que nos causará uma dor infinita, por sermos quem somos e pelo que temos de indispensável na vida: eu para ele e meus filhos para mim.

Depois de um suspiro que mistura desapontamento e resignação, quebro o silêncio.

– Não sei o que dizer, honestamente. Sinto-me anestesiada.

– Entendo que se sinta assim. Também fico furioso com as abomináveis exigências dela. Mas conheço você suficientemente bem, Alexa, para saber que esta linda cabecinha está cheia de ideias. Divida os seus pensamentos comigo, por favor! Agora, mais do que nunca, precisamos nos comunicar francamente. Não deixe que um mero pedaço de papel se meta entre nós.

A referência simplista ao dilema que estou vivendo me provoca uma risadinha ansiosa.

– É assim que se refere àquelas manchetes? E se fosse com você, dr. Quinn? Um mero pedaço de papel?

A imagem das manchetes marcou para sempre o meu cérebro.

MÃE IMORAL TROCA OS FILHOS POR EXPERIÊNCIA SEXUAL NÃO CONVENCIONAL

DRA. BLAKE MOSTRA TUDO – VEJA AQUI OS MELHORES ÂNGULOS

PSICÓLOGA ENLOUQUECE
– Você entregaria os seus filhos a esta mulher?

ADULTÉRIO – SADOMASOQUISMO
– É isso que você ensina aos seus filhos?

— Não estou dizendo que seja uma coisa boa, claro. Mas também não é impossível de resolver. Somos mais fortes que isso.

— As fotos, Jeremy, você precisava ver as fotos que ela fez de mim! As manchetes são bastante ruins, e vão piorar, sustentadas pela evidência gráfica e divulgadas no contexto errado. Se ficasse só entre nós, em segredo, com certeza seria excitante, mas mostradas ao mundo... Sou mãe e profissional. A exposição representaria a minha, a nossa ruína... A condenação pela sociedade... Não quero viver nesse tipo de mundo. Imagine se as crianças vissem!

Sufocada pelas lágrimas, não consigo continuar.

— As crianças não vão ver, Alexa.

Tenho a impressão de que Jeremy dá pouca importância aos meus medos, e deixo transparecer a frustração, ao responder.

— Não diga isso, porque eles vão ver, sim. Você não conhece Madame Jurilique. Vou virar prisioneira, se não der o que ela quer em dez dias. Se a verdade vier à tona, minha vida profissional acaba. Como vou encarar minha família? Como vou encarar o mundo? Juro, a Deus e a você, jamais permitir que ela toque nos meus filhos. Ela fica com o meu sangue, e eu, com a vida. É a única maneira de lidar com isso.

Sinto o peito de Jeremy subir e descer a cada respiração, e percebo o esforço que faz para controlar a raiva e a ansiedade, em consideração a mim. Gostaria de poder ouvir seus pensamentos, enquanto ele massageia meus ombros distraidamente. Assim como Jeremy se preocupou com o meu silêncio, eu me preocupo com o silêncio dele. Sabemos que nossa discussão não se resolve esta noite. Então, mudo de tática.

— Promete uma coisa?

— Depende.

Ele continua melancólico, longe de mim, perdido em pensamentos.

— Só nos restam poucos dias com as crianças em Disney World, até o encontro com Robert. Não vamos deixar que saibam de nada do que está acontecendo. Quero aproveitar o tempo com elas, para o caso de...

Jeremy imediatamente tapa com a mão a minha boca, impedindo que eu conclua.

– Nunca mais fale assim, Alexa. Eu não permito, literalmente.

Para enfatizar o que diz, ele se mantém firme e me aperta contra seu corpo musculoso, como que ganhando tempo para ordenar os pensamentos. Suas pernas se fecham em torno das minhas e afastam ao máximo meus tornozelos, até onde as paredes da banheira permitem. Estou presa.

– Mas acho boa ideia – ele continua. – Enquanto estivermos aqui, vamos preservar as crianças, para o bem delas.

Ao ver que ele aceita minha sugestão, relaxo imediatamente e entrego ainda mais o meu corpo ao calor do corpo dele.

– Agora que concordamos pelo menos em uma coisa, tenho mais uma questão a tratar.

Tento falar, mas a mão dele cobre outra vez a minha boca. Acho que lhe faz bem controlar o meu silêncio, possivelmente a única coisa que controla em mim, no momento. Assim, fico quieta. Ele, no entanto, sabe que ainda tenho perguntas.

– Bem, querida, já que não vai aceitar nenhum remédio para dormir esta noite, o mínimo que posso fazer é providenciar algum alívio e desligar a sua mente desses intermináveis processos de raciocínio.

O braço livre de Jeremy escorrega por baixo do meu corpo e coloca-se convenientemente entre minhas pernas, acariciando a região próxima ao sexo. A mão sobre a minha boca serve agora para sufocar meus gemidos, e não mais as minhas palavras, e ele não hesita em enfiar o dedo para me acariciar a língua. Com habilidade, me faz desistir de um possível protesto, enquanto seus dedos mágicos trabalham entre as minhas pernas levando meu corpo ao delírio. Meus "intermináveis" processos de raciocínio desaparecem quase instantaneamente, misturando-se ao vapor da água que cobre nossos corpos.

Eu seria capaz de jurar que meu estado de angústia impede um orgasmo, mas vejo que estou errada. Na verdade, são dois. O que acontece conosco, durante os banhos?

Não é preciso dizer que a exaustão emocional e o distanciamento dos problemas me permitiram cumprir com exatidão as prescrições médicas... Uma noite de sono sem sonhos.

***

Os dias seguintes são inteiramente dedicados a Elizabeth e Jordan, em Disney World. Nosso desejo é que o tempo pare, em vez de avançar implacavelmente. Escorregamos sobre a água, caímos de alturas aterrorizantes, saímos molhados de passeios de barco, conhecemos o cinema em 4D, vemos fantasmas, encontramos o Mickey, a Minnie, toda a família Donald, Relâmpago McQueen, Sininho e Ariel. Tanto as experiências quanto os personagens tocam os corações das crianças. Martin nunca se afasta muito. Ele e Jeremy obviamente providenciaram seguranças que, mesmo tentando misturar-se à multidão, estão sempre alguns metros atrás de nós. Como não quero me ocupar de nada que me desvie da alegria das crianças, não falo de problemas com Jeremy, pois sei que seria uma discussão inútil. Não posso, no entanto, ignorar a constante troca de olhares cheios de significado, entre Jeremy e Martin, sempre que estamos em público. Cada vez que pego um desses olhares, Jeremy imediatamente disfarça com um sorriso e chama a atenção das crianças, impedindo assim que eu pense no meu destino iminente.

Nosso plano inicial foi deixar o hotel amanhã à noite, voar para Los Angeles e encontrar Robert, antes de voltar à Tasmânia. No entanto, não tenho certeza se quero Robert envolvido neste caos. Tomara que tudo acabe o mais rápido possível. Jeremy me pediu que pensasse se eu gostaria ou não de fazer a análise do sangue de Elizabeth e de Jordan. Talvez esteja sendo ingênua, mas prefiro que eles aproveitem as férias sem agulhas e as minhas confusões para atrapalhar sua felicidade. Pensamentos, perguntas e estratégias sem solução acumulam-se na minha cabeça.

Não tivemos mais nenhuma conversa séria. Tentamos desesperadamente não pensar nas ameaças pelo máximo tempo possível. Algumas vezes, durante a noite, quando deveríamos estar dormindo, encontro Jeremy na sala, com o abajur aceso. Em uma dessas ocasiões, ele caminha ansioso, falando ao telefone em voz baixa. Assim que me vê, desliga, me abraça e me conduz de volta à cama. Seu olhar diz claramente que nenhuma pergunta será respondida, mas eu tento assim mesmo.

– Jeremy, precisamos conversar. Há tanta coisa a resolver... Estou ficando nervosa.

Com o dedo indicador sobre os meus lábios, ele me silencia. Em seguida, confere alguma coisa no telefone e coloca o aparelho na base, antes de correr para o banheiro, de onde volta com óleo de massagem de "lang ylang". Sem dúvida sente a minha inquietação, mas não disse uma só palavra desde que falou ao telefone. O som da música clássica instrumental australiana enche o quarto.

Jeremy tira a parte de cima do meu pijama (achei melhor deixar as camisolas para quando estivermos a sós, por causa das crianças) e me vira de bruços. Em seguida, montado sobre o meu traseiro, posiciona meus braços ao longo do corpo e esfrega óleo nas mãos. Meus ombros e costas recebem a massagem que relaxa a tensão acumulada desde que recebi a carta da bruxa má. Que coisa boa...

Jeremy cuida de toda a parte superior do meu corpo, inclusive braços e mãos. Liberada a tensão, eu suspiro. Ele me faz deitar de costas e monta sobre meus quadris. Depois de untar novamente as mãos com óleo, repete o processo na barriga e no peito. Meus músculos parecem derreter sob o toque firme e ritmado.

Encaro seu olhar, que parece atravessar nosso silêncio para buscar minha alma. Como que adivinhando meus pensamentos, ele beija minha pulseira.

–" Anam Cara" – sussurro.

Consciente de que somos almas gêmeas, sei que a pulseira simboliza nossa união. Sob uma perspectiva prática, também assegura que Jeremy sempre saiba onde estou, por meio do chip inserido nela. A princípio, estranhei ser monitorada; o sequestro, porém, me fez mudar de opinião, e serei eternamente grata ao GPS. Agora, o dispositivo foi aperfeiçoado, para que eu possa ser localizada sob a terra, sob a água... em qualquer lugar. O fato de ser impossível retirar a pulseira do meu braço serve como mais um elemento de proteção e de ligação a Jeremy. Com ela, estamos unidos mesmo quando as circunstâncias nos forçam a ficar afastados.

Meu coração se aperta quando penso como vai ser difícil nos distanciarrmos mais uma vez, mas sei que não tenho escolha. Preciso fazer isso pelos meus filhos e por nossa futura vida em comum. Jeremy com certeza entende que não há outra saída. Uma lágrima me escapa, e ele beija meu rosto com ternura. Mais do que qualquer coisa, quero agora e sempre comigo o corpo e a alma de Jeremy, com dedicação, intimidade e entendimento – aspectos que só se fortaleceram entre nós, com o passar dos anos.

Em ereção desde que me tirou o casaco do pijama, ele se livra das roupas, enquanto eu arranco o que resta das minhas. Sinto seu calor, quando ele se põe em cima de mim e acaricia meu corpo avidamente.

Estou mais do que pronta para receber Jeremy. De repente, porém, ele não tem mais pressa. Distribui beijos, chupadas e mordidas pelas minhas zonas erógenas, até me deixar tão molhada de suor pelo corpo quanto molhada de desejo lá embaixo. Seus lábios, seus dentes e sua língua brincam comigo. Quando estou enlouquecida de desejo, ele empurra devagar o pênis inteiro para dentro de mim. Envolvo sua bunda durinha com as minhas pernas, enquanto ele junta nossas mãos sobre a cama e ajeita-se um pouquinho, até encontrar a pressão perfeita, aplicando a mesma intensidade ao enfiar a língua na minha boca. Quase sufoco.

Excitados, nos movimentamos juntos e gozamos juntos. Em perfeita sincronia e com um grito abafado, chamamos o nome um do outro, no auge do êxtase compartilhado. Neste momento, uma parte de mim se convence plenamente de que, tendo me encontrado de novo, ele nunca me deixará partir.

Alexa

Se já seria triste deixar este mundo mágico em circunstâncias normais, imagine debaixo da nuvem ameaçadora que paira sobre as nossas cabeças. Antes de ir embora, as crianças pedem mais uma volta no monotrilho, como despedida, e não consigo negar. Quem sabe se voltaremos aqui algum dia?

Jeremy percorre o apartamento, para se certificar de que não esquecemos nada, e fica nervoso ao ver que concordo com o pedido das crianças.

– É muita bagagem!

Não posso deixar de rir.

– Bem-vindo ao mundo das crianças, Jeremy. Há sempre muita coisa a recolher, por todo lado, todos os dias.

Quando ele passa afobado por mim, eu o agarro pela cintura.

– O que está havendo? Nem parece você.

Não sei se fiz alguma coisa para aborrecê-lo ou se ele começa a desmoronar sob o estresse da nossa situação ainda não suficientemente discutida.

– Eu preferia que vocês não dessem mais uma volta. Já não tiveram o bastante?

Definitivamente, alguma coisa o incomoda. Sua ansiedade cresce à medida que nossa partida se aproxima.

– Eu e as crianças já nos arrumamos. Podemos sair, enquanto você fica aqui sozinho um pouco, para acabar de recolher tudo. Só falta o seu material de trabalho.

Como meus filhos estão perto de nós, brincando de "pedra, papel, tesoura", assumo a postura e o tom de voz da personagem "tudo perfeitamente sob controle". Estou cada vez melhor nesse papel, mas Jeremy não parece disposto a ceder aos meus apelos.

– Não, Alexa, não vou permitir que se afaste de mim.

De repente, ao ouvi-lo, eu me dou conta de que, na verdade, não fiquei sozinha com Elizabeth e Jordan desde a noite da nossa chegada. Jeremy esteve sempre conosco. A mudança no tom de voz dele chama de imediato a atenção das crianças.

Com um abraço, puxo a cabeça dele mais para perto e falo baixinho:

– Por favor, uma voltinha no monotrilho. Quero uma oportunidade de estar com eles a sós.

– Não, e se...

Interrompo rapidamente, com uma promessa.

– Martin e um dos outros guarda-costas podem ir comigo. Embarcamos, completamos uma volta e saltamos na mesma estação, prometo. Por favor... Vai dar tudo certo, acredite.

A irritação dá lugar à aceitação, e ele se afasta, para combinar os detalhes pessoalmente com Martin. Ao entrar no quarto, penso, com um suspiro, como até as coisas mais simples da vida ficaram complicadas, desde o encontro com Jeremy, alguns meses atrás.

Na saída, ele me beija e, segurando meu queixo, olha no fundo dos meus olhos, para garantir total atenção, e avisa.

– Uma volta, sem descer.

Na ponta dos pés, com um "selinho" em seus lábios, digo:

– Também te amo, Jeremy.

O sinal verde para o passeio acende o entusiasmo das crianças, e deixamos o sisudo Jeremy para trás. Felizmente elas não alcançam as razões de tanta complicação. Além disso, acostumadas à escolha dos nossos "cuidadores", não fazem perguntas. Assim, nos despedimos do lugar de que tanto gostaram.

Jeremy parece mais calmo e de melhor humor, quando voltamos. Tem até um café com leite e um abraço apertado à minha espera. Assim que chegamos, ele relaxa visivelmente.

– Voltamos sãos e salvos.

– Ainda bem, querida, ou eu cortaria a cabeça do Martin – ele diz, com um gesto de agradecimento dirigido ao amigo.

Desconfiada, olho para Martin. Não duvido inteiramente da sinceridade das palavras de Jeremy. Eles já tiveram problemas suficientes, por minha causa. "Falta pouco para acabar", digo para mim mesma. Tão logo eu dê a Jurilique o que ela quer. "Assim espero", encerro, impedindo meu cérebro de considerar a possibilidade de qualquer outro resultado.

Tomo o meu café com leite rapidamente, enquanto os seguranças levam as malas para a limusine muito comprida que espera lá embaixo. Mais divertimento para Elizabeth e Jordan.

– Tudo certo. Vamos?

Cada um de posse de suas coisas – as crianças agarradas aos recém-adquiridos bichos de pelúcia – entramos no elevador e seguimos para a limusine. Depois de ver as crianças bem instaladas em seus assentos, eu me volto para pegar minha outra bolsa, mas sou empurrada para dentro do carro por Jeremy. O que foi agora?

As portas se trancam imediatamente. As crianças arregalam os olhos, surpresas. Minha expressão não ajuda em nada, sem dúvida. Através dos vidros escurecidos das janelas, vejo Martin agarrar uma mulher que traz na mão um envelope branco. Parecendo assustada, ela joga o envelope no chão e tenta soltar-se. Os seguranças do hotel logo chegam, mas as janelas fechadas impedem que eu ouça o que dizem.

Tudo parece resolver-se rapidamente. Jeremy fez um sinal para Martin, que se abaixa, pega o envelope e guarda no bolso do casaco. Jeremy se acomoda no banco traseiro da limusine, perto de nós, como se nada de anormal tivesse acontecido. Diferentemente do que costumam fazer, as crianças permanecem caladas, à espera de uma explicação.

Certa de não ser a ocasião apropriada a perguntas, proponho um jogo de "Estou vendo...", para distrair Elizabeth e Jordan, enquanto o carro desliza suavemente para fora do mundo fantasioso de Disney, em direção ao mundo real. Jeremy parece aliviado, ao ver-se livre da minha inquisição, pelo menos por enquanto.

Tenho a impressão de que a viagem de volta para o aeroporto é muito mais demorada do que quando chegamos. No entanto, a alegria e a tagarelice das crianças me distraem, e acabo me envolvendo em suas risadas e lembranças da semana que passamos juntos. Isso até notar a silhueta de altos edifícios a se destacarem, à distância, contra um céu muito azul. É para lá que Martin conduz a limusine pela autoestrada.

Chocada, eu me volto para Jeremy.

– Você tem alguma coisa para me contar?

Falo baixinho, agradecida por ver as crianças concentradas em seus joguinhos eletrônicos, e não em mim. Ele me aperta a mão com mais força e balança a cabeça, mas permanece calado.

– Acho que tem, sim, e gostaria que falasse agora.

Eu me ajeito no assento. Quero encarar Jeremy, que abana a cabeça novamente. Maldição, ele sabe que eu não faria uma cena na frente das crianças. Falo baixo, mas com firmeza:

– Por favor, diga para onde estamos indo. Se não me engano, aquilo lá é Miami, e não o aeroporto internacional de Orlando.

Quando tento me afastar, ele prende forte a minha mão.

– Não vai me dizer o que está acontecendo? – insisto.

– Aqui não – ele faz um sinal em direção às crianças.

Jeremy não me larga. Sinto que está apreensivo e ansioso, o que me deixa ainda mais inquieta. De vez em quando, nossos olhares se cruzam. Percebo lágrimas nos olhos dele quando, emocionado, forma com os lábios a frase "eu te amo". Céus, isto deve ser para ele tão penoso quanto para mim. Quando me aninho junto a seu ombro, ele me solta por instantes, passa o braço esquerdo em volta do meu corpo e torna a segurar a minha mão. Permanecemos assim, em silêncio, enquanto o mundo passa pela janela do carro, rumo a um destino ainda não revelado.

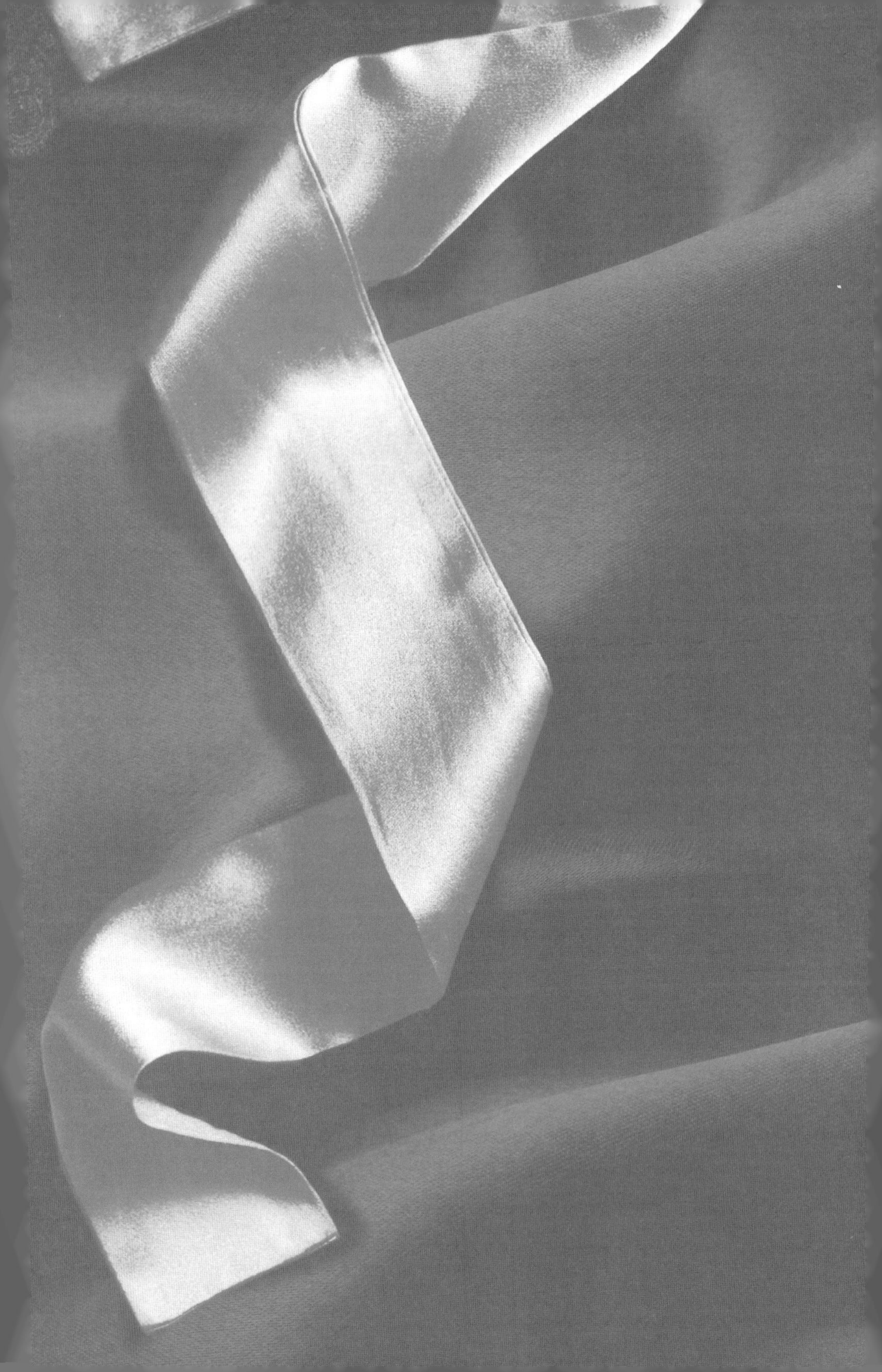

Parte 2

"O sexo é o grande unificador. Em sua lenta, mas intensa vibração, o calor do coração torna as pessoas felizes e intimamente unidas."

– David Herbert Lawrence

Jeremy

Abraço Alexa tão estreitamente quanto considero aceitável na presença das crianças. Martin dirige a limusine à velocidade máxima permitida. O destino é a cobertura de Adam, em South Beach, Miami.

Adam é irmão de Leo. Os dois herdaram a mesma fortuna, e Adam é, potencialmente, namorado de Robert, com base em seu recente e bem-sucedido encontro em Londres. Assim que recebemos a carta, entrei em contato com Robert, marido de Alexa, informando-o de que ela corria de novo grave perigo. Sem hesitar, ele concordou em nos encontrar na Costa Leste. Adam sugeriu que nos reuníssemos em seu apartamento, tendo em vista a localização conveniente e a segurança disponível. O prédio tem até um heliporto, para o caso de conseguirmos convidar Leo. Tudo se encaixou perfeitamente.

Embora a contragosto, atendendo ao pedido de Alexa, não discuti nem elaborei uma resposta à carta de Jurilique, e foi melhor assim. Conseguimos garantir que as crianças não fossem afetadas, e, ainda por cima, aproveitassem o feriado, o que me permitiu fazer os arranjos necessários enquanto Alexa dormia. Se ela imaginou, mesmo que por um segundo, que eu permitiria àquela piranha encostar um só dedo nela, é sinal de que não me conhece tão bem quanto eu pensava.

Com a ajuda de alguns amigos médicos, consegui acessar os registros da internação de Elizabeth, quando esteve no hospital com apendicite, há dois anos. Ao que parece, ela tem o sangue tipo A, e não AB, como a mãe. Portanto, é impossível que carregue o mesmo alelo especial, ou gene alternativo, que descobrimos em Alexa durante o processo de experimentação. Que alívio! Isso no caso de tratar-se de uma anomalia genética, e não provocada por alguma condição médica ou reação específica – embora tudo que se refere ao sangue de Alexa seja, no mínimo, incomum. Pelos testes que fizemos até agora, a anomalia parece relacionada aos cromossomos XX, e não nos XY, afetando assim especificamente as mulheres. Se essa teoria se confirmar, não será necessário testar o sangue de Jordan, ficando garantido que as crianças não têm, sob esse aspecto, valor algum para a Xsade ou quem quer que seja. Preferi não comentar o assunto com Alexa até sabermos com certeza. Já que ela não quer que as crianças sejam testadas, deixei as coisas como estavam, para não preocupá-la além do necessário, tendo em vista tudo que tem passado.

Essas podem ser ótimas notícias para as crianças. Pela minha perspectiva, porém, Alexa passa a correr um risco ainda maior, por ser um espécime único, pelo menos que se saiba. Também fica claro que, caso um laboratório como a Xsade tenha acesso ao que descobrimos sobre a composição do sangue de Alexa, ela será mantida em suas instalações, como uma cobaia humana, até que os cientistas esclareçam todos os detalhes necessários à pesquisa. Talvez nem volte a ver a luz do dia.

Sei que sou uma presença dominante na vida dela, mas também sei que não bastam firmeza e argumentos sólidos para convencê-la a aderir ao nosso plano. Ela precisa entender que em hipótese alguma eu a submeteria a riscos pessoais. Felizmente conto com algumas pessoas para me ajudar na discussão.

Afinal chegamos a South Beach. Abro a janela do carro, na esperança de que o claríssimo céu azul e a maresia melhorem o humor de Alexa. No entanto, vejo que a mudança de planos acirrou sua ansiedade, provocando um sentimento de revolta. Nada com que eu já não tenha lidado anteriormente. Só que as circunstâncias agora são mais complexas.

Da guarita, um segurança abre a cancela, permitindo que o nosso carro desça para a escuridão da garagem, onde outros homens nos cercam assim que estacionamos. Pelo espelho retrovisor, registro o visível alívio com que Martin desliga o motor. Diante de tantas precauções, um observador talvez pensasse tratar-se da família de um político, de uma celebridade ou de alguém muito rico! Alexa respira fundo e aceita minha ajuda para descer da limusine. Em seguida faz um sinal para as crianças permanecerem no carro e fecha a porta.

– Jeremy, que diabos está acontecendo?

Mau começo de conversa.

– Vamos falar sobre isso lá em cima, Alexa. Aqui, não.

Rapidamente eu a afasto e abro a porta do carro.

– Venham crianças, podem saltar agora. Tenho uma surpresa para vocês!

Mais para evitar o olhar mortal de Alexa do que por qualquer outro motivo, comando a caminhada até o elevador. Se não estivéssemos em Miami, eu seria capaz de jurar que corria o risco de congelar em poucos segundos, tal a frieza da atmosfera.

O elevador só começa a subir depois que Martin digita um código complicado. Quando a porta do elevador se abre para o enorme apartamento de cobertura, a vista panorâmica das águas maravilhosamente azuis da Baía de Biscayne, que se estendem para o Oceano Atlântico, é impactante.

Enquanto me distraio momentaneamente com o cenário, as crianças passam por mim gritando "Papai, Papai". Só então reparo em Adam e Robert de pé, diante do bar espelhado, no centro do salão. Aproveito os abraços e apresentações em que os quatro se envolvem, e volto-me para Alexa. A cor de seu rosto tinha passado de vermelho furioso a palidez mortal. Por um instante, não sei o que pensar. Ela parece em choque. Pego-a delicadamente pela mão, faço com que se sente e peço um copo de água mineral, cumprimentando os homens ao mesmo tempo.

Faz algum tempo que não vejo Adam, mas o conheço faz quase tanto tempo quanto conheço Leo, o que passa de uma década. Mais baixo e mais forte do que o irmão mais velho, Adam tem os mesmos cabelos castanhos claros e os mesmos olhos azuis, e mostra-se amigável e extrovertido como sempre.

Robert parece ao alegre, mas nervoso, o que suponho ser um comportamento normal diante do fato de rever os filhos e ter de apresentá-

-los a seu "novo homem". Estranho pensar que eles passarão pelo que eu e Alexa acabamos de viver com as crianças. Por enquanto, Elizabeth e Jordan vêm se adaptando bem, e espero que continuem assim.

Não se passam mais de dois minutos, e as crianças notam, através das portas corrediças de vidro, que há uma piscina lá fora. De imediato começam a pedir.

– Por favor, mamãe, por favor. Deixa? Temos roupa de banho na mala. Deixa?

Não sei se ela está a ponto de desmaiar ou de ter um ataque de fúria. Essa dúvida me é estranha, porque costumo decifrar Alexa facilmente. Acho que ainda estou me adaptando a sua versão "mãe".

– Por que não perguntam ao seu pai? Ele parece saber melhor do que eu o que pode ou não pode.

A aparente calma da resposta me deixa desconfortável, pois sei da intensidade do golpe sofrido por ela, com nossa mudança de planos.

As crianças tomam as palavras ao pé da letra e imediatamente passam a assediar Robert.

– Deixa, papai, por favor, deixa?

Ele olha para Adam, que dá de ombros.

– Por mim, acho ótima ideia.

Enquanto ele pega o interfone e pede que a bagagem seja trazida, Robert vai até Alexa e afetuosamente aperta-lhe os ombros. Ela não responde.

– Que tal se deixássemos vocês dois a sós por um tempinho?

Ele me lança um olhar cauteloso e continua.

– Eu cuido das crianças. Nós nos falamos mais tarde.

Com uma expressão significativa de "boa sorte, companheiro, ela é toda sua", Robert agarra Elizabeth e Jordan, um em cada braço.

– Por aqui, crianças. Vamos dar uma volta.

Com ar distante, Martin espera à porta do elevador.

Eu me ajoelho diante de Alexa, deixando nossos olhos no mesmo nível. Ela permanece sentada, embora trêmula e mortalmente pálida.

– Por favor, tome um pouco d'água. Precisa se recompor.

Ela bebe alguns goles do copo que levo aos seus lábios. A última vez que me ajoelhei assim diante dela foi no InterContinental, quando pedi que passasse o fim de semana comigo. Céus, o que estou pedindo que ela faça agora? Será melhor? Droga! Ela pode me odiar para sempre.

– Alexandra...

– Não me venha com "Alexandra", Jeremy – ela diz em voz baixa, embora fulminante. – Que diabos você fez?

– Paramos aqui para definir o próximo passo.

– Próximo passo? Meu próximo passo está perfeitamente definido desde que recebi a carta. Vou dar à bruxa o que ela quer, e ela nos deixará em paz. Esse é o meu próximo passo, Jeremy.

– Bem, infelizmente, tenho que discordar.

– Discorde à vontade, mas é o que vou fazer.

Alexa se levanta e caminha com passos firmes para o elevador, onde Martin está. Não tenho certeza se ela pretende sair de verdade, ou quer apenas provar que fala sério. Martin sabe que ela não deve sair sem meu expresso consentimento, e bloqueia sua passagem.

– Martin, por favor...

Ele abana a cabeça, decidido.

– Sinto muito.

– Existem outras opções, meu bem. Honestamente, nós podemos superar isso sem ceder à chantagem daquela mulher.

Como se as minhas palavras e a atitude de Martin rompessem alguma coisa dentro dela, Alexa se volta para mim e começa a socar meu peito, dizendo:

– Você não compreende, *não* há alternativa!

Quando a abraço bem juntinho, sua revolta se dissolve, e ela explode em lágrimas, consciente de que está lutando contra um adversário invisível, em uma batalha que somente um de nós pode ganhar. Eu faria de tudo para que ela não tivesse de passar por esta angústia, não tivesse de sofrer a dor que lhe é imposta. Garanto que Jurilique pagará caro por tê-la colocado neste pesadelo, por nos fazer sofrer. Trago-a de volta à sala e falo com firmeza:

– Você precisa compreender que não está sozinha nisso! Em hipótese alguma permitirei que você se entregue àquela mulher miserável, Alexa. Como já disse, só por cima do meu cadáver!

– Por Deus, Jeremy, por favor... Você não pode... As crianças... O risco... Tem que me deixar ir, você precisa. Já sobrevivi uma vez e vou sobreviver novamente!

Céus, isto está me matando e acabando com ela, tão apavorada, tão frágil...

– Acho que não me entendeu, querida. Já perdi você para ela uma vez e não vou admitir que isso aconteça de novo. Lamento, mas tem de ser assim. É o único jeito.

O sofrimento demonstrado pelos soluços de Alexa me machuca como uma punhalada no peito. É a primeira vez que reage assim, desde que recebeu a carta, como se, agora que as crianças têm o pai por perto, afinal se permitisse expressar a aflição que sente. Parece que algo se quebrou dentro dela, criando um divisor de águas.

Eu não havia percebido a que ponto ela se continha, mas trata-se de um comportamento natural. Não é assim que agem as mães, fazendo de tudo para proteger os filhos? E Alexa é uma verdadeira leoa. Embora não seja pai, imagino que agiria exatamente da mesma forma.

– Eu preciso... Eu tenho...

As palavras saem abafadas, entre soluços, junto ao meu peito. Só o que posso fazer é abraçá-la pelo tempo que for necessário. Para sempre, de preferência. Ela é o amor da minha vida e não vai sair daqui enquanto não encontrarmos uma solução que não envolva a volta à Xsade e às mãos daquela psicopata. Ainda que ela me odeie por isso.

Não sei bem por quanto tempo ficamos abraçados, até que Adam entra na sala e deixa duas xícaras de chá verde sobre a mesa de centro. As crianças se divertem na piscina com Robert, alheias ao turbilhão emocional que parece ter envolvido a pobre Alexa.

– Olá, eu sou Adam – ele se apresenta, estendendo a mão.

Sinto-me um pouco culpado por não ter providenciado isso antes.

Afinal, a casa é dele. No entanto, sei que ele entende a peculiaridade das circunstâncias.

Em um gesto característico de sua natural polidez, Alexa rapidamente enxuga os olhos.

– Olá, sou Alexa. Desculpe a bagunça.

– Não se preocupe. Obrigado por partilhar o seu homem comigo – ele responde, com uma piscadela maliciosa.

Poderia haver situação mais embaraçosa? Para minha enorme surpresa, o comentário arranca um sorriso de Alexa.

– Prazer, Adam. Espero que estejam se dando bem.

Apesar dos olhos vermelhos e inchados pelo choro, ela retribui a piscadela. Que alívio, talvez as coisas não estejam tão ruins afinal.

– Quer que lhe mostre o seu quarto? Achei que talvez queira se arrumar.

– Estou tão ruim assim? Que primeira impressão! – ela responde com um sorrisinho.

Por que os homossexuais têm essa facilidade de comunicação com as mulheres? Bom, pelo menos ela está sorrindo. É muito mais do que eu consegui. Mantenho o braço em torno dela, a caminho do nosso quarto.

– Por quanto tempo você espera que fiquemos aqui, Adam?

Mesmo no estado em que se encontra, ela não perde a oportunidade de perguntar a ele, não a mim, na esperança de obter alguma informação.

– Depende inteiramente de você, minha amiga.

Boa resposta. Ele mostra a nossa suíte e diz, apontando as toalhas limpas:

– "Mi casa, su casa". Não se apressem, vou me juntar às crianças lá fora.

Com essas palavras, Adam sai, fecha a porta e deixa-nos entregues ao chá verde, à nossa bagagem e um ao outro.

Visivelmente arrasada, Alexa não tem mais a determinação de me manter à distância.

– Diga, por favor, o que estamos fazendo aqui, Jeremy?

– Honestamente, sinto muito por você não estar satisfeita, querida.

Depois de tirar delicadamente alguns fios de cabelo que caem sobre seus olhos acusadores, continuo.

– Precisamos tomar algumas decisões bem fundamentadas sobre o que é melhor para você e as crianças, e não podemos fazer isso sem a colaboração de Robert.

– E Adam?

– Parece que ele faz tanto parte da vida dele, quanto eu da sua, meu amor.

– Ótimo. Pensa em envolver mais alguém? Você tem o telefone dos meus pais?

As últimas palavras vêm carregadas de sarcasmo.

– Você sabe que eu não faria nada sem o seu conhecimento, mas tem mais alguém...

Minha voz falha. Não tenho certeza se este é o melhor momento para falar.

– Oh céus, quem mais?

– Parece que Moira localizou Leo...

– Leo vem aí?

– A qualquer momento nas próximas 24 horas.

– Não acredito!

– Estamos aqui para ajudar e vamos passar por isso juntos!

Tento por as mãos nos ombros de Alexa. Desta vez, porém, ela tem energia para me afastar, o que não é nada bom.

– Preciso de um tempo sozinha, Jeremy. Quero pensar.

– Todos nós estamos aqui para apoiá-la, Alexa.

Ela me encara com firmeza e responde:

– Apoiar em tudo, menos no que eu decidi. O seu apoio está muito claro. Desde que seja nos seus termos.

– Não vai fazer nada precipitado, não é?

Não consigo evitar que a preocupação com o bem-estar de Alexa transpareça na minha voz.

– Tenho como sair deste apartamento sem a sua companhia ou aprovação? – ela pergunta asperamente.

– Bem, não. A menos que decida fazer rapel descendo pela varanda.

– Exatamente o que pensei. Caí em outra armadilha. Não, não vou fazer nada precipitado. Só preciso pensar. Vou tomar uma chuveirada, para ver se clareio as ideias.

Eu me sinto péssimo. Alexa vem sendo continuamente arrastada rumo ao desconhecido, desde que nos encontramos. Não sei até quando poderá aguentar. Não fosse ela tão forte, teria sucumbido às circunstâncias que vem enfrentando, a partir daquele fim de semana que passamos juntos.

– Tudo bem.

Procuro manter a calma, mas não tenho certeza se consigo disfarçar o pânico que me toma por dentro. Se ela cometer algum desatino... Nem quero pensar! Devem ser os fantasmas que me assombram, trazendo de volta antigos medos, de quando fui incapaz de salvar meu próprio irmão. Tenho consciência de que situações extremas podem provocar comportamentos irracionais... Não, ela não é assim, não está em sua psique.

– Quer alguma coisa, antes que eu saia? – pergunto gentilmente, com a voz carregada de preocupação.

– Nada por enquanto.

Alexa felizmente parece mais calma. Beija as costas da minha mão, como se dissesse que, apesar do sofrimento, ainda há esperança para nós.

– Mas não pense por muito tempo. Sabe que tenho convulsões quando você não está diante dos meus olhos.

Ela deixa escapar um risinho fatigado. Retribuo o beijo na mão e saio, para que fique sozinha, ao menos por algum tempo.

Junto-me aos outros na área da piscina, onde Adam distrai as crianças com uma espécie de voleibol aquático. Depois de tirar os mocassins, sento-me na borda ao lado de Robert, com as pernas dentro d'água.

– Como está ela? – ele pergunta.

– Bastante chateada comigo por termos vindo para cá, mas você sabe que ela não guarda rancor por muito tempo.

– É verdade, graças a Deus.

Com sorrisos meio sem graça, compartilhamos nosso conhecimento da personalidade de Alexa.

– É muito sério, Jeremy? Ela está mesmo correndo perigo?

– Não vou mentir para você, Robert. É muito sério, e o perigo é real. Eles parecem estar a par de cada movimento nosso. Recebemos outra ameaça hoje de manhã, quando entrávamos no carro.

– É mesmo? Que droga! Ela não está pensando em ir, está?

– Ela acha que é o único jeito de manter as crianças a salvo. Não quer arriscar nada, quando se trata deles.

– Posso entender. Mas eles precisam da mãe. Também não quero que ela se arrisque para satisfazer aqueles babacas do laboratório.

– Eu sei, e é por isso que preciso de sua ajuda, para convencê-la de que esta não é uma opção com que você esteja disposto a concordar, em nome das crianças. Com base no que já apuramos, as crianças não têm valor algum para a Xsade. Só a própria Alexa.

– Não seria possível mandar um pouco do sangue dela para eles, e encerrar o assunto?

– Gostaria que fosse simples assim. Infelizmente, eles invadiram nosso sistema e fizeram experiências, e estão cientes de que, dependendo da situação, alguns hormônios muito específicos são liberados no sangue dela. Por isso precisam da presença dela: para chegar ao que já sabemos.

Decido não mencionar as propriedades curativas do sangue de Alexa. Quanto menos gente souber disso, melhor.

– Temos de encontrar outra saída, Jeremy, de modo que ela esteja segura. Embora não sejamos mais casados, ela ainda significa tudo para mim e para os nossos filhos. Eu não suportaria, se algo de ruim lhe acontecesse.

– É bom ouvir isso. Só precisamos convencê-la.

– Você já descobriu como Alexa pode ser teimosa?

– Por que acha que pedi reforços? Eu nunca conseguiria fazer isso sozinho.

Nossos sorrisos demonstram, ao mesmo tempo, cumplicidade e preocupação.

– Bem, vamos fazer o que for preciso para garantir a segurança dela e das crianças.

– Obrigado, Robert, agradeço muito a sua ajuda. A propósito, estava querendo perguntar, como foi em Londres?

– Digamos que foi como voltar para casa, sob todos os pontos de vista – ele responde, com um sorriso que revela alegria pelas decisões tomadas recentemente em sua vida.

– Que ótimo, fico realmente satisfeito por você.

Feliz pela felicidade dele, embora ainda inseguro da minha, eu me levanto para verificar como está Alexa, quando Robert diz:

– Agora só precisamos resolver esta confusão, e tudo estará perfeito.

Olho para ele, desejando que suas palavras se tornem realidade.

– Certamente, esse é o plano.

Estou a caminho do quarto, quando lembro que ainda não falei com Martin a respeito do tal envelope que a mulher tentava entregar a Alexa, e volto em direção ao elevador.

– E aí, Martin, já abriu o envelope?

Ele faz que sim.

– Diz que enviar apenas o sangue dela é uma proposta inaceitável e determina exatamente quando e onde ela deverá estar em sete dias, antes que a "campanha" deles comece.

Martin me estende o bilhete.

– Merda!

Passo automaticamente as mãos pelos cabelos, atento ao significado de cada palavra.

– Eu sei. Não é nada bom.

– O que não é nada bom? Por que o xingamento, Jeremy?

A voz de Alexa me assusta.

– Ah, querida, já veio. Ia justamente verificar como estava.

De cabelos molhados presos para trás, vestida com um roupão branco, de algodão, amarrado na cintura, ela não poderia aparecer em momento pior.

– O que aconteceu?

Ela de imediato repara no papel que tenho na mão. Não querendo entregar o bilhete, olho ansiosamente para Martin.

– Jeremy, por favor, não queira me fazer de boba.

– Eu jamais faria isso. Prometa que nunca, jamais, se entregará a Jurilique, e isto é seu.

Só me resta esperar.

– Não prometo coisa nenhuma. E me passe esse maldito papel.

Pelo tom de voz de Alexa, é melhor não discutir. Ela não está brincando. Assim, embora contra a minha vontade, entrego a mensagem.

Ao acabar de ler, ela cai ao chão, como se suas pernas de repente não suportassem o terrível peso que carregam. Em seguida, com o corpo tomado por um tremor incontrolável, toma a atitude de quem quer se livrar de uma coisa venenosa: rasga o bilhete em pedaços.

– O que eu faço? Ela nunca vai me deixar em paz. Nós sabemos disso. Ela provavelmente tem conhecimento do meu paradeiro neste momento, mesmo depois da sua inesperada mudança de curso. Não aguento mais isso, simplesmente não aguento. Qual é a diferença entre estar prisioneira aqui ou estar prisioneira lá? Não há saída, não há solução!

Nada me irrita mais do que me sentir impotente ou sem saber o que dizer. Infelizmente, porém, é exatamente assim que me sinto agora... Completamente inútil. Passam-se alguns instantes de total hesitação. Não sei o que dizer nem como consolar Alexa.

Robert entra, mas felizmente deixa as crianças lá fora, enxugando-se com as toalhas. Alexa olha para ele e, de repente, começa a agir de um jeito que surpreende a todos.

– Muito bem, se querem saber de que maneira podem me ajudar, vou dizer: Robert, você fica responsável pelas crianças nas próximas 24 horas; Jeremy, preciso de uma bebida forte. Quero me sentir anestesiada por algum tempo.

Robert e eu tentamos falar ao mesmo tempo. No entanto, a voz dela, firme e clara, abafa as nossas vozes.

– Não é pedir muito, e isso basta. Estou falando sério. Preciso de um drinque. Agora.

Chegamos a um impasse, com certeza. Robert e eu nos entreolhamos, concordando. Sabemos muito bem que já teríamos feito exatamente a mesma coisa, caso estivéssemos no lugar dela.

Adam aparece e sugere subirmos ao terraço, pela escada em caracol, onde vai servir alguns drinques. Concordo e tento fazer Alexa se levantar do chão, onde permanece rodeada de pedacinhos de papel branco. Ela parece em estado de choque.

Ao perceber que ela não se move, carrego-a nos braços para o andar de cima, longe das crianças, deixando-a deitada em uma confortável espreguiçadeira, diante de uma paisagem que se estende até onde a vista pode alcançar. Vejo que traz roupa de banho por baixo do roupão. Provavelmente pretendia juntar-se às crianças.

Penso em descer correndo e pegar um chapéu, mas não acho prudente deixá-la sozinha em lugar tão alto. Seu rosto sem expressão nada revela do que ela possa ter em mente. A situação finalmente cobra seu preço. É demais. Eu me lembro de quando estava no hotel One Aldwych, em Londres, logo após o sequestro de Alexa. Tudo o que eu queria era uma bebida para amortecer a dor. Como condená-la por querer a mesma coisa? Delicadamente ajeito seu corpo imóvel: recosto a cabeça para trás e estico as pernas, de maneira que ela fique plenamente relaxada, sob a brisa silenciosa. Agora, é sufocar a ansiedade e esperar que Adam traga as bebidas.

Ele chega, afinal, com dois "Long Island Iced Teas", uma mistura de vodca, gim, tequila, rum, coca-cola e bastante gelo. Minhas sobrancelhas erguidas demonstram que não aprovo a escolha.

– Ela pediu uma bebida forte – Adam se justifica. – O interfone está aqui, se precisarem de alguma coisa.

Agradeço e abano a mão na frente do rosto de Alexa, para chamar sua atenção.

– Sua bebida, *milady* – ofereço, tentando imprimir despreocupação ao tom de voz.

Alexa finalmente parece sair do transe: pega o longo copo, tira o canudinho com um guarda-chuva decorativo providenciado por Adam e bebe rapidamente alguns goles. Pelo jeito, a situação pode logo, logo, complicar-se ainda mais. Ela toma fôlego e repete o gesto, consumindo três quartos do drinque em tempo recorde. Tenho de me segurar, fisicamente, para não impedi-la; tiro também o canudo e tomo um trago. Somente então ela me olha nos olhos.

– Está muito bom – diz, bebendo o último gole. – Gostaria de outro – completa, olhando diretamente para o meu copo.

Tomo um grande gole antes de dar o resto a ela. Poxa, é forte até para mim.

– Pelo menos, tente beber mais devagar.

Meu pedido de nada adianta. Por uns dez minutos aguardo ansioso que Alexa fale ou faça alguma coisa.

– Ah, estou bem melhor – ela diz, afinal.

Em seguida, pega o interfone.

– Oi, Adam, estava perfeito. Pode fazer outro igualzinho? Excelente, obrigada.

Pela expressão de seu rosto, percebo que está adorando a minha reação às suas travessuras.

– Sujeito legal o Adam, não acha?

– É, sim. Acho que vocês vão se dar muito bem.

– Não fique tão desanimado, Jeremy. Quem pode desanimar sou eu, mas pelas próximas horas quero esquecer tudo. Senão o meu coração e o meu cérebro não aguentam. Pode fazer isso por mim?

Ao dizer isso, ela despe o roupão. Chego a perder o fôlego diante da visão de seu corpo de belas curvas sob o sol, em um biquíni frente única vermelho. Incrível como alguém sob tanto estresse pode ser deslumbrante. Se duas gestações provocaram alguma alteração, foram os seios maravilhosos e o corpo de formas mais definidas. Meu pênis imediatamente dá sinal de vida. Sinto-me um adolescente.

– Claro, faço qualquer coisa por você, meu bem.
– Se estiver de acordo com os seus desejos – ela ironiza.
– Eu sempre quero o que é melhor para você.

Dou-lhe um beijinho na testa e continuo.

– Vou só pegar o seu chapéu, os óculos escuros e mais bebida. Fique aqui.

– Aonde eu iria?

***

Quando volto, trazendo uma bandeja com os drinques, um pouco de pão árabe e molho de iogurte, além de filtro solar, não encontro Alexa. Largo a bandeja sobre a mesinha e faço uma rápida varredura na área. Merda, não, por favor. De novo não. Meu estômago parece dar cambalhotas. Saí por menos de cinco minutos! Com o coração aos pulos, corro até a escada, depois ao outro lado.

Nada. Ninguém. Do parapeito, olho para baixo, embora saiba que ela nunca teria pulado. Não é da sua natureza. Chego a olhar para o céu, com a suspeita passageira de que um helicóptero a tenha levado, apesar de não ouvir ruído algum. Oh, céus, não! Por favor, não pode estar acontecendo de novo!

De repente, sinto um beliscão no traseiro. É Alexa. Eu me volto rapidamente para agarrá-la com toda a força, em um misto de alívio e raiva, pela brincadeira de mau gosto. Ela tenta escapar, mas eu a pego pela cintura e jogo por sobre o meu ombro.

– Nunca... mais... faça... isso... comigo!

A cada palavra, dou-lhe uma palmada. Ela grita e ri, enquanto eu, sem a menor cerimônia, jogo seu belo corpo sobre a espreguiçadeira.

– Juro por Deus, Alexa, por pouco não tive um ataque cardíaco!

Ela ri incontrolavelmente. É sempre assim: quando começa, custa a parar. Ainda sob os efeitos do medo, cheio de adrenalina, pego rapidamente o cinto do roupão para prendê-la pelos pulsos, amarrando cada uma de suas mãos nos lados da cadeira.

– O quê... O que está fazendo? Não pode... – ela balbucia, em meio às risadas histéricas.

Alexa não tem como escapar.

– Assim, tenho certeza de que não vai sair daí.

"Muito melhor", penso. Agora, que a vejo sã e salva, presa à espreguiçadeira sob o sol, tão sexy de biquíni, fico feliz com suas gargalhadas.

– Jeremy, por favor, me solte. Alguém pode chegar – ela pede, ainda rindo.

– Depois do seu sumiço, pouco me importa o que pensem. Você sabe até onde sou capaz de ir, pela sua segurança. Como vou saber se não vai desaparecer de novo? Além disso, todo mundo saiu para jantar mais cedo, e não vejo razão alguma para soltá-la.

Ela finalmente consegue controlar o riso e testa as amarrações.

– Francamente, você sabe que isto não é necessário. Pode me soltar.

– Jamais. Você quase me matou de susto.

– Mas mal posso me mexer... – ela insiste.

– Exatamente, querida, essa é a intenção. Só assim tenho paz de espírito. Na verdade, como não tenho há dias – completo, com um sorriso.

É impossível que Alexa tenha ignorado minha insinuação. Ajeito-lhe os óculos e o chapéu. Não resisto à proximidade de sua boca e dou-lhe um beijo.

– Muito bem, posso pelo menos tomar o meu drinque?

– Não vai pedir desculpas? – pergunto, segurando o copo bem perto do rosto dela.

– Por ter beliscado a sua bunda? Nunca!

Sua malícia é deliciosamente contagiante.

– Alexa... – repreendo, afastando o copo.

– Está bem, desculpe. Mas que foi muito engraçado, isso foi.

As risadinhas recomeçam.

– Você sabe tão bem quanto eu que a palavra "mas" nega tudo o que vem antes dela.

– Está certo, me perdoe. Não queria assustar você. Verdade. Estava só me divertindo. Posso tomar a minha bebida agora? Por favor. Eu não deveria ter de pedir.

– Mas eu gosto quando você pede...

Assim que levo o copo aos seus lábios, ela bebe dois goles avidamente.

– Fazia um tempão que não via ouvia a sua risada, Alexa. É tão bom...

– É ótimo. Eu rio e acabo presa a uma cadeira.

– Desse jeito posso cuidar de você.

Depois de servi-la de pão com pasta, tiro a camisa e me acomodo sobre seu corpo preso, completando a frase.

– E fazer o que eu quiser.

Um suspiro profundo demonstra que a visão a agrada. Mergulho o rosto entre seus seios fartos e acaricio os mamilos, que se destacam através do tecido do biquíni. Ao som de seus gritinhos de prazer, vou distribuindo beijos ao longo de sua barriga, até parar junto à parte inferior do biquíni. Ao olhar para cima, confirmo: seus olhos ardem de excitação e desejo.

– Gosto demais de você assim, mas seguir adiante seria impróprio.

Alexa fica visivelmente confusa.

– Estamos aqui para beber. Afinal, foi isso que pediu – digo.

Instintivamente, ela tenta mover os braços na minha direção, esquecendo por um momento que estão amarrados.

– Jeremy!

Afasto-me para pegar a bebida, que passo para Alexa, depois de um trago. Ela relaxa na espreguiçadeira, absorvendo o efeito do álcool.

– Tem razão – digo. – Está tudo ótimo, não? Sabe, nossa vida seria bem mais fácil se você apenas fizesse o que eu peço, certa de que é o melhor. A solução talvez seja manter você presa aqui, até isso passar.

Alexa olha para mim, avaliando a seriedade das minhas palavras. Mal sabe ela...

– Jeremy, não diga isso nem de brincadeira.

– Pode ser a solução. Venho tentando chegar a um acordo, na esperança de que você recupere o juízo e se entregue a mim, e não à bruxa.

Tomo mais um gole e ofereço outro a Alexa.

– Temos muito em que pensar. Com opção ou sem opção.

– Escolher é sempre melhor – ela se apressa a responder. – Mas a bruxa não me deixa escolha. É o único jeito de proteger outras pessoas. Você precisa entender. Tem de entender, Jeremy.

– Entenda você, Alexa. Preciso protegê-la, e quem não *me* deixa escolha é *você*.

A última coisa que quero agora é começar outra discussão inútil, logo quando ela se permitiu ficar, por uns momentos, confortavelmente alheia aos problemas. Assim, depois de uma rápida olhada em volta, confirmo que estamos no alto de um dos mais altos edifícios de South Beach, Miami, o que nos garante total privacidade. Seria realmente uma lástima desperdiçar essa oportunidade que caiu do céu.

– É a falta de alternativa que...

Ignoro suas palavras e avidamente inicio o cumprimento da minha missão sexual. Convicto de que, no atual estágio, a estratégia mais eficaz é não pensar, e aproveitando que meu alvo foi imobilizado, devo dizer que, sob circunstâncias tão adversas, eu não poderia estar melhor.

A argumentação acerca de escolhas logo dá lugar a gritinhos de prazer, já que meu foco é liberar a mente de Alexa para fazermos o que sabemos fazer melhor. Não posso negar a alegria que sinto, por ter livre acesso ao seu corpo. Abro mais as pernas dela, para melhor alcançar o parque de diversões que adoro explorar com a língua e os lábios. Minhas mãos não se cansam de massagear os seios sensacionais, agora livres da parte superior do biquíni. Quando aumento a pressão da língua sobre seu sexo e aperto seus mamilos entre os dedos, ela arqueia as costas e grita meu nome. Eu a desejo mais do que nunca. Sei que jamais nos cansaremos um do outro. O prazer de Alexa é meu mundo. Nunca a deixarei. Jamais.

A tensão sexual entre nós torna-se ainda mais intensa quando pressiono seu clitóris com a língua e sinto seu corpo colado ao meu, esforçando-se para libertar os pulsos. Alexa vive um conflito entre controlar ou render-se. Ainda bem que estou no comando e posso proporcionar-lhe o alívio de que precisa, afastar seus medos, sua apreensão, sua dor, ainda que por alguns instantes, apenas. Sinto sua excitação crescente e quero vê-la explodir com a paixão que faz parte de quem ela é, de quem se permitiu vir a ser. Mas não agora.

Reduzo o ritmo. Quero que Alexa cavalgue comigo, para gozarmos juntos, no meu tempo, e sei que ela gosta disso. Ofegante, tem o coração aos pulos. Somente agora me dou conta da tensão que guardei, enquanto enfrentava o risco de perdê-la. Preciso desse controle, neste momento crítico, quando conseguimos controlar tão pouco das nossas vidas. Assim, brinco com seu corpo como se fosse a última vez, para proporcionar-lhe o prazer extremo.

Incansável, quero que Alexa se excite outra vez, sem relaxar completamente. Quero que seus orgasmos se sucedam, para que, pelo maior tempo possível, ela deixe de pensar e seja minha, irresistível e totalmente rendida às necessidades do corpo. Continuo a beijar, chupar e acariciar, sentindo seu desejo. Jamais precisei tanto de estar perto dela.

– Por favor, Jeremy, agora me solte – ela pede, finalmente, com voz rouca.

– Pensei que nunca fosse pedir, meu bem.

Alexa se entrega ao próprio corpo e a mim. Explode em êxtase e em gritos de prazer quando chupo seu clitóris com força e acaricio seus seios. Bebo de seus fluidos assim que são expelidos, nos espasmos que contraem cada músculo de seu sexo.

As ondas incontroláveis de prazer servem também para afastá-la do sofrimento da vida real, e quero prolongar esses momentos de liberdade. Sei que ela não pode impedir minha aproximação, recusar meus carinhos, fugir de mim. Sei que precisamos, acima de tudo, desta proximidade física, desta união, desta intimidade. Quero que Alexa se sinta plenamente satisfeita, que se entregue a mim, entendendo que devemos estar assim... Juntos. Separados, nunca!

Eu me livro da pouca roupa que ainda visto. Quando enfio o pênis dentro de Alexa, sinto a superfície úmida de seu sexo contrair-se. Aperto a minha boca sobre a dela, para que prove o gosto do próprio prazer. Quero devorá-la por cima e por baixo, ouvir seus gritos. Cubro seu corpo com o meu. Entre incontroláveis espasmos de prazer, ela não tem escolha, a não ser ficar embaixo de mim e aceitar. A paixão vibra através de seus músculos, desligando sua mente, como era seu desejo. Totalmente entregue, sem palavras, resta-lhe apenas o tremor, efeito de seus múltiplos orgasmos. Por enquanto, pelo menos.

A paixão entre nós se intensificou com o passar dos anos, como se o afastamento tivesse aumentado o amor e o desejo sexual. Sempre quero mais da mulher que amo. Se ela me permitisse o mesmo acesso a sua mente, poderíamos resolver a situação juntos, em vez de nos perdermos em discussões inúteis.

Depois de vestir as minhas calças, visto as dela também, embora a contragosto, desamarro seus pulsos e abraço carinhosamente seu corpo completamente relaxado sobre a espreguiçadeira. Aproveito o silêncio e a proximidade a que teremos direito por mais algum tempo. Não posso deixar de considerar qual será a reação de Alexa ao plano de Leo. Conhecendo-a como conheço, posso afirmar que, por melhores que sejam as nossas intenções, eis aí uma questão sobre a qual não teremos controle algum.

Alexa

Sob o sol, eu me aninho no calor do corpo de Jeremy. Em seu abraço, não consigo falar nem me mexer. Como é possível isso acontecer? Ele me transporta a um lugar que jamais pensei existir. Ou talvez esse lugar só exista entre nós, embora eu duvide. É como se entrássemos em harmonia com os deuses, com o universo, onde não existe começo nem fim, sofrimento nem culpa, apenas a completa liberdade. Quando fazemos amor, minhas sensações são tão intensas, que sou tomada por elas, e ainda as experimento, muito tempo depois. Nossos corpos se misturam no arrebatamento e no prazer que um proporciona ao outro. É como se eu fosse um ímã, inexoravelmente atraído por seu campo magnético. Jeremy se torna o meu mundo e toma o meu ser, tanto física quanto metaforicamente. Justo quando penso que cheguei ao máximo, ele me instiga a ir mais longe. Percebo que toda e qualquer energia de que ainda disponho para lutar contra o homem que amo, para ir contra seus desejos e sua vontade, esgota-se rapidamente, em especial porque quero o que ele quer para mim. Sei que ele não suportaria me perder, assim como eu não suportaria perdê-lo, o que torna as coisas ainda mais difíceis. O amor nos puxa em várias direções. Literalmente.

Estou certa de que as ações de Jeremy, mais ainda que as palavras, exigem ser ouvidas, exigem que eu reconheça seu amor e sua dedicação. Está ficando difícil lutar, em especial porque nunca desejei essa luta. Não há um só pedaço de mim que queira voltar à Xsade e relacionar-se de novo com aquela mulher. Apesar disso, meu coração sabe que é preciso, porque meus filhos estão diretamente envolvidos.

É injusto esperar que Jeremy compreenda isso. Um homem não entende certas coisas enquanto não se torna pai. Trata-se de um amor diferente. No entanto, seu amor por mim é tão forte, que me sinto presa a ele por alguma corrente invisível. Eu não suportaria, se ele quebrasse essa corrente. Meu coração deixaria de bater.

E agora isto. Jeremy consegue que me entregue a ele, que embarque em sua onda de desejo, e não desiste até que eu esteja em harmonia com a serenidade por ele criada. Essa paz e essa silenciosa energia pulsante me completam, me curam de dentro para fora. Somente ele me faz atingir esse estado. Só alcanço tanta unidade e perfeição quando me rendo verdadeiramente a ele, ao seu desejo, ao seu amor. Sinto-me flutuar. Estou esgotada, amando com todas as forças e terrivelmente apavorada, pelas consequências possíveis para aqueles a quem amo, se aceitar a ajuda de Jeremy e tomar outro caminho.

Deixo a mente vagar. Recordo dias mais simples, tempos mais fáceis, quando ele não fazia parte da minha vida. Lembro o lugar favorito da família, no vale de Huon, quando observávamos os ornitorrincos brincando no riacho, depois que os caiaques paravam de circular. As crianças montavam o porco Rusty e ordenhavam a vaca Honey, cujo leite era usado para fabricar um queijo Brie macio e delicioso. Ou sentávamos em volta da fogueira, comendo pão recém-assado, cantando e dançando canções folclóricas, enquanto o sol desaparecia atrás das colinas verdes, além das terras férteis do vale. Ou ainda quando mergulhávamos nus nas águas perfeitas que corriam em direção à baía de Wineglass, na península de Freycinet. O efeito do sal e da água fria sobre a pele, que nos despertavam os sentidos, permanecia bem depois de os turistas que passeavam a pé terem ido embora. O sol de verão prolongava os dias e abreviava a escuridão das noites, tornando-as as mais curtas do ano. Mesmo com tanta beleza natural a me envolver o corpo e restaurar a essência vital, eu no fundo sentia que faltava alguma coisa, que um vazio na alma precisava ser preenchido.

Percebo claramente como me fazem falta a paz e a solidão proporcionadas pela natureza, como tenho andado longe dessa sensação de tranquilidade. Os recentes acontecimentos me lançaram rumo ao desconhecido, e um exemplo típico disso é o tempo que passei no laboratório da Xsade, tão artificial, tão programado. Sinto como se tivesse perdido contato com o âmago da minha natureza de ser humano. A simples ideia de retornar na próxima semana àquele ambiente sem alma me dá arrepios de medo.

— Alexa, já voltou da viagem? Tudo bem? — Jeremy sussurra ao meu ouvido.

O contato de seus lábios macios no meu ouvido desperta meu sexo instantaneamente, como se houvesse uma ligação direta. Parece que fizemos amor há anos, e não há alguns minutos, apenas.

— Não. Não inteiramente. Ainda estou longe.

Ele se ajeita melhor na nossa posição de conchinha, sobre a espreguiçadeira.

— Não me deixe, Jeremy. Preciso tanto de você quanto da própria vida.

— Do mesmo jeito que preciso de você, amor.

A verdade contida em suas palavras me transmite, ao mesmo tempo, conforto e medo. Não sei se pela bebida, por fazer amor no terraço ou por estar livre de cuidar das crianças por algumas horas – talvez uma combinação dos três fatores – é bom constatar que as minhas emoções estão confortavelmente entorpecidas pela primeira vez em muito tempo.

Quando Robert, Adam e as crianças chegam em casa, finalmente estou em condições de interagir normalmente com eles. Ainda não chegamos a um acordo quanto aos detalhes dos nossos planos a curto prazo, e nenhum de nós quer discutir o assunto até que as crianças estejam dormindo. Ao que parece, elas se ajustaram incrivelmente bem aos novos relacionamentos. Soltam gritinhos de alegria e fazem comentários do tipo "Legal!", quando Robert informa que todos vamos ficar aqui por uma noite ou duas, o que não é de admirar, quando descobrem que vão dormir na sala de vídeo de Adam, onde podem jogar até pegar no sono. Como passei a Robert a responsabilidade sobre os filhos pelas próximas 24 horas, não estou em posição de discordar. Feliz ao ver suas carinhas sorridentes, dou um abraço em cada um, antes de desaparecerem, animados, na sala de vídeo.

Adam abre um excelente Viognier do vale de Napa, para acompanhar as pizzas que trouxe para nós. A conversa flui facilmente em torno da mesa de jantar em mosaico espelhado, quando ele e Robert contam histórias do tempo que passaram juntos em Londres. Há o cuidado de não mencionar minha experiência recente, e sinto-me ao mesmo tempo integrada às brincadeiras e à parte delas. Meu marido, meu amante e o amante do meu marido sentados à mesa, conversando como velhos amigos. Tão estranho e, no entanto, tão certo.

Adam aumenta o som, e a música animada me dá uma irresistível vontade de dançar. O lugar parece projetado especificamente para festas. Depois de terminar outra taça de vinho, passo os braços em torno de Jeremy.

– Dança comigo?

Com um sorriso atrevido, ele pega meu rosto entre as mãos.

– Como não? É ótimo ver você relaxada assim.

Basta um beijinho nos lábios para fazer meus joelhos fraquejarem, exatamente como acontecia anos atrás, na universidade. Ainda bem que ele me segura com força. Meu corpo se derrete e gira em torno deste homem, como se ele fosse descendente direto de Eros. Céus, eu deveria tê-lo convidado para ir ao quarto ou ao terraço, e não para dançar. Mas não seria estranho, na frente do Robert? Talvez não.

– Preciso retornar um telefonema e volto rapidinho – Jeremy diz.

Adam imediatamente me pega pela mão, interrompendo meus deliciosos pensamentos sobre brincadeiras com o corpo de Jeremy.

– Eu danço com você, garota bonita. Vamos para a beira da piscina, há alto-falantes lá fora.

Surpresa, olho para Jeremy. Ele costumava me chamar de "garota bonita", nos tempos de universidade. Como Adam sabe desse apelido? Adam faz um gesto com a mão, em um falso protesto.

– O que foi? Eu não disse nada, fiz só uma brincadeira, mas é verdade, afinal.

Jeremy pisca um olho e me dá uma palmada no traseiro.

– Vá dançar com Adam, eu já volto.

Acompanho sua saída com o olhar, enquanto Adam me carrega na direção oposta.

No céu claro da noite agradável, a Lua divide o espaço com algumas estrelas. Dançamos sob o céu, animadamente. É ótimo dançar, liberar toda a energia e a tensão acumuladas. A música vibra nos meus ouvidos, e o mundo parece girar em torno de mim, enquanto Adam, que se mostra um excepcional dançarino, movimenta-se em todas as direções. Sob o efeito dos drinques, assumo confiante a necessidade de mostrar um desempenho à altura de tão competente liderança. É divertido.

Quando ele se afasta para pegar mais bebida, continuo a dançar. A música me leva para longe dos dramas, para fora da realidade. Descalça, mãos para cima, danço como se não houvesse amanhã, até que, em um dos rodopios, noto quatro figuras masculinas a observar-me atentamente, através das portas de vidro. O momento de distração me faz perder o ritmo, até então excelente, a elegância e o equilíbrio. Com isso, caio desajeitadamente na piscina. Constrangimento total!

Felizmente ainda trago o biquíni por baixo do agora transparente vestidinho de verão. Os homens se aproximam da piscina, e Jeremy e Robert estendem os braços para me ajudar a sair, tentando conter o riso.

– Nem uma palavra – aviso baixinho, ao ver as risadinhas disfarçadas.

Adam me entrega uma toalha.

– Obrigada.

Um pouco atrás dos outros está o quarto homem, que eu não reconheço, mas intuitivamente sei ser a razão da minha perda de equilíbrio. Ele dá um passo à frente e estende a mão.

– Olá, você deve ser Alexandra. Eu sou Leo.

Não posso acreditar que encontro Leo pela primeira vez. E desse jeito.

– Oh, Leo, ótimo. Olá. Perdão... Estou molhada.

Enquanto seco rapidamente a mão na toalha, para poder apertar a mão dele, percebo um brilho de divertimento em seus olhos incrivelmente azuis.

– Já vi. Você dança muito bem.

Céus, há quanto tempo estão me espiando? Minhas fantasias de "deusa das discotecas" desaparecem, imediatamente substituídas pela realidade: uma mãe de família de 30 e poucos anos, levemente embriagada, com dois pés esquerdos, caindo na maldita piscina. Boa hora para o chão me engolir ou para eu pular de volta na água e ficar lá embaixo de olhos fechados até os homens desaparecerem. Falta de sorte! Tantas ocasiões para eu ser apresentada a Leo parecendo bem arrumada, confiante e descontraída, e tinha de acontecer logo agora que estou encharcada, de roupa transparente e biquíni, com o cabelo grudado no rosto e completamente perturbada.

– Só... Por favor... Só preciso de um instante... Sinto muito. Volto logo.

Depois de me desculpar rapidamente, corro para o quarto, a fim de me recompor.

Leo está aqui, agora, depois de tantos anos. O herói, o mentor de Jeremy, a pessoa que o ajudou a sair do buraco onde se meteu quando seu irmão Michael cometeu suicídio, e nem a família ou os amigos – eu inclusive – conseguiam chegar até ele. Sempre admirei esse homem desconhecido, talvez com um pouco de ciúme dele, por ter conseguido o que eu não tinha sido capaz de conseguir, mas agradecida, apesar de tudo. Éramos tão jovens... Eu era tão jovem...

Não sei como Jeremy – o fortão, o macho alfa – vai se comportar com alguém que admira tanto, quando habitualmente é ele quem assume o controle. De repente isso desperta meu interesse: será a minha primeira e talvez única oportunidade de apreciar a interação de dois homens que causaram um efeito tão profundo na vida um do outro. O interesse começa a competir com a aflição pelo meu desempenho na piscina. Logo desta vez...

Jeremy bate levemente na porta, antes de entrar no quarto.

– Querida, perdeu-se aí dentro?

– Não poderia ser mais constrangedor, Jeremy. Você devia ter me avisado que ele ia chegar.

Ainda percebo a diversão por baixo do disfarce que ele tenta manter por minha causa.

– Você estava completamente solta, Alexa, como quando cantou e tocou violão naquela noite, na cobertura do hotel.

Ele me abraça pela cintura.

– Deve haver alguma coisa especial entre você e as coberturas, algo de sedutor e delicioso.

Depois de mordiscar meu pescoço, ele completa.

– Preciso me lembrar disso... Nunca vou interrompê-la quando estiver em um terraço. É lá que você fica mais bonita.

– Belas palavras, mas inúteis neste momento. Leo! Passo anos ouvindo falar dele, e é assim que o conheço – digo, mostrando o estado em que me encontro.

– Quem se importa com isso é você, e não ele. Deixe-me ajudar. Quero que volte para lá o mais depressa possível.

– Se me ajudar, pode ser que eu nunca volte para lá – digo, dando-lhe um beijo no peito.

Jeremy desvia minhas mãos ávidas do zíper de sua calça, dizendo:

– Você é incorrigível, e vejo que ainda está um pouco alta, mesmo depois do mergulho forçado.

Depois de tirar meu vestido molhado, puxando pela cabeça, ele começa a enxugar meu corpo com a toalha, e em segundos me enfia um vestido seco pela cabeça.

– Você faz tudo tão depressa, que estou ficando tonta – reclamo.

Enquanto seca meus cabelos e procura uma escova, ele diz:

– Você precisa recebê-lo de maneira adequada. Ele voltou especialmente por nossa causa.

O medo me faz sentir um aperto na boca do estômago.

– Por nossa causa? Como assim, "por nossa causa"?

Estar sentada na beira da cama, tendo os cabelos escovados delicadamente por Jeremy, seria uma ocasião agradável, em outras circunstâncias.

– Para considerarmos todas as opções.

Meu tempo de ficar livre da realidade termina abruptamente.

– Muito bem, você está ótima.

Ele pega a minha mão e me faz levantar da cama.

– Jeremy, o que vocês estão planejando?

Tenho a sensação que ele tem alguma coisa em mente.

– Estamos só conversando, Alexa. Agora que nos reunimos, podemos estudar a situação.

Jeremy segura meu rosto nas mãos, cuidando para que nossos olhares se encontrem.

– Você sabe como Leo é importante para mim. Por favor, não me decepcione.

Expediente infalível! O que posso dizer? Ele me pega com firmeza pela cintura e conduz meu corpo relutante porta afora. Uma situação como essa só provoca uma sensação: mau pressentimento.

Vou entrar em uma sala carregada de testosterona – Leo, Adam, Robert e Jeremy. Homens que se uniram presumivelmente com o único propósito de me convencer a fazer uma coisa que, eu sei, não posso fazer.

Meninas, onde estão, quando preciso de vocês? Eu daria qualquer coisa para estar em casa, rindo ou chorando com as minhas amigas, assistindo a um filme, tomando chá ou comendo chocolate. Em vez disso, porém, sou literalmente arrastada para, quem sabe, a mais importante discussão da minha vida, sabendo que estou em desvantagem. Vou tentar manter a mente aberta, mas o coração segue cheio de apreensão.

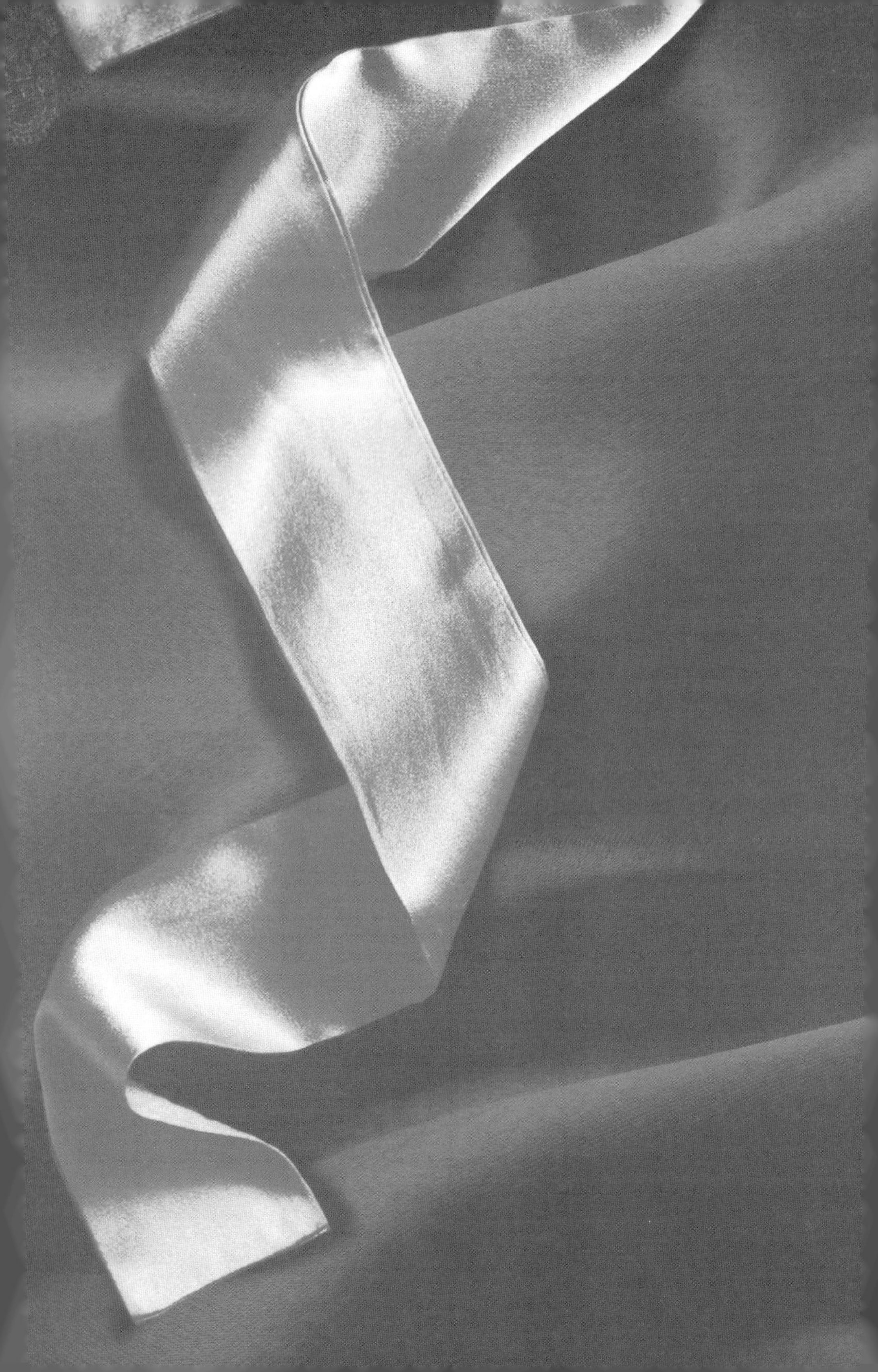

Parte 3

"Coopere com o seu destino.
Não o impeça, não o contrarie.
Deixe que ele se realize."

– Nisargadatta Maharaj

Alexa

Quando retorno à sala de estar com Jeremy, encontro todos sentados à volta da mesa de jantar, aparentemente esperando a nossa chegada. Quatro pares de olhos preocupados imediatamente se voltam para mim. Como pude esquecer Martin, que adiciona um peso importante à dominância alfa? Se Jeremy não me segurasse com firmeza, juro que minhas pernas teriam fraquejado. Olho em torno, procurando uma desculpa para sumir por instantes. Preciso de um tempo para organizar os pensamentos, antes de enfrentá-los e a seus argumentos potencialmente inúteis, sobre o que é melhor para mim. Então, minha inteligência se manifesta.

– Vou rapidinho olhar as crianças. Volto logo.

Tento me afastar, mas Jeremy me mantém presa entre os braços e me conduz, decidido, a uma das cadeiras vazias junto à mesa.

– As crianças estão bem, Alexa, dormindo profundamente. Não faz nem dez minutos que fui verificar – Robert diz.

Embora pareçam genuinamente carregadas de simpatia, essas palavras na verdade cortam todo e qualquer meio de fuga. Ele puxa uma cadeira, e Jeremy me acomoda. Quando começo a me remexer, ele cuida para que eu mantenha as mãos sobre o colo, não sei se para demonstrar apoio ou certificar-se de que não vou escapar. No estado em que me encontro, com os nervos à flor da pele, não consigo decifrar.

Em meio ao silêncio absoluto, todos os olhares se concentram em Leo. Somente eu, com o coração acelerado, olho fixamente para a mesa. A presença forte de Leo se destaca, e seria difícil ignorar o respeito que impõe aos demais homens presentes.

– Quero dizer que é maravilhoso conhecê-la pessoalmente, Alexandra. Há anos ouço Jaq falar em você, e agora aqui estamos reunidos por uma extraordinária sequência de eventos.

Surpreende-me o fato de Leo chamar Jeremy de Jaq, usando as iniciais de seu nome completo, Jeremy Alexander Quinn, como fazem seus pais. Há muito tempo não vejo ninguém chamá-lo assim.

Sem ter como fugir por mais tempo, finalmente levanto os olhos, recebendo o cumprimento de Leo. De repente, sou tomada por uma poderosa sensação de *déjà vu*. Tenho a impressão de que já o vi em algum lugar. Perco-me em seus cintilantes olhos azuis, como se fossem janelas abertas para sua alma – ou quem sabe para a minha. Trata-se de uma percepção inteiramente nova, uma espécie de sexto sentido. Sinto-me protegida por uma onda de benevolência, qual um agasalho confortável. O tempo parece interromper seu curso. Momentaneamente desarmada, perco o fôlego. Somente quando me obrigo a desviar o olhar, percebo que todos esperam a resposta. Minha natural polidez afinal se manifesta.

– Também tenho muito prazer em conhecê-lo.

Balanço a cabeça, na tentativa de me concentrar no aqui e agora, como se acabasse de experimentar alguma espécie de lapso no tempo.

– Embora eu tenha a estranha sensação de que já o vi em algum lugar – completo com voz baixa e insegura.

– Interessante... Em outra ocasião, outro lugar, talvez. Muitos caminhos se cruzam no decorrer da vida.

A resposta calma e filosófica propõe mais perguntas do que respostas. No entanto, prefiro guardar minhas dúvidas. Chego a me remexer no assento, lembrando o "castigo" que recebi, quando as perguntas eram proibidas. Ao perceber minha inquietação, Jeremy disfarça um sorriso e aperta minha mão.

– Agora, vamos à nossa tão esperada conversa. Martin, você deve ter novidades.

Leo parece presidir uma reunião formal e obrigatória. Todos os olhares se voltam para Martin.

– Obrigado, Leo. Salina enviou um relatório há cerca de duas horas. Temos agora a confirmação de que Jurilique se encontra no laboratório subterrâneo da Xsade na Eslovênia, para onde Alexandra foi levada. Ela acredita que Votrubec esteja preso lá.

Direto ao assunto.

– Então ele está vivo? – interrompo instintivamente.

– Ele fez contato recente com a família, mas a mulher dele não o vê desde a época da sua fuga. Disse que estava trabalhando em um projeto que exigia acompanhamento permanente, e que poderia levar algumas semanas para voltar.

Sinto o coração apertado. A bruxa o mantém preso. Pelo menos está vivo, o que é um enorme alívio.

– Concluímos que Jurilique precisa da competência técnica do médico para os testes no sangue. A eventual liberação dele depende do retorno e da colaboração de Alexandra.

Céus, isso só piora as coisas. Abaixo a cabeça, como se eu e ele estivéssemos condenados à execução.

– Procuraram o meu contato na Interpol?

– Sim. Está aguardando instruções.

– Ótimo. Bom saber. Mais alguma coisa, Martin? – Leo pergunta.

– No entanto, hoje de manhã uma hóspede do hotel nos entregou uma mensagem de Jurilique, detalhando instruções para Alexandra sobre o local onde ela deve encontrar-se com alguém do laboratório.

Como a minha vida chegou a este ponto?

– E você transmitiu a mensagem, presumo.

Uma pausa.

– Bem, não exatamente.

– Ah, é?

– O papel se rasgou, mas recolhemos todos os pedacinhos.

De imediato sinto o rosto pegar fogo. Todo mundo em torno da mesa sabe que eu rasguei o papel. Só falta soar uma sirene de alarme.

– Entendo.

E como entende... Em silêncio agradeço a Leo por não chamar atenção para o caso.

– Obrigado, Martin. Alguma pergunta antes de prosseguirmos?

As cabeças fazem que não.

— Muito bem. Pelas conversas que tive com cada um de vocês aqui presentes, tomei conhecimento das opiniões sobre a tentativa de chantagem de Jurilique. Só não conversei a respeito com Alexandra.

Todos os olhares se voltam para mim, como se meu rosto fosse um farol luminoso. Leo continua a me tratar pelo nome completo. Esse fato, aliado a seu comportamento, me proporciona uma surpreendente tranquilidade.

Jeremy, calado desde o começo da reunião, tal como os outros espera que eu diga alguma coisa. Sinto a boca seca. Não sei se ele vai defender minha opinião, tendo em vista nossas recentes divergências. Depois de soltar as mãos, até então presas pelas mãos dele, bebo um gole de vinho, para tomar coragem, e preparo-me para falar. Seja o que Deus quiser.

Exponho o que venho tentando explicar a Jeremy desde a chegada da carta. Meu medo pelas crianças. Minha necessidade desesperada de que tudo isso acabe, para retomarmos nossas vidas normais, nossas carreiras. Meu desejo de viver integrada à sociedade, em vez de me sentir à parte, prisioneira. Falo por longo tempo, sem ser interrompida ou questionada. Recebo apenas paciência e compreensão, o que me surpreende inteiramente; não era o que eu esperava. Quando me sinto quase sem palavras, concluo:

— Eis porque não tenho outra opção, a não ser dar o que ela quer, para o bem de nossas vidas.

Tomo mais um gole de vinho, e só quando deixo o copo sobre a mesa, volto a encarar os homens.

Jeremy e Robert estão visivelmente emocionados. Quando se cruzam os olhares de Adam e do irmão, eles inclinam levemente a cabeça, registrando algum tipo de acordo silencioso.

Leo é o primeiro a falar.

— Você sabe que todos em volta desta mesa lhe dedicam profunda consideração, e não estariam aqui, se não fosse assim?

— Sei, claro. E agradeço por tudo que fizeram para me proteger. Não teria como retribuir.

— A vida não é feita de retribuições. Viver é experimentar, aprender, explorar o desconhecido. Algo que você tem feito bastante, ultimamente.

— E eu não sei disso? — falo baixinho.

Felizmente, os lábios de Leo formam um meio sorriso em que não há sinal de contrariedade. Aos quase 50 anos, ele é, sem dúvida, muito bonito e está em boa forma física. A idade lhe faz bem. A pele bronzeada resulta, com certeza, do tempo passado recentemente no calor da selva. Os brilhantes olhos azuis, emoldurados por grossas pestanas negras, mostram um ar brincalhão que combina com o sorriso constante. Entende-se por que, à primeira vista, muita gente pensa haver parentesco entre ele e Jeremy. De compleição e estatura semelhantes, são ambos excepcionalmente belos, do tipo cujo corpo atrai os olhares da maioria das mulheres heterossexuais e dos homens *gays* por mais tempo que seria considerado apropriado, em público. Além disso, os dois têm a mesma presença agradável e a mesma segurança intelectual. A diferença principal está na personalidade descontraída e encantadora de Leo, enquanto Jeremy é mais profissional, urbano e direto.

— Então, considera como única opção válida o cumprimento das exigências de Madame Jurilique?

Confirmo com um sinal de cabeça.

— Obrigado por dividir conosco os seus medos. Jeremy, quer dar a sua opinião?

Ele faz que sim e, como um advogado diante do juiz e do júri, defende os pontos de vista que apresenta em todas as nossas discussões. Se eu não discordasse de maneira fundamental da argumentação, estaria explodindo de orgulho, ao ouvir sua fala sucinta, mas profundamente sincera. Neste exato momento, Jeremy não me ajuda em nada, em especial ao fazer referência a sua preocupação diante do interesse de um laboratório farmacêutico em "adquirir" as qualidades únicas do meu sangue. Segundo ele, seria apenas uma questão de tempo para que outros quisessem ter acesso às mesmas informações, por quaisquer meios, exatamente como a Xsade.

— E você, Robert, alguma coisa a acrescentar?

Com certeza, ninguém poderia acusar Leo de parcialidade. Robert rapidamente concorda com Jeremy, alegando que aceitar as exigências de Jurilique não representaria, a longo prazo, segurança para mim ou para as crianças. Tal como Jeremy, ele não apoiaria o meu retorno à Xsade sob circunstância alguma, independentemente do impacto da campanha suja de Madame contra mim.

Eu me espanto um pouco com seu conhecimento das questões que enfrentamos e com a firmeza de suas convicções. Robert e Jeremy trocam olhares solenes e voltam-se para Leo. Céus, que esperança me resta? Com um tom suplicante, sentindo as pernas e as palavras fraquejarem, peço.

– Por favor, vocês dois... Como podem dizer isso? Sabem que não tenho escolha...

– Alexandra, tenho uma alternativa para você pensar esta noite. Uma ideia que, muito provavelmente, não lhe passou pela cabeça. Gostaria que explorássemos isso. Quer ouvir?

Sempre que Leo fala, sua capacidade de argumentação me surpreende. Eu imaginava que ele fosse tão direto quanto Jeremy, mas não é o caso.

Como recusar novas opções? Em especial nas atuais circunstâncias. O que posso fazer? Resignada diante do fato de estar na casa do irmão dele, rodeada por homens que se importam de verdade comigo, embora queiram que eu faça tudo, menos o que preciso fazer, concordo.

– Claro, Leo.

Ouço Jeremy suspirar. Seu silêncio anterior me fez esquecer a pressão que ele suportava. Quando nos olhamos, ele beija a palma da minha mão, enquanto ondas de alívio e tensão alternam-se por todos os músculos de seu corpo.

Leo apresenta sua proposta, citando os potenciais riscos e perigos, e fazendo a descrição detalhado de um cenário ideal, caso tudo saia de acordo com o plano. O discurso convincente me conduz a uma visão do futuro em que eu não havia pensado, tendo em vista a natureza imediata das ameaças de Jurilique. O que ele sugere extrapola qualquer coisa que eu possa ter cogitado e avança no tempo muito além dos próximos dias. A paixão com que fala faz o impossível parecer possível, levando-me a começar a crer na ideia de que esses terríveis acontecimentos têm uma razão; que possuem um propósito ainda a ser descoberto, mas nos oferecem um caminho que, não fossem as circunstâncias, estaria fechado para nós.

Com uma linguagem instigante, entusiástica, Leo mostra novos sentidos, como se me convidasse a fugir com ele, a assumir um risco e empreender uma viagem inédita, um caminho indefinido. Neste momento, mais do que qualquer outra coisa, quero acreditar nele. Como em um transe, estamos todos presos às suas palavras. Ele conquista a imaginação de cada uma das mentes em torno da mesa. Eu deveria saber que somente uma pessoa excepcional seria capaz de despertar a admiração de um homem como Jeremy. E Leo é.

Terminado o discurso, Leo busca meu olhar e me encontra hipnotizada, até que minha mente, com o choque do reconhecimento, desperta bruscamente. Leo é a minha coruja, a coruja do sonho que tive durante a viagem de avião para Londres. Aquela que tomava conta de mim; aquela que saudei com uma reverência, quando me transformei em águia.

Até que ponto devo confiar nos sonhos? Eles são dignos de crédito? Perguntas cruzam minha mente, mas desaparecem em menos de um segundo. Agora reconheço que meu destino é voar com este homem por céus inexplorados. Sei que preciso confiar inteiramente nele, pois minha vida depende disso, por mais assustador que pareça. A visível benevolência e a sensação de calma que experimentei, poucos minutos atrás, evidenciam essa ideia. Talvez Leo seja a coruja sábia a nos guiar rumo ao futuro. Há muitos anos ele certamente ajudou Jeremy a se orientar, e tem permanecido a seu lado desde então.

A armadilha montada pelos homens em nada se parece com o que eu esperava, ou talvez tenha sido programada para esperar. Eles me surpreenderam, oferecendo uma resposta sincera à minha situação, mantendo-se ao mesmo tempo calmos, amáveis e racionais.

De repente me pergunto por que eu nunca quis considerar ou, pelo menos, discutir outra opção. Chego à conclusão de que fui vencida pelo meu ego. A ameaça de ser vista pelo mundo sob uma ótica diferente da imagem pública que tão cuidadosamente construí e administrei pela vida toda fez com que me tornasse refém.

Ao que parece, o meu verdadeiro aprendizado mal começou, embora Jeremy tenha acionado o processo, ao despertar a potencial integração das minhas várias facetas e lançar luz sobre o que era escuro. Sinto como se o universo me tivesse atirado uma bola enorme, e eu precise escolher entre esquivar-me ou rebater. Decido entrar no jogo.

– Tenho duas condições, antes de aceitar a proposta.

Jeremy parece ansioso. Leo tem um sorrisinho no canto da boca, como se já esperasse a minha reação.

– Sim, Alexandra?

Com uma olhada para o Robert, respondo:

– Elizabeth e Jordan vão conosco.

Ninguém diz uma só palavra, mas olhares se entrecruzaram ao redor da mesa, carregados de significado.

– E a outra condição?

Ao contrário dos outros, Leo inspira serenidade.

– Que Salina liberte Josef das garras da bruxa – declaro com firmeza e veemência que surpreendem até a mim.

Leo parece crescer fisicamente, ao pressentir que vai conseguir o que pretende, e olha nos olhos de cada um dos homens, como se quisesse ler suas mentes. Um por um, eles inclinam a cabeça, assentindo. Tenho as palmas das mãos úmidas, só de pensar no compromisso que estou prestes a assumir.

– As condições são razoáveis. Robert e eu conversamos sobre as crianças, desconfiados de que esse seria o seu principal fator de preocupação quanto à nossa proposta. Robert reorganizou os compromissos de trabalho, para poder ir conosco. Assim, garantimos que pelo menos o pai esteja sempre por perto. Foi providenciado um professor, para que eles não interrompam os estudos. Todas as demais questões já foram ou serão resolvidas por Moira, sob a sua aprovação.

Moira, a assessora com plenos poderes, resolve todos os aspectos logísticos, para que Leo possa dedicar-se ao que mais o agrada: fazer o que quer.

Custo a acreditar que a minha vida tenha se transformado em moeda de troca. O que foi que eu fiz, quando prometi a Jeremy 48 horas sem enxergar nem perguntar? Quando assinei um contrato com a Xsade, depois de ser sequestrada? E agora isso! Estou prestes a me entregar o Leo e embarcar em uma viagem que desafia a lógica, até que as estrelas se alinhem, seja lá o que isso signifique. Ainda assim, as pessoas reunidas em volta da mesa parecem apoiar totalmente um plano mais estranho do que qualquer sonho que já tive. Até Jeremy, sempre tão racional, analítico e científico, torce claramente para que eu aceite.

– Essencialmente, então, você me pede que siga o fluxo, e o que será, será. Conforme as suas palavras devo "deixar o passado se harmonizar com o presente e permitir que o futuro se revele". Não é assim? – pergunto.

– Isso mesmo.

– Estou colocando a minha vida nas suas mãos, Leo...

– Nas nossas mãos, Alexandra. Confie em que nunca a deixaremos cair. Cada um de nós tem um papel a desempenhar nesta jornada.

Às vezes o caminho que oferece menor resistência pode ser a decisão mais difícil de tomar, mas a estrada mais simples a seguir. Como concordo em aceitar a solução proposta, renunciando finalmente à determinação antes irredutível de voltar à Xsade, ouve-se um suspiro coletivo de alívio em torno da mesa, em uma prova concreta de que a ansiedade e a tensão começam a ceder. Até eu suspiro, cansada de nadar contra a corrente. Encarar o caminho do medo, substituindo-o pela esperança, é tão assustador quanto revigorante – um verdadeiro tônico.

Com lágrimas nos olhos, Jeremy me abraça como se sua vida dependesse disso. Leo, Robert e Adam se juntam ao abraço, selando nossa união e solidariedade em relação ao que virá. Martin já está ao telefone, tomando sabe-se lá que providências. Não tenho noção do que vai acontecer de agora em diante, mas sei que vou precisar de mais coragem do que nunca. Caminhando para o desconhecido, consciente de que estou arriscando a vida que tenho em nome de um futuro melhor para mim e para aqueles a quem amo. E tendo que confiar em outras pessoas, para garantir o resultado.

Jeremy

Só penso em agradecer a Deus. Leo conseguiu o que foi impossível para mim. Alexa aderiu ao nosso plano, em vez de entregar-se à Xsade – o que não aconteceria, em hipótese alguma – e assim a vida se torna bem mais simples: não discutirmos a cada cinco minutos sobre o futuro dela nem permanecemos em um limbo silencioso, onde discordamos, mas fugimos do assunto.

Devo admitir que, quando Leo apresentou sua proposta alternativa, fiquei um pouco cético. Ou muito. A ideia contraria a minha natureza em todos os sentidos, e, se viesse de outra pessoa, eu a teria descartado imediatamente, como insanidade. Mas Leo sugeriu, e, francamente, se for para salvar Alexa de uma armadilha mortal, o mínimo que posso fazer é manter a mente aberta, já que o meu amigo parece determinado a arriscar tudo por nós.

Além disso, se ele descobrir o que espera – e, conhecendo Leo, quem sou eu para dizer que não conseguirá – os resultados podem impedir que Alexa se torne alvo de todos os laboratórios farmacêuticos do planeta.

A recente viagem à Amazônia, para um encontro com a tribo dos Wai-Wai, colocou Leo em contato com um dos mais poderosos pajés que ele teve o privilégio de conhecer – palavras dele. O pajé convidou Leo para acompanhá-lo em um "voo da alma", no qual aparentemente experimentaram juntos um estado de iluminação.

Não posso negar que, para mim, a ideia carece de sentido. Leo, no entanto, estuda o assunto há anos, e acredita genuinamente que possa estabelecer – embora eu não saiba como – o elo perdido que nossos analistas e técnicos, apesar de estudos incansáveis, não conseguiram encontrar: a solução do enigma do sangue de Alexa.

Minhas áreas de estudo sempre foram consideradas, por assim dizer, "fora da Medicina convencional". Por outro lado, isso leva nossas pesquisas muito além do domínio das metodologias científicas tradicionais, e foi com esse argumento que Leo finalmente me convenceu a fazer a mesma viagem. Ele vai coordenar o ritualismo – a preparação de Alexa para participar do voo da alma – e eu, além do apoio moral, reunirei os dados da pesquisa e prestarei a assistência médica, que esperamos seja desnecessária. Em resumo: Leo se ocupará da parte espiritual, e eu serei responsável pela parte científica, supondo que as respostas sobre o sangue de Alexa encontrem-se entre esses dois aspectos.

Providenciei para que a minha orientanda de Harvard fique a postos em Boston, possibilitando a análise imediata dos dados que conseguirmos obter. Leo, Alexa e eu vamos partir da base de Avalon no Amazonas, no norte do Brasil, para encontrar o pajé perto da aldeia de Mapuera, no estado do Pará.

Não faço a menor ideia de como será a viagem na qual estamos embarcando, mas confio em Leo, e ele parece certíssimo de que esse é o caminho a seguir. Na verdade, está tão seguro de si, que todos os meus argumentos batem nele e voltam, como se um impenetrável campo de força intelectual o protegesse. Essa é uma sensação estranha à qual não estou acostumado. Seu discurso hipnótico para os participantes da mesa-redonda foi outro exemplo disso; por mais que tentássemos contra-argumentar, suas palavras pareciam alcançar algum nível do nosso subconsciente, fazendo com que quiséssemos acreditar nele. É mesmo uma sensação estranha.

Embora já o tivesse visto fazer isso com outras pessoas, eu não estava certo de que funcionasse com Alexa, tão defensiva. De qualquer maneira, não estou reclamando. Só sei que ele alcançou o inalcançável, e ela concordou em retirar-se do mundo pelo tempo que for necessário.

Enquanto isso, a movimentação continua, para terminar com a chantagem. As conexões de Leo com a Interpol tentarão contornar os procedimentos burocráticos, para indiciar Jurilique e deixá-la atrás das grades o mais breve possível. Esperamos que as autoridades tenham conseguido rastrear os sistemas da Xsade e estejam em melhores condições de proteger Alexa. Mesmo na pior das hipóteses, isto é, caso Salina e sua equipe não consigam penetrar na Xsade para prender Jurilique e resgatar Josef, antes que se inicie a campanha suja contra nossa reputação, pelo menos estaremos tão longe da mídia e dos olhos da sociedade ocidental, que poderemos preservar Alexa e as crianças de qualquer desdobramento. Mas ainda nos restam cinco dias. Tudo é possível.

Quanto mais Leo discutia o assunto conosco, mais nos convencia de ser a sua ideia a única opção viável. Ficava também perfeitamente claro que ele jamais aceitaria um não como resposta. Sei bem como é isso. O consentimento de Alexa trouxe vida nova a uma situação que caminhava para um desfecho triste. Só assim pude relaxar, livrando-me da tensão que parecia estender-se por uma eternidade.

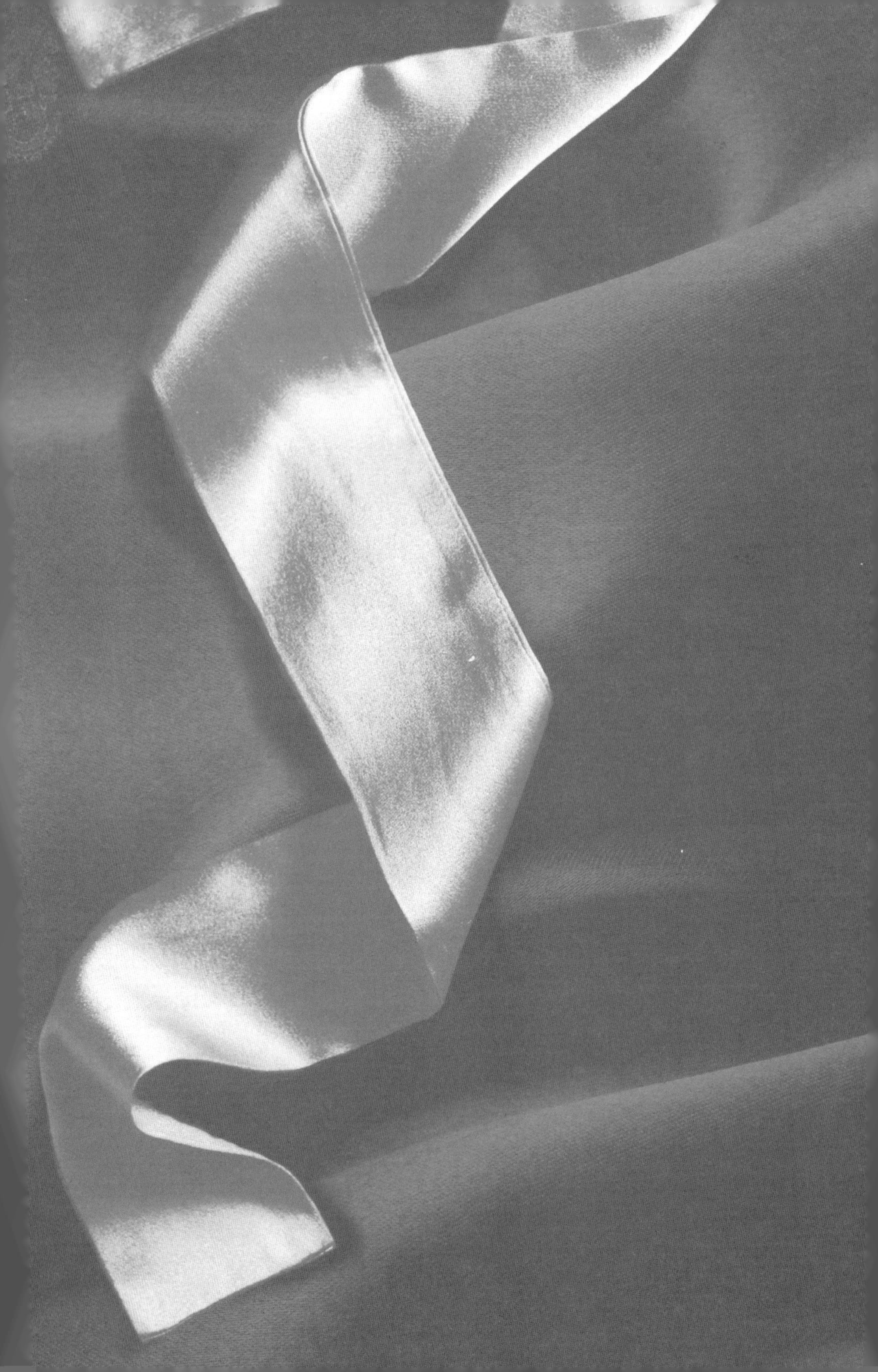

Parte 4

"Quando se quer aprender a amar e a vencer o sofrimento,
a jornada é sempre dirigida à alma do outro."

– David Herbert Lawrence

Lake Bled

Salina custa a acreditar na própria sorte. Finalmente, depois de uma longa busca, conseguiu localizar uma das entradas secretas para as instalações da Xsade. Só precisa confirmar a descoberta.

Desde que Alexa, Jeremy e Martin voltaram para os Estados Unidos, ela vinha investigando Jurilique e Lauren Bertrand, na esperança de que, ao localizar seu paradeiro, encontrasse Josef Votrubec. Embora enviasse a Martin regularmente informações sobre progressos, ainda não tinha obtido acesso às instalações clandestinas. Já começava a considerar aquela uma missão impossível. Agora, porém, a certeza de que Martin vai ficar satisfeito torna a descoberta ainda mais importante.

Salina sempre suspeitou de alguma coisa duvidosa no necrotério do hospital, onde tinha visto Alexa aparentemente morta, para em seguida descobrir que o corpo havia sumido, como em um passe de mágica. Além disso, o grupo tivera a atenção desviada, na busca infrutífera por um médico que simplesmente desapareceu no ar. Assim, concluiu que a chave do enigma estava ali, embora a ideia lhe causasse arrepios.

Os obstáculos principais eram a entrada e a sala de emergência, que ela atravessou sem ser incomodada. Mais uma vez agradeceu pelo fato de o hospital de Lake Bled ser uma instalação comunitária tranquila, com uma equipe reduzida, raramente completa. Assim, prendeu os cabelos para trás e, com o jaleco que encontrou pendurado em uma sala, cobriu a roupa preta que usava, para confundir-se com os profissionais de saúde. Em seguida, desceu as escadas silenciosamente e esgueirou-se para dentro da sala onde lembrava ser o necrotério. Depois de certificar-se de que estava sozinha, fechou a porta com cuidado.

Uma por uma, Salina abriu as pesadas portas dos compartimentos refrigerados, suspirando aliviada por não encontrar nenhum cadáver.

– Tem que ser por aqui – murmurou para si mesma, enquanto corria os olhos pelo cômodo, em busca de outras aberturas.

Depois de inspirar com força, ela tomou coragem: deitou-se em uma das macas de metal e empurrou-a para dentro, fazendo pressão contra a parede do fundo, para ver se acontecia alguma coisa. Quando nada aconteceu, Salina já não sabia se sentia alívio ou desapontamento. Tentou a próxima. Mais uma vez, nada. Na terceira, começou a questionar o que pensava conseguir com essa teoria. Como se alguém fosse permitir o acesso às instalações por meio das câmaras refrigeradas! Já meio desanimada, testou a última. Algo cedeu.

Com a lanterna, ela examinou a parede. Embaixo, no canto, havia um pequenino botão prateado. Assim que Salina pressionou o botão, o fundo da câmara se abriu. Ela rapidamente desligou a lanterna e esperou, por mais ou menos 40 segundos, que seus olhos se ajustassem à escuridão, antes de escorregar para dentro do que presumivelmente eram os limites das instalações da Xsade.

***

Salina observa uma espécie de via férrea, semelhante a uma montanha-russa antiga, o que logo a faz lembrar-se das minas de sal em Salzburgo, aonde levou os sobrinhos recentemente. A estrutura similar dá a impressão de permitir uma velocidade considerável, descendo as curvas em direção às profundezas do subterrâneo. Como não pode arriscar-se, tira o jaleco branco e guarda na mochila; talvez seja útil mais tarde.

Vestida de preto, na escuridão, Salina segue a pé pelo túnel. Quando um carrinho passa zunindo, ela se agacha, virando uma pequena bola. Somente então arrisca-se a olhar; não há ninguém dentro do veículo, que provavelmente transporta mercadorias. Com alívio, ela continua a jornada para dentro do que parecem ser as entranhas da Terra.

Alexa

Passei as últimas 24 horas meio atordoada, desde que abandonei os planos de entregar meu corpo e meu sangue à Xsade. Foi como se o mundo, que até então girava velozmente em torno de mim, parasse de repente, agora que estamos confortavelmente acomodados em um dos jatos particulares de Leo.

Nossa chegada à pista privativa poderia ser facilmente comparada a uma operação do serviço secreto. As crianças, Robert e Adam vieram de limusine, enquanto Jeremy, Leo e eu esperamos escurecer, e só então embarcamos no helicóptero que pousou na cobertura – para o caso de estarmos sendo seguidos. Vamos agora para outra das propriedades secretas de Leo – Avalon, na América do Sul.

Leo ainda não me revelou nosso destino exato, já que considera mais importante que eu sinta a energia do local, sem opiniões preconcebidas. "Seja lá onde for, siga o fluxo", repito para mim mesma. Esse mantra me ajuda a aceitar a alternativa, mas ainda assim estremeço.

Telefonei para a minha família, explicando que ficaríamos nos Estados Unidos por alguns meses, devido a compromissos de trabalho. Depois da surpresa inicial, todos entenderam. Deus os abençoe. Minhas emoções vieram à tona quando percebi a apreensão em suas vozes, da mesma forma que eles provavelmente sentiram a minha preocupação, mas reforcei a certeza de que a melhor opção era manter o meu núcleo familiar, ainda que alterasse a rotina de tantas vidas. Robert avisou a escola sobre o afastamento das crianças e conseguiu que um amigo se mudasse para a nossa casa por um período de um a três meses, sem formalidades. Moira coordenou tudo que se refere ao meu trabalho, de maneira que nem precisei telefonar ou enviar *e-mails* para a universidade, o que me pareceu estranho.

De nada adiantaria ir contra a força do plano de Leo e de Jeremy. Todas as saídas estão fechadas, como se a intenção deles fosse me fazer viver em uma bolha protetora, fora do mundo real. Tendo em vista o medo terrível que sinto da possível reação da minha família, dos amigos e colegas, caso Jurilique leve adiante sua campanha difamatória, por enquanto fica bem mais fácil esconder-me no vazio da negação.

Pela perfeição dos arranjos, tenho certeza absoluta de que o plano estava pronto antes do meu consentimento. Se fosse preciso, eles me venceriam pelo cansaço, e é obvio que Jeremy de modo algum me deixaria voltar à Xsade. Ele praticamente não me largou, desde que nos reunimos na Europa. Não pude sequer sair do apartamento por vontade própria. Deixei escapar um risinho nervoso, ao concluir que havia trocado o cativeiro assustador, na Eslovênia, pelo cativeiro amoroso, em Miami. Minha vida se reduziu a isso. Lutar seria emocionalmente exaustivo e, afinal, não faria diferença.

Depois dos telefonemas necessários, Leo confiscou todos os aparelhos. Jeremy disfarçou um sorriso, diante da minha expressão confusa, sem dúvida lembrando como fiquei zangada quando ele "roubou" meu telefone, nos primeiros momentos do fim de semana que passamos juntos em Sydney. Aconteceu tanta coisa desde então, nesta viagem louca, que parece ter decorrido uma eternidade. Eu não disse nada quando ele também teve de entregar o aparelho, mas aproveitei a oportunidade para aplicar-lhe uma cutucada nas costelas, enquanto Leo explicava que, no lugar aonde vamos, não há sinal de telefonia celular; somente comunicação via satélite. Segundo ele, outra razão para não levarmos os telefones é que podem estar sendo rastreados, o que realmente faz sentido. Quando Leo pediu o meu relógio, Jeremy devolveu a cutucada.

– Meu relógio? Por quê?

– Descobrimos que a Xsade instalou nele um localizador. É por isso que sabem o tempo todo onde você está.

– Verdade? – perguntei, espantada, entregando imediatamente o relógio.

Martin vigiava o tempo todo a porta do elevador. Talvez tivesse medo de que eu aproveitasse um momento de distração seu e fugisse.

– Só há poucas horas descobrimos um sinal emitido por outra fonte, que não a sua pulseira, é claro. Mas Já desgrampeamos o seu telefone.

– Entendo.

Lembrei que tiraram tudo de mim nas instalações da Xsade, exceto a pulseira, que não conseguiram remover.

– Não fique tão triste, Alexandra. Não haverá a menor necessidade de noção do tempo, no lugar aonde vamos. Assim, podemos deixar o seu relógio, e eles acreditarão que você está aqui.

Os argumentos eram irrefutáveis. No último dia foram tomadas todas as providências para nos desligar do mundo real. Agora, no avião, é só o nosso pequeno grupo, que não sabe absolutamente nada sobre esta viagem. Obviamente, não podemos arriscar que qualquer informação sobre o meu paradeiro caia nas mãos da Xsade. É um sentimento bem estranho, saber que a família e os amigos, na verdade, ignoram onde estou e o que faço. Tomara que eu não esteja sendo egoísta, ao manter meus filhos comigo. Eu morreria, se alguma coisa lhes acontecesse por causa de tudo isso. Tê-los aqui me proporciona tranquilidade e conforto que eu não sentia há meses. Portanto, sou imensamente grata aos homens da minha vida, que possibilitaram isso.

Leo encarregou Martin de voltar à Europa com duas missões: estabelecer uma ligação direta com a Interpol e assistir Salina no resgate de Josef, esperando que, assim, as ameaças de Jurilique não saiam do terreno das ameaças. Desconfio que eles queiram afastar Martin por medo de que eu me concentre mais no que está em risco, desviando-me do propósito da nossa viagem. Se assim for, estão certos. Todas as vezes em que olho para Martin, lembro o perigo que espreita minha família no mundo real. Sinto um aperto no estômago ao pensar em Josef. Salina também me preocupa, embora ela seja profissional. Estou satisfeita em ver que Leo toma todas as precauções. Sei que ele, tal como eu, confia inteiramente na capacidade de Martin. Só não fiquei satisfeita quando ele não me deixou sair do apartamento de Adam, mas isso serviu para demonstrar seu alto nível de eficiência e a seriedade com que se dedica ao trabalho.

Hoje fomos imunizados – por via oral ou injeção – contra quase todas as doenças que existem na Terra: febre amarela, hepatite, tifo, cólera... A lista é longa. Meu braço ainda lateja, por causa da injeção contra tétano. As crianças finalmente adormeceram; pelo menos, não sentem dor. Seus pequenos organismos estão, sem dúvida, repletos de versões reduzidas de várias doenças. Jeremy foi o mais delicado possível com eles, mas mãe alguma gosta de ver os filhos enfrentarem agulhas. Eles foram muito corajosos e estão animadíssimos para embarcar em outra aventura. Deus, espero ter tomado a decisão certa, ao levá-los conosco.

Lanço um sorriso cansado para Robert, que tem Jordan aninhado no colo, exatamente como Elizabeth está no meu. Os outros conversam na parte da frente do avião.

De repente eu me dou conta de que não tivemos tempo para uma conversa particular, desde a chegada ao apartamento.

– E aí, Robert? Tem certeza de que está de acordo com tudo isso?

– Agora é que você me pergunta? – ele responde, com uma risada. – Estou ótimo, Alexa, tudo bem. Mas é meio estranho, não?

Ele olha em volta e continua.

– Nunca imaginei que as coisas tomassem esse rumo.

– Custo a acreditar que a minha vidinha pacata tenha virado completamente de cabeça para baixo.

Robert nota o tom um tanto melancólico da minha voz.

– Está sendo bastante penoso para você...

Com certa relutância, faço que sim, olhando para nossa família, antes intacta. Tento conter as emoções, mas meus olhos se enchem de lágrimas.

– Está sim, mas espero que tudo dê certo no final.

– Algum arrependimento?

Sorrio. Robert acaba de reconhecer um dos meus valores na vida.

– Não, acho que não, embora isso não diminua a estranheza da situação. Só lamento que as crianças e você tenham sido envolvidos... Eu nunca quis...

– Está tudo certo, Alexa, honestamente. Também não me arrependo de coisa alguma, seja pela situação ou por nós.

Ele fala com sinceridade, referindo-se a nossas novas e antigas relações.

– Além disso, pelo que pude observar hoje, Elizabeth e Jordan estão adorando virar exploradores da selva.

Robert imprime um tom mais leve à conversa, e chego a rir, ao lembrar as crianças, mais cedo, imitando os vários animais selvagens que esperavam encontrar.

– Você acha que fiz a escolha certa? – pergunto, séria.

– Era a única possível. De verdade, você vai sair dessa, todos nós vamos. E olhe para nós agora, uma família funcional estendida, na qual todos se falam e se apoiam, e nossos filhos dormindo profundamente no colo dos pais. Não é de todo mau.

Ele me transmite força e solidariedade.

– Obrigada. Você é um pai incrível. Não quero que eles percam isso. Você aguentou tudo, enquanto eu estava... impedida, pode-se dizer.

Espero que Robert entenda: os filhos que fizemos juntos são o laço que nos une, e eu jamais desmancharia esse laço.

– E você é uma mãe e tanto. Nós dois sabemos que fizemos lindos filhos juntos – ele diz, com uma piscadela.

É, ele entendeu.

Dou uma olhada para Jeremy e sorrio. Embora converse com Leo, Adam e Martin, ele de vez em quando me observa com o canto do olho. Robert me inspira apenas sentimentos platônicos, e tem sido assim há anos, mas ainda o amo e respeito, agora até mais do que quando estávamos oficialmente juntos. Sinto-me segura na minha relação com ele. Sei que nosso amor pelas crianças sempre vai superar quaisquer questões pessoais que venhamos a enfrentar.

Jeremy percebe meu olhar e retribui o sorriso, com a boca e os olhos. Meu coração transborda de ternura, provocando uma espécie de formigamento da cabeça aos pés. Chego a corar, tal a intensidade dessas sensações físicas e emocionais. Como se estivéssemos ligados por fios invisíveis, ele nota a mudança na minha fisiologia e pisca um olho.

Que bênção, ter esses dois homens na minha vida! Amo os dois, de maneiras completamente diferentes. O redemoinho no qual fui lançada, por dizer "sim" a Jeremy – sempre digo sim a Jeremy – é simplesmente inacreditável. Devo reconhecer, porém, que ele me trouxe amor, prazer e sentimento em uma intensidade que jamais acreditei possível, devolvendo a vida ao meu coração e me resgatando do estado de inércia que, a cada momento, roubava um pedaço de mim. O drama, a dor e a angústia dos momentos ruins talvez contribuam para que eu me sinta tão viva durante os momentos bons. A viagem tem sido cheia de turbulência, e sem dúvida vai continuar a ser, mas finalmente adquiri coragem bastante para empreender a jornada. Estou cercada de amor e conto com o apoio das pessoas mais especiais da minha vida.

Com cuidado, pego um cobertor para proteger Elizabeth e ajeito sua cabeça sobre um travesseiro, deixando-a bem acomodada. De pé, dou um beijinho na testa de Robert, como símbolo do muito que ele representa para mim, para nós. Em seguida, caminho até Jeremy: quero estar perto do calor e da força de seu corpo. Os braços dele imediatamente me envolvem como um manto, e eu me aninho em seu peito. Sei que, aconteça o que acontecer de agora em diante, estou onde tenho de estar.

Depois do que me pareceram muitas horas de voo, aterrissamos. Assim que o avião pousa, somos conduzidos por uma espécie de barreira militar de segurança e embarcados em dois helicópteros que levam cerca de uma hora para nos deixar junto a um jipe. É nesse terceiro meio de transporte que avançamos rumo ao interior da floresta.

Somos imediatamente atingidos pela mudança de ambiente. O calor e a umidade fazem surgir na pele um brilho que se transforma em suor. Preciso desesperadamente de um banho. Depois de uma curva, chegamos afinal a uma clareira, e revela-se diante de nossos olhos a maravilhosa versão amazônica de Avalon.

Lake Bled

Finalmente Martin chega a Ljubljana, exausto depois de 48 horas de viagem pelo mundo, mas satisfeito por mudar de clima, deixando para trás a umidade da selva. Ele nunca entendeu por que as pessoas gostam de passar as férias transpirando e assando sob o sol – prefere esquiar e caminhar.

Sem largar o expresso duplo com leite sem açúcar, Martin entra no carro alugado e toma o caminho de Lake Bled. Vai ao encontro de Salina. Feliz por estar de volta ao mundo da comunicação, ele conecta o telefone ao carro e faz as chamadas que o deixam a par do que está acontecendo.

É um alívio saber que a Interpol finalmente leva a sério os relatos sobre o sequestro da dra. Blake. Somente depois que Leo conseguiu a intervenção de seu contato, os investigadores admitiram que uma das mais respeitadas executivas da Europa pudesse cometer atos tão indignos. Agora, que as provas reunidas caíram nas mãos certas, Martin poderá contar com o apoio oficial de que necessita para derrubar aquela mulher.

A primeira parada é para uma reunião marcada com o Ministro do Interior da Eslovênia, que destacou um funcionário local para coordenar as várias autoridades. O fato de o FBI americano manter uma parceria internacional com eles deve reduzir consideravelmente a burocracia. Assim, o caminho fica mais fácil para a equipe de Martin. O ministro informou também que um esquadrão especial da Força Nacional de Segurança estará a postos, para o caso de haver necessidade de recursos adicionais.

Leo deu a Martin sinal verde para usar todos os meios disponíveis, no sentido de assegurar que a reputação de Blake e Quinn permanecesse intacta, e é exatamente isso que ele pretende fazer. Leo vai gostar de saber dos progressos de Salina, do compromisso do ministro e do apoio da Polícia. Como as instalações da Xsade são clandestinas, outros departamentos também foram alertados, para investigar evasão de divisas e fraudes fiscais no país.

A situação certamente não se desenha muito bem para Jurilique. Sua reputação profissional – antes imaculada – começa a desmoronar como um castelo de cartas. Martin sabe que falta pouco para que ela seja desmascarada e, como de praxe, conta as novidades a Moira. Depois de um longo tempo, é a primeira vez que ele se permite sorrir.

Desde a chegada, Martin vem ligando para o número de Salina e estava preocupado pela ausência de resposta. Ela é um de seus melhores agentes europeus, e foi fundamental para os avanços alcançados. O tempo que passaram juntos, tentando localizar Alexandra, fez com que ele desenvolvesse uma grande admiração por Salina. Ele até acha que, se Quinn não estivesse junto, alguma coisa poderia ter acontecido entre os dois. A profissão que exercem não oferece muita oportunidade de criar laços, mas com tempo e uma ocasião favorável, quem sabe? Martin, sempre focado sempre na missão do momento, sabe que Salina, tal como ele, quer ver Jurilique cair, e cair feio, por tudo o que os fez passar. Com ou sem justiça.

O contato, afinal, é feito com Luke, o agente júnior que trabalha com Salina. Segundo ele, Salina há dois dias conseguiu localizar o acesso às instalações subterrâneas da Xsade e voltou lá hoje de manhã cedo. Como vai haver uma sessão de treinamento para os novos cientistas contratados, ela pretende misturar-se ao grupo. É a única forma de penetrar nas instalações, já que as explorações esbarraram em um forte esquema de segurança.

– A que horas ela foi?

– Saiu às 6 horas, ou seja, há mais ou menos nove horas. Presumo que esteja lá dentro, mas não tenho como saber se tem dificuldade de comunicação ou se foi apanhada.

– Mas o telefone dela está sempre ligado, não?

– Está, mas não conseguimos contato. Nem sabemos se o sinal chega àquela impenetrável fortaleza subterrânea. Pelo menos, de acordo com os últimos relatos, temos a confirmação de que tanto Votrubec quanto Jurilique se encontram lá dentro.

– Blake disse que acredita ter entrado nas instalações pelo hospital, porque não foi levada a nenhum outro lugar, e só fugiu, pelo abrigo dos barcos, porque tinham o passe de segurança de Josef.

– Correto. Salina estudou as duas áreas, na tentativa de encontrar uma entrada. Conseguimos uma chave de segurança com um dos empregados da Xsade, que se recusa a enfrentar mais testes, e vem alegando uma falsa doença para não voltar lá.

– Suponho que Salina esteja armada.

– Claro que sim.

Martin abana a cabeça.

– Estou com um mau pressentimento. Ela já teria entrado em contato, se tudo estivesse bem.

Ele faz uma pausa para pensar, enquanto Luke espera na linha.

– Por via das dúvidas, vou providenciar para que o grupo de apoio da Polícia fique de sobreaviso em Bled. Encontre comigo no hospital, para decidirmos o que fazer.

Alexa

É difícil descrever um meio ambiente tão rico, denso, colorido e abundante como este. Parece que chegamos ao coração e aos pulmões da Terra. Impressionante. Tudo está cheio de vida. As folhagens ostentam o mais verde dos verdes; nunca vi flores e pássaros de colorido e brilho tão intensos, como que ressaltados por lentes fluorescentes. Sinto-me de súbito um inseto, incapaz de ver em perspectiva um território tão vasto e imponente. Os sons da floresta quase abafam nossas vozes, como se, ao falar, interrompêssemos indelicadamente as conversas da natureza. Respiro fundo o frescor inebriante do ar. Meus pulmões jamais experimentaram nada tão puro. Imediatamente energizado, meu corpo pede mais deste banquete invisível.

Leo criou uma pequena aldeia de cabanas bonitas e bem construídas, em torno de uma estrutura central, que lembra a outra Avalon – a que visitei para encerrar o fim de semana com Jeremy. Longe do mar, estamos integrados à fertilidade da selva densa cortada pelos rios que, sem dúvida, fazem parte do extenso sistema hidrográfico que alimenta o poderoso rio Amazonas. Ouve-se sempre o som da água corrente, como sininhos tilintando ao vento. Parece que vim parar na versão selvagem de *The Magic Faraway Tree*, um livro em três volumes de Enid Blyton, escritora inglesa de contos infantis; a qualquer momento posso tropeçar nos personagens Cara de Lua e Homem Caçarola. Este lugar é pura magia. A energia que corre pelo meu corpo melhora minha disposição e ilumina meu espírito.

Por incrível que pareça, nós nos adaptamos muito rapidamente a esse novo mundo. Percorremos trilhas que, após cada estação chuvosa, precisam ser reabertas a facão, e estamos instalados perto da mais deslumbrante lagoa, onde se pode nadar, atividade que foi eleita a favorita das crianças. Também próxima, uma pequena cascata, cercada por vitórias-régias e pelos sons vibrantes da natureza, forma um escorregador natural. A água moderadamente fria proporciona grande alívio ao desconforto causado pela umidade e pelo calor do dia.

À medida que me jogo neste novo mundo, distanciando-me de qualquer perigo que eu as crianças possamos correr, fica mais difícil considerar as ameaças iminentes que enfrentei no meu velho mundo. Toda vez que as manchetes citadas na carta de Madame Jurilique surgem na minha mente, afasto a ideia com determinação. Agora não há nada que eu possa fazer. Depositei toda a confiança em Leo, e só me resta colaborar. Como não sei o que se passa lá fora, aproveito essa "irrealidade" enquanto durar.

Nossa dieta consiste principalmente de peixe, vegetais e frutos da floresta, verdadeiras delícias apanhadas diretamente nas árvores. E até nos acostumamos com o gosto amargo do chocolate feito com os grãos do cacau. A comida parece um festival de dança no prato, com tantas cores vivas competindo pela nossa atenção. As crianças adoram o gosto da tapioca e do sorvete de maracujá, e divertem-se como nunca, subindo nas palmeiras de açaí, para alcançar os frutinhos roxos, do tamanho de uvas. Até hoje, não sentiram falta de *fast-food*, e espero que a oferta abundante de batatas fritas, que conhecem como *chips*, os mantenha saciados.

***

Todos os dias, de manhã e à tarde, praticamos meditação e ioga, como se fôssemos uma grande família de férias em um *resort* para incentivo de hábitos saudáveis. Nós nos sentimos felizes e ativos, cheios de vida. É surpreendente como nos agrada esse estilo de vida simples e saudável, longe da tecnologia – a não ser no que se refere a Leo, claro. Até as crianças incorporaram naturalmente o hábito da sesta. Comemos quando temos fome, dormimos quando estamos cansados e brincamos quando sentimos vontade. Nada tenho a reclamar, pois não me lembro de tal estado de satisfação em toda a minha vida. Dias e noites se sucedem. Exatamente como Leo queria, perdi a noção do tempo, absolutamente irrelevante em nosso atual estilo de vida. Assim, mergulho na experiência de viver em um lugar onde não existem datas nem prazos.

Estou na varanda da casa principal, deitada na rede, quando vejo Leo e Jeremy lá fora, armados.

– Ei, aonde vocês vão com tudo isso?

– Matar um porco, para o jantar de amanhã. Teremos convidados.

– E já fizeram isso alguma vez?

Leo sorri.

– Eu já. Jeremy diz que é bom com o bisturi.

– Ninguém vai ajudar?

– Adam? De jeito nenhum, não é o estilo dele. Ele come, mas não mata.

"Como quase todo mundo", penso.

– Robert está na lagoa com as crianças. Achamos que você provavelmente não gostaria que eles estivessem por perto – Jeremy acrescenta.

– Ah, com certeza.

– Ora, não fique tão chocada, Alexa! Você sabe que é daí que vem a comida.

– Sim, eu sei, mas...

A lembrança de um documentário que vi há alguns anos me vem à mente. Nele, uma porca ficava confinada em um chiqueiro, com pouquíssimo espaço para se movimentar, enquanto os porquinhos mamavam sem parar. Desde então, só tenho comido a carne de porcos criados em liberdade. Balanço a cabeça, para espantar a imagem perturbadora.

– Bom, pelo menos sei que são porcos felizes. Ou eram. Então, quem vem jantar, afinal?

– Alguns membros mais velhos da tribo, talvez mais um ou dois dos outros. Vão nos levar ao pajé. Será o nosso primeiro encontro antes do começo da jornada, um tipo de celebração.

Novidade para mim.

– Isso tem a ver comigo? – pergunto com inocência.

Os dois riem, e Jeremy responde com uma sombra de mistério nos olhos:

– Querida, tudo tem a ver com você. É por isso que estamos aqui.

– Devo me preparar? – grito, enquanto eles se afastam.

– De modo algum. Só precisa comparecer – Leo responde.

Ótimo. Isso esclarece as coisas. Ou não. Deito-me novamente na rede, enquanto eles partem para a caçada no chiqueiro. Embora me esforce, não consigo mais me concentrar no livro que, momentos atrás, tanto me interessava. Ao mesmo tempo as borboletas, até então adormecidas no meu estômago, começam a voar.

O dia seguinte é de preparação para o evento noturno. Afinal, os convidados chegam: cinco ao todo, da tribo Wai-Wai – dois anciãos, um homem mais jovem, um adolescente, e Yaku, um aprendiz de pajé que transita entre os mais velhos e fala um pouco de inglês. Suas roupas são meio urbanas, meio nativas. Todos usam calças cargo de cor cáqui ou com padrão de camuflagem, alguns com camisetas pretas, outros sem. Na parte superior do corpo, ostentam pinturas tradicionais, e na cabeça, cocares feitos de folhas e penas variadas. Embora de pequena estatura, têm corpo musculoso. Parecem extremamente sérios, até um enorme sorriso lhes iluminar o rosto, mostrando os dentes muito brancos em contraste com a pele morena. O pajé, chamado Yaskomo em sua língua nativa, raramente sai da aldeia, mas os mais velhos, segundo dizem, compartilham alguns de seus poderes mágicos, e nos levarão até ele quando chegar o momento.

Neste lugar, o conceito de tempo não é o mesmo que temos no mundo ocidental. Aqui, as coisas acontecem quando devem acontecer, e não de acordo com um horário pré-estabelecido. Imagino que a ideia de cumprir prazos simplesmente não seja entendida por estas bandas, o que por si só torna a vida muito menos estressante.

Vegetais são assados sob o porco que chia no espeto. Depois de comer, relaxamos ouvindo a música local. Um tambor tribal, uma flauta de madeira e um violão nos mantêm entretidos enquanto celebramos esse nosso encontro improvável.

Leo, que há anos estuda o idioma da tribo, serve de intérprete. Elizabeth e Jordan estão bastante à vontade com o adolescente que veio com o grupo. Enquanto o garoto ensina algumas danças tribais, meus filhos fazem uma demonstração da macarena. Os três se divertem a valer, e é maravilhoso ver como se entendem, mesmo sem uma linguagem comum. Trata-se de uma aula sobre a arte da comunicação sem palavras!

Enquanto os mais jovens repartem água de coco, os adultos, ou seja, os homens e eu, bebemos cerveja ou cachaça envelhecida, uma bebida destilada feita de cana-de-açúcar. Não consumimos espécie alguma de álcool desde que deixamos a Flórida, e sinto a cabeça meio zonza. Os locais sugerem adicionar açúcar e limão, produzindo assim a "caipirinha", uma mistura refrescante e agradável de tomar, em especial neste ambiente úmido. Só me arrisco a beber pequenos goles, porém. A reunião corre animada em volta da fogueira: cantamos, rimos e aprendemos uma nova dança que combina vários estilos.

Quando a animação diminui, e a música fica mais suave, a natureza volta a reinar nesta esplêndida parte do mundo. Exaustas, as crianças e seu novo amigo dormem sobre uma esteira de palha. Leo está profundamente interessado na conversa que mantém com os dois dos nativos mais velhos; ele é, sem dúvida, fascinado por este mundo. Perto do fogo, Robert e Adam saboreiam uma última bebida. Em sua primeira demonstração pública de afeto, cada um tem a mão pousada sobre o joelho do outro. A proximidade deles, bem como a minha com Jeremy, me faz sorrir. Abraçados, nós nos movimentamos juntos, ao ritmo lento da música – ou talvez eu me balance, e ele me segue. De qualquer forma, é fantástico estar assim com ele.

Todos os problemas e dramas das semanas anteriores caíram em um buraco negro da minha mente. Aninhada contra o peito firme e quente de Jeremy, sinto-me quase em casa. Ele ergue meu queixo com o dedo indicador.

– Faz muito tempo que não a vejo tão relaxada e feliz.

– Muito bem observado, dr. Quinn. Estou, mesmo, relaxada e feliz.

Delicadamente, ele se curva para me beijar os lábios. Sinto que poderia literalmente flutuar, com as sensações que esse gesto simples provoca.

– Adoro isso. Nada me deixa mais contente.

– Então, vamos ficar assim. Para sempre.

Mesmo à luz fraca e trêmula do fogo, percebo que a esperança contida nas minhas palavras faz surgir uma pequena ruga em sua testa. É como se ele quisesse me oferecer o mundo, mas soubesse que, no momento, é impossível.

– O que foi, Jeremy?

– Querida, você sabe que isso não pode durar para sempre, não sabe?

Ele me olha fixamente antes de continuar.

– A presença dos anciãos aqui indica o próximo passo na viagem à qual Leo se referiu.

– Sei, sim... Só não quero pensar no assunto antes da hora... Neste momento, felizmente, minha cabeça está ocupada com outras coisas.

Deixo a mão escorregar por dentro da calça de Jeremy e dou-lhe um apertão na bunda.

– Ah, é, dra. Blake? E que coisas seriam?

– Tenho certeza de que você pode arriscar um palpite.

Na ponta dos pés, eu o provoco com uma quase indecente extensão de seu beijo sedutor de antes. As estrelas, o fogo, a música, a dança e a bebida aguçaram meu desejo por este homem. Sinto seu pênis crescer contra a minha barriga. Se estivéssemos sozinhos agora e à minha maneira, estaríamos nus, prestando homenagem aos deuses do sexo. Por muitos motivos, porém, infelizmente não é essa a situação.

– Céus, Alexa, se continuar com isso, vou ter de arrastar você para dentro agora mesmo.

Jeremy inspeciona o resto do grupo e parece aliviado ao perceber que ninguém presta atenção em nós.

– Da minha parte, nenhuma reclamação – digo, ao mesmo tempo séria e brincalhona.

Ele abana a cabeça com um sorriso, segura a minha mão com firmeza e me leva para dizer boa noite a todos. Com um beijo no rosto e uma piscadela eu me despeço de Adam e Robert, igualmente mergulhados no próprio mundo. Em seguida, sou guiada em direção a Leo e aos anciãos.

– Chegaram bem na hora – Leo diz. – Podem juntar-se a nós por um momento? Estávamos justamente fazendo os últimos arranjos.

Antes que eu tenha tempo de piscar um olho, a energia sexual que pulsava no meu sexo escorrega para as pernas e escapa pelos pés. Ainda puxo Jeremy discretamente para a casa, em uma tentativa silenciosa de declarar minha preferência pela retirada rápida para o nosso quarto, mas de nada adianta.

– Claro, com certeza.

Eles abrem espaço para nós. Quando procuro, ansiosa, o olhar de Leo, mais uma vez seus olhos me transmitem uma sensação de tranquilidade. Honestamente, não tenho a menor ideia de como ele faz isso; só sei que funciona. Assim, eu me sinto confortavelmente na cadeira.

Neste momento compreendo que o compromisso de Jeremy com Leo é absoluto, no que diz respeito à minha participação nesta jornada. Ele não diria "não" a Leo, tal como não digo "não" a ele. Trata-se de uma dinâmica curiosa que, infelizmente, não tenho a oportunidade de explorar agora.

Indigo Bloome

Um dos anciãos fala alguma coisa em sua língua nativa, e Leo traduz.

— Alexandra, importa-se de ficar em pé por um instante? O ancião quer sentir como a sua energia responde à floresta.

Diante desse pedido incomum, olho para Jeremy e para Leo. Ambos fazem que sim. Quando fico de pé, o ancião se aproxima de mim. Um pouco mais baixo e mais forte do que eu, ele coloca as palmas das mãos sobre meus ombros nus e mantém a cabeça voltada para o chão.

Depois de algum tempo pelo qual permanecemos imóveis, sinto a conexão ao meu corpo do calor pulsante do corpo dele. Quando isso acontece, ele ergue os olhos, e assim permanecemos silenciosos e imóveis, sem piscar sequer. De repente, tenho a impressão de que o chão se move, e vou cair. No entanto, o olhar do ancião me garante o equilíbrio. A sensação desaparece rapidamente, e ele tira as mãos dos meus ombros. A surpresa me deixa de boca aberta, mas continuo calada, para não interromper a força viva de seja lá o que tenha acontecido. Ele toma as minhas mãos nas suas, virando as palmas para baixo e para cima, como se quisesse me sentir ou procurasse por alguma coisa em especial.

Quando o ancião se afasta, sinto-me ao mesmo tempo energizada e cansada, e volto a sentar-me. Tranquilizador, Jeremy segura minha mão, embora pareça curioso, enquanto esperamos que os anciãos, Yaku e Leo troquem ideias. Decorridos alguns minutos, Leo se dirige a nós.

— Como sabem, fiz várias visitas ao povo Wai-Wai nos últimos três anos. Eles têm sido generosos, permitindo que eu viva com a tribo, para aprender sobre seu estilo de vida, suas antigas tradições e suas conexões com o mundo espiritual. Serei eternamente grato a eles por isso. Durante a última estada, tive o privilégio de fazer uma viagem de cinco dias com seu grande pajé, que guiou minha primeira experiência de voo da alma.

Ciente de que os anciãos entendem pouquíssimo do nosso idioma, Leo repete na língua nativa o que disse sobre a generosidade da tribo. Em seguida, continua.

— Tendo lido a sua tese, Alexandra, no decorrer dessa experiência ficou claro para mim que os acontecimentos dos últimos meses não constituem, de forma alguma, mera coincidência.

– Minha tese?

A surpresa torna a minha voz mais aguda do que eu pretendia.

O comentário certamente me chama a atenção. Minha tese original, concluída há quase quinze anos, foi sobre masoquismo e ego em relação à forma feminina, e explorou especificamente o trabalho de Sabina Spielrein. Foi por causa dessa tese que Jeremy planejou uma forma de me submeter a seu experimento, depois que admiti para ele, em um momento de fraqueza juvenil, ser aquela uma fantasia minha não realizada – algo que eu pesquisara, mas nunca tivera coragem bastante para explorar pessoalmente. Por ingenuidade, pensei que ele tivesse esquecido o comentário. Eu deveria saber.

– Céus, o que isso tem a ver com todo o resto? – pergunto.

Meu olhar passeia nervosamente entre Jeremy, Leo e os anciãos. Não estou em pânico total, mas falta pouco.

– Tem muito a ver, por incrível que pareça, e é o que esperamos descobrir, para em seguida revelar o aparente mistério do elemento curativo no seu sangue.

Sinto-me prestes a entrar em estado de choque, enquanto meu cérebro processa as possíveis ligações entre a tese, o experimento e tudo o que aconteceu depois.

– Quer um copo d'água, Alexa?

Faço um sinal com a cabeça, dizendo que sim. Jeremy parece sempre em sintonia com as minhas necessidades.

Assim que nos aquietamos novamente, Leo continua.

– Esta noite quero passar a vocês algumas informações sobre o voo da alma e a preparação necessária, para que possam vivenciar essa experiência única e restrita. Os nativos da tribo Wai-Wai só participam da jornada quando o pajé os considera espiritualmente preparados. A tribo foi descoberta no século 20, e desde então muita gente vem pedir permissão para fazer o voo da alma. Os indivíduos obcecados pelo poder, pela riqueza e pelos bens materiais, os gananciosos, violentos ou permanentemente estressados recebem a informação de que jamais estarão prontos para tal viagem e partem desapontados. Nem todo o dinheiro do mundo faria o pajé mudar de ideia, já que não é isso que ele valoriza. Aqueles que praticam a humildade, a benevolência, o perdão e a generosidade, que se dedicam a explorar a imaginação, o desconhecido ou o incomum, têm mais chances de receber o dom do voo da alma. Emprego a palavra "dom" porque nem todos os que tentam alcançam o sucesso. O voo requer uma inteligência instintiva e uma forte percepção do espírito, o que acreditamos existir em você.

Ele aponta na direção do pequeno grupo em torno da fogueira, e todos concordam.

– Esperamos que esses atributos, combinados ao desejo de explorar o coração e a alma da sua natureza, nos guie à fonte que a ciência não foi capaz de descobrir... O enigma do seu sangue.

Nada posso fazer, além de respirar fundo, diante da importância da declaração e das enormes expectativas criadas. Leo percebe de imediato.

– Não me entenda mal. Prezo, tanto quanto qualquer pessoa, o ponto de vista de um cético e a verificação científica desses supostos "milagres". Daí a alta conta em que tenho este meu caro colega e maravilhoso amigo.

Quando Leo indica Jeremy, é minha vez de apertar-lhe a mão.

– E será essa uma das tarefas dele nesta viagem. Se tudo der certo, ele nos fornecerá as comprovações científicas que procuramos. Não tenho dúvidas, porém. Sozinho, eu nunca conseguiria convencê-la a fazer esta viagem conosco, e serei eternamente grato a ele por isso. Repito que o fato de estarmos aqui reunidos não é coincidência. Acredito que estamos prestes a estabelecer uma conexão com a inexplorada rede universal de natureza, sexualidade e espiritualidade, ainda não compreendida pela Medicina ocidental e pela ciência. Penso que essa combinação vai nos proporcionar a chance de buscar a verdade e nos levar a um novo nível de compreensão. Um nível do qual Oriente e Ocidente vêm se aproximando, sem conseguir, porém, a completa integração. Alexandra, creio que o seu sangue é potencialmente um dos elementos decisivos para a chave dessa integração. E por isso nossas vidas se cruzaram neste ponto, neste momento.

Aos poucos, minha mente absorve as palavras de Leo e a floresta viva e abundante que nos cerca. Os anciãos, sentados em estado de quase transe, parecem imersos em um silêncio interior desconhecido para nós. Leo é um extraordinário orador. O ritmo e a entonação de sua fala podem fazer o ouvinte flutuar. Jeremy instintivamente se aproxima de mim, cumprindo como sempre o papel de amante e protetor.

– Alguma pergunta, antes que eu passe aos aspectos específicos da preparação?

Leo corre o olhar pelo pequeno grupo. Continuamos todos hipnotizados por ele.

– Não? Muito bem. Teremos alguns dias de viagem através da selva, para chegar ao pajé. Durante esse tempo, Alexandra, a sua imersão na natureza que a rodeia é fundamental. Os anciãos vão nos avisar quando chegar o momento em que não poderemos mais falar com você.

– O quê?

Não consigo conter o grito. Mais condições?

– O silêncio interior é imperativo, e todos nós a apoiaremos nesse processo.

– E se eu precisar dizer ou pedir alguma coisa?

– Pode pedir, mas o silêncio é preferível, e a sua voz será a única ouvida durante a viagem. Nenhum elemento artificial deve interferir na jornada, com o mínimo de vozes humanas. Assim, a natureza será a principal fonte de comunicação.

– Então, se eu perguntar alguma coisa, vocês não poderão responder?

– No sentido verbal, não.

"Que ótimo", penso com certo sarcasmo. Ele continua.

– A sua comida será leve e natural. Vamos viver da floresta, colhendo o alimento, preparando loções para proteger a pele e bebendo chás de ervas especiais que podem provocar sensações de alteração de consciência. Essas ervas não são nocivas, e seu efeito dura pouco.

Já experimentei e recomendo que você aceite sem reservas esses estados alterados, pois é de onde vêm o verdadeiro aprendizado e a compreensão.

Como, ainda em Miami, Leo havia falado sobre isso, não me surpreendo tanto. Na verdade, estou ansiosa pela experiência, para ver o que acontece. Os medicamentos naturais, à base de ervas, teriam sobre o meu corpo o mesmo impacto causado pelos produtos químicos ocidentais? Trata-se de um experimento interessante, sob a perspectiva científica; só não sei se acredito no aspecto espiritual. Mas logo vou descobrir, suponho. Enquanto faço um gesto com a cabeça, concordando, uma ideia passa pela minha mente.

– Posso escrever?

– Durante a jornada, você quer dizer?

– Sim, posso escrever sobre minhas experiências, ideias, sentimentos?

Leo faz uma consulta rápida a Yaku, antes de responder:

– Se estiver disposta, é uma excelente ideia, Alexandra. Eu esperava que Jeremy explorasse os aspectos analíticos, mas será ótimo conhecermos o seu ponto de vista. Você pode fazer um diário, que nos mostrará se e quando quiser.

– Ótimo. Obrigada.

Por uma fração de segundo, sinto que alguma coisa muda em Leo e nos anciãos, mas não sei o quê. A sensação logo desaparece, porém. Adoro diários, e há meses não escrevo nada, tantos têm sido os acontecimentos. Isso reduz um pouco as minhas preocupações acerca da regra "não falar com Alexa". Céus, como seria impor essa regra às minhas amigas? Posso falar, mas vocês não podem responder! Para alguém como eu, isso é quase uma tortura. Em todo caso, nunca se sabe. Talvez seja bom para mim.

Lembro as vezes em que desejei um pouco de paz e silêncio, quando as crianças eram pequenas e simplesmente não paravam de falar, em especial se eu estivesse ao telefone. Não posso deixar de sorrir ao pensar no antigo conselho "muito cuidado com os seus desejos"... E aqui estou.

— Sorrindo por quê, Alexa? — Jeremy pergunta, sempre atento às minhas reações.

— Por nada...

Volto a atenção para Leo, mas me remexo na cadeira, antes de falar. Acho que, pelo resto da vida, vou hesitar ao fazer perguntas, graças a Jeremy!

— Posso perguntar mais uma coisa?

— Claro que pode.

— O que o ancião estava fazendo, quando tocou em mim?

— Verificando se você está preparada para a viagem.

Grande novidade.

— E estou?

— Está sim — ele responde com uma ponta de orgulho, o que me causa uma sensação estranha. — Partimos amanhã.

Ah, então era essa a modificação que tinha ocorrido entre eles, momentos atrás.

— Amanhã? Já? — pergunto com voz trêmula.

— Isso mesmo. E mais uma coisa: você não pode ter relações sexuais durante a viagem.

— O quê? Vocês devem estar brincando comigo! — Jeremy pula da cadeira e protesta em altos brados.

A voz dele corta o ar da noite. Claro que a informação é um choque para ele, tanto quanto para mim. Se não fosse uma reação tão divertida, tenho certeza de que estaria tão indignada quanto ele, mas é impossível conter um sorriso. É muito engraçado! Não há nada que me agrade mais do que ver o sempre calmo e contido dr. Jeremy Alexander Quinn completamente fora da sua zona de conforto. A reação de Leo à explosão de Jeremy é muito mais madura do que a minha.

— Não, Jaq, não estou brincando. É indispensável, para conseguir o que todos esperamos.

As palavras parecem irritar Jeremy, a ponto de provocar sofrimento físico.

— Quanto tempo vai durar esta viagem, afinal?

– O tempo que for preciso, meu amigo, o tempo que for preciso.

– Ótimo.

Claro que, para ele, não está nada ótimo. Claro que Jeremy ficou descontente. Acho que posso dizer que está furioso.

– Mas temos a noite de hoje, não é? – ele pergunta em tom desafiador.

– Sim, vocês têm esta noite.

Estou distraída, tentando conter o riso diante da reação de Jeremy às palavras de Leo, quando sou de repente arrebatada da cadeira, caindo sobre o ombro de Jeremy, no melhor estilo homem das cavernas. Acho que nunca vou entender como ele pode fazer isso comigo tão depressa. Que situação desagradável, na frente dos anciãos! Em protesto, dou-lhe socos no traseiro.

Leo abana a cabeça e dá uma risada, dizendo:

– Acho que não conseguiremos partir ao nascer do Sol.

– Tem toda a razão, amigo – Jeremy responde, traçando uma linha reta em direção à nossa cabana.

A porta se fecha atrás de nós, e ele me põe gentilmente sobre a cama.

– O que houve, Jeremy? Finalmente uma condição difícil de aceitar?

Sei que não devia implicar com ele, mas não resisto a divertir-me com sua reação.

– Em que essa condição é diferente das que tive de aceitar durante o nosso fim de semana juntos? Você não pensa...

Antes que eu termine a frase, ele está totalmente despido e me ataca de surpresa na cama.

– Não abuse da sorte, Alexa. A última coisa que você deve querer é viajar amanhã com o traseiro vermelho e dolorido! E com o meu humor de agora, não posso negar que a possibilidade existe!

– Então me diga, por favor: se eu não conseguir me sentar, como vai explicar isso ao seu querido amigo Leo? – pergunto, brincalhona.

– Esteja certa, querida, não seria nenhuma novidade para ele.

– Mesmo? Não pensei que ele tivesse esse tipo de inclinação.

Um tanto surpresa com as palavras de Jeremy, percebo uma ligeira alteração em seu comportamento.

– Ele não tem.

Hum, parece que ele quer me calar. Isso só serve para aguçar meu interesse.

– Então, o que você quis dizer?

Espalhadas pelo chão, minhas roupas têm o mesmo destino das roupas de Jeremy. Uma tentativa direta, sem dúvida, de me fazer desistir de novas perguntas. Sento-me, então, diante dele, olho no olho. Ele desvia o olhar. Estranho...

– Sério, Jeremy, sei que você está me escondendo alguma coisa. Passamos recentemente por tantas situações, e ainda vamos guardar segredos um do outro?

Pensamentos atravessam a minha mente, tentando estabelecer uma conexão entre as palavras dele, uma bunda dolorida e Leo. Então, uma ideia me atinge como uma pedrada. Algo que eu deveria ter entendido há muito tempo.

– Ele estava lá, não estava?

Eu e as minhas palavras caímos sobre Jeremy ao mesmo tempo. Ele se mexe desconfortavelmente na cama, pesando a resposta que vai dar.

– Por favor, não finja que não sabe do que estou falando. Eu aprendi a duras penas a lição, por fazer isso com você. Não me insulte, tentando fazer o mesmo comigo.

Meu tom é mortalmente sério.

– Ele me viu, durante o experimento? Meu prazer, minha dor, minha excitação. Ele viu tudo, não foi?

Eu nem precisaria de resposta. O silêncio de Jeremy responde por ele. Sua linguagem corporal diz tudo. Ainda assim, quero que ele reconheça o fato com todas as letras. Preciso disso.

– Sim, Alexa, Leo estava lá – ele admite solenemente.

– Por que não me contou?

– Não sabia como você reagiria. Presumi que, se estivesse interessada em saber quem estava lá, você já teria perguntado. Mas não posso negar que não queria que se sentisse desconfortável perto dele, quando o conhecesse, sabendo o que ele tinha visto.

– Então foi depois... Depois que me viu e me observou, que ele pediu a minha tese? – pergunto, perplexa com a nova versão dos acontecimentos.

– Foi.

– Por quê?

– Para ser franco, desde que tudo isso começou, ele parece empenhado em uma espécie de busca. É como se tudo que ocorreu durante nosso fim de semana em Sydney tivesse despertado alguma coisa nele. Foi por isso que ele me ofereceu Avalon para a sua recuperação e chegou a todos os extremos para assegurar a sua proteção. Assim que recebeu a sua tese, nos Estados Unidos, ele veio passar um tempo na selva e experimentar o voo da alma, como você sabe. Quando Moira finalmente conseguiu passar a mensagem de que você tinha sido sequestrada, ele ficou fora de si, e não hesitou em fazer de tudo para me ajudar a ajudar você. Desde então, ele parece acreditar que temos a chave de elo perdido, pelo qual vem procurando a vida toda, e que o fato de estarmos aqui é muito mais do que uma simples coincidência, como disse junto à fogueira. No entanto, ele não pode me explicar muito mais do que isso por enquanto. É como se somente a sua experiência do voo da alma, Alexa, fosse capaz de lançar luz sobre tudo que parece estar na escuridão até o momento.

Jeremy deixa que eu continue montada sobre seu corpo, e alisa delicadamente as curvas da minha cintura, enquanto absorvo suas palavras.

– Agora você já sabe de tudo. Espero que não tenha se aborrecido pela presença de Leo durante o experimento.

Ele abaixa os olhos, dando-me tempo e espaço para pensar em uma resposta.

Eu, aborrecida? Talvez ficasse, se tivesse sabido antes, mas agora que o conheço, que vi seu olhar, a forma como me proporciona uma serenidade que eu não conhecia, sei que não estou aborrecida. Alguma coisa faz sua estada lá parecer perfeitamente correta. É como se o meu sonho sobre a coruja com os olhos de Leo e o meu voo como a águia, tentando proteger os meus ovos no ninho para que não caíssem, fizessem algum tipo de sentido subconsciente e singular. Tudo parece ter-se desenvolvido em uma sequência de acontecimentos perfeitamente sincronizada, para que eu não fique aborrecida ou zangada, mas apenas aceite a realidade. Talvez a ligação incomum que sinto com Leo esteja fundamentada em alguma coisa, afinal. Alguma coisa que não possuo conhecimento suficiente para entender.

Jeremy espera pacientemente que eu processe a informação, antes de pedir uma resposta.

– Você me teria dito, caso eu perguntasse?
– Caso perguntasse se ele estava lá?
Faço que sim.
– Claro. Não poderia mentir para você, Alexa.
– E vai dizer a ele que eu sei?
– Somente se você não se importar com isso.

Por alguma razão que desconheço, pressinto que o fato do Leo ser informado de que tenho conhecimento de sua presença durante o experimento, representa uma peça decisiva neste quebra-cabeça místico.

– Na verdade, não me importo.

A expressão de Jeremy é de puro alívio, por termos ultrapassado essa zona potencialmente perigosa entre nós.

– Mais alguma coisa que queira perguntar, antes que eu reclame o que é meu por um futuro previsível? Ou pelo menos por esta noite?

Com os olhos brilhantes de desejo, ele muda de atitude. Ao ver a potência de sua ereção, faço que não, indicando que o assunto está encerrado por ora. É o mesmo que agitar uma bandeira vermelha diante de um touro.

Ao que parece, Jeremy tomou o ultimato sexual de Leo como um desafio para possuir cada orifício do meu corpo. Inúmeras vezes vamos ao céu e voltamos de lá. Tenho a voz rouca demais para emitir qualquer som coerente, o que vai favorecer o meu silêncio dos próximos dias. Nossa relação sexual é semelhante às dos animais da selva que nos rodeia. Seu desejo esta noite é tão intenso, que ele parece ter sido avisado de que nunca mais na vida vai me tocar novamente. O homem está insaciável. Pela primeira vez decido engolir seu sêmen, o que o deixa completamente atônito e visivelmente maravilhado. A alegria que sinto ao praticar esse ato final de rendição representa um momento incrível e surpreendentemente belo entre nós, marcado para sempre em nossas lembranças.

***

Muitas, muitas horas depois, consigo adormecer, em estado de absoluta exaustão física e sexual. Não me queixo, porém. Durmo satisfeita e feliz. Só não posso dizer o mesmo em relação a Jeremy.

Quando acordo, ele tem um banho preparado, e minhas pernas cansadas apreciam mergulhar na água quente, pela última vez por muito tempo.

Ao ver Jeremy com o pênis em ereção, balanço a cabeça, dizendo:

– Não, você deve estar brincando. Não é possível que ainda tenha alguma coisa aí dentro.

A expressão dele diz tudo. É evidente que tem.

Afinal chegamos à casa principal da nossa aldeia em meio à selva, para o café da manhã, embora há muito tenha passado da hora. Estou absolutamente faminta. Ainda bem que Jeremy, aparentemente com mais energia ainda, depois das nossas atividades, prepara em poucos minutos um desjejum, que eu devoro com entusiasmo. As crianças correm de um lado para outro, recolhendo coisas.

– Jordan, o que está acontecendo, por que a pressa? – pergunto, ao agarrá-lo em uma das passadas.

– Vamos morar na aldeia com Marcu e os amigos dele por uns dias.

Marcu é o adolescente que aprendeu a dançar a macarena com os meus filhos.

Elizabeth se aproxima, igualmente animada.

– Eles nos convidaram, e vamos daqui a pouco. Vai ser uma verdadeira aventura na selva.

Fico olhando para eles, atônita. Quando isso foi decidido? Meu instinto maternal automaticamente entra em ação. Não estou acostumada a ficar à parte de planos que envolvam os meus filhos. Imagens de preguiças enormes, jiboias, tarântulas, panteras e piranhas caindo das árvores invadem meu cérebro. Temo pela segurança deles.

Robert aparece com uma mochila pronta e percebe a minha expressão de ansiedade.

– Está tudo bem, Alexa. Adam e eu também vamos. Não precisa se preocupar. Eles vão adorar, como amaram o deserto na Tasmânia. Além disso, quantos garotos podem ter uma experiência como esta na floresta tropical brasileira?

Permaneço impassível.

– De qualquer maneira, Leo nos disse que vocês começariam hoje uma aventura própria.

Bastaram essas palavras para despertar as borboletas do meu estômago e me deixar sem palavras.

Robert continua.

– Obrigado por se preocupar conosco, mas vamos ficar bem. As crianças esperaram um tempão para se despedir de você. Além disso, fomos aconselhados a deixar vocês sozinhos – ele completa, com um sorriso malicioso.

– Eu... Oh... Sim, bem...

Com o rosto queimando, dou uma olhada para Jeremy, que com ar inocente, finge estar concentrado, lavando a louça na pia.

– É uma boa oportunidade para eles. Elizabeth, Jordan – Robert chama. – Despeçam-se da mamãe, e vamos!

Com suas carinhas animadas, eles me envolvem em verdadeiros abraços de urso e, sem grandes emoções, desaparecem.

Eu me volto para Jeremy exatamente quando Leo aparece para juntar-se a nós, vindo da sala ao lado. Balanço a cabeça, apenas. Planejamento perfeito. Não há nada melhor, para obrigar alguém a seguir o fluxo de uma tsunami, do que ter todos os detalhes da vida coordenados. Homens!

Os dois sorriem, comemorando a conspiração bem-sucedida. Sabiam muito bem que dizer adeus aos meus filhos seria a parte mais difícil para mim. No entanto, em questão de segundos eles sumiram, como por um passe de mágica. No fundo, sei que é tolice subestimar a inteligência dos homens que estão diante de mim. Então por que a surpresa pela maneira como as coisas se encaixaram? Talvez eu guardasse secretamente a esperança de passar a perna neles. Mais tolice ainda da minha parte. Nem me dou ao trabalho de falar. Seria inútil. Portanto, apenas aceito o que não tem remédio.

Jeremy me tranquiliza com um beijo na boca, dizendo que tudo está bem, e me oferece um café forte. Leo, ainda com o sorriso nos lábios, coloca as mãos nos meus ombros. Uma espécie de corrente elétrica aquecida imediatamente percorre meu corpo inteiro. Preciso mesmo descobrir por que ele me causa esse efeito.

– É bom ver que está aproveitando ao máximo os beijos e o café. Vamos partir assim que estiverem prontos.

Jeremy resmunga alguma coisa para ele e volta-se para mim.

– Fomos chamados, querida. Chegou a hora.

Já que alguém empacotou cuidadosamente a maior parte dos objetos de que posso precisar, concentro-me nos produtos de higiene, embora não saiba muito bem o quê e quando vou usar, em uma jornada pela floresta. Não se trata de classificar o serviço como cinco estrelas ou uma estrela; se eu partir de uma perspectiva diferente, serão milhões de estrelas, com certeza. Estou remexendo o armário, quando Jeremy aparece à porta do quarto.

– Falta muito? Preciso fazer o seu exame médico antes de partirmos.

– Exame médico? Sério?

Ele me olha com uma cara de "O que mais esperava de mim?". Eu deveria saber que Jeremy assumiria suas responsabilidades "científicas" tão seriamente quanto conduz sua carreira.

– Ótimo, então a pesquisa começou...

Ele me lança um sorriso ao mesmo tempo gentil e irredutível.

– Estou só procurando por um novo adesivo contraceptivo. Acabo de perceber que não o substituí desde que chegamos. Está vencido, com certeza.

– Acho que não vai encontrar, querida. Não trouxemos.

Interrompo a busca, mas custo a assimilar o que Jeremy diz.

– Você se incomoda de seguir viagem *au naturel*?

Ele desliza os braços à volta da minha cintura.

– Bem, não tenho certeza, não havia pensado nisso. Suponho que não. É que venho usando adesivos desde que Jordan nasceu...

– Esperávamos que, durante a viagem, você não se importasse de deixar os níveis hormonais do seu corpo voltarem ao estado natural. Pretendia falar sobre isso no avião, mas esqueci, e não pensei mais no assunto depois que chegamos aqui.

– Bem, tenho de admitir que teria sido delicado me consultar. Mas, e se...

Jeremy me interrompe.

– Lembra-se da regra "nada de sexo"? Isso deve garantir a sua segurança.

Ele me vira, de modo que fiquemos frente a frente, e vejo em seus olhos um genuíno pesar.

Surpresa, apenas balanço a cabeça. Sei que não adianta argumentar.

– Aconteça o que acontecer... Siga o fluxo.

– Obrigado, Alexa, e sinto muito. Sinceramente, eu pretendia discutir a questão com você.

Ele parece aliviado, por eu não iniciar uma discussão. Jogo na bolsa escova de dentes, pasta, desodorante, hidratante e, no último minuto, um pacote de absorventes internos. Isso basta para uma temporada na selva. Espero que eles saibam no que estão se metendo, com as mudanças de humor que vão acompanhar meu estado *au naturel*!

O dr. Quinn assume integralmente seu papel profissional: examina meu corpo inteiro, registrando os dados com precisão. Mantém-se absolutamente concentrado, embora tenha me concedido alguns sorrisos diante das minhas maliciosas provocações. Exames de sangue e preventivo do câncer, medidas corporais, reflexos, pressão sanguínea... A lista é longa.

Estamos prontos, finalmente. A boa notícia é que só preciso carregar minha garrafa de água. Maravilha. Ao que parece, tenho como objetivo principal concentrar-me em caminhar no ritmo da floresta. Não pode ser tão difícil, com certeza. Ah, e assumir a maior parte da conversação enquanto os demais ainda tiverem permissão de interagir comigo. Não faço a menor ideia do que vai acontecer. Desistir é impossível. Tudo o que ocorreu até agora serviu de preparação para o que está por vir.

Sinto-me um pouco ansiosa, mas com uma pitada de excitação, o que me surpreende. Não sei se isso me inclui na categoria das corajosas ou na categoria das loucas. Logo vou descobrir.

Como que percebendo a tensão que se forma em mim, Jeremy fricciona meus braços.

– Estarei com você a cada passo do caminho, meu bem. Sempre ao seu lado.

Não resisto a avaliar pela última vez seu nível de comprometimento.

– Você acredita que vai dar certo, Jeremy?

– Confio em Leo de todo o meu coração. Desde que nos conhecemos, há anos, ele nunca me decepcionou. Portanto, acredito, sim, que devemos abraçar este processo e ver aonde vai dar. Qualquer outro caminho seria ainda mais perigoso.

Sei que é verdade. Então, contenho o medo e puxo a cabeça de Jeremy em minha direção, para um último contato com seus lábios. Ele pega a maleta de médico, que com certeza nos fará companhia, e visto outra vez minhas roupas de Jane das Selvas – infelizmente não tão sedutoras como os filmes mostram – e nos juntamos aos outros, que esperam com toda a calma.

Tenho a sensação de estar no começo do fim da minha jornada, esta que me comprometi a empreender, e é a razão de estarmos aqui. Não há como olhar para trás. Preciso da coragem dos meus companheiros tanto quanto da minha, neste momento em que damos juntos os primeiros passos rumo ao desconhecido.

Lake Bled

Ao ver seu plano se realizar, Salina sente como se tivesse descoberto uma jazida de ouro. No final da pequena linha férrea, há um salão, onde um grupo se prepara para entrar nas instalações. Como todos usam jalecos brancos e toucas que escondem os cabelos, ela rapidamente pega na mochila óculos de armação grossa e veste o mesmo tipo de roupa, escondendo no bolso a pequena pistola Smith & Wessom Bodyguard.

Depois de deixar a mochila em um canto escuro, Salina disfarçadamente junta-se ao grupo de cientistas recém-contratados pela Xsade. Com um toque característico, portas brilhantes e prateadas se abrem, revelando um amplo elevador, onde todos se comprimem para descer mais ainda, embaixo do lago.

As instalações, altamente tecnológicas, são mais grandiosas do que ela esperava. Ao cruzar os corredores, acompanhando o grupo, não lhe escapam os voluntários em trajes prateados, tais como o que imagina tenha sido usado pela dra. Blake. Salina memorizou cada detalhe do caso e tem a impressão de conhecer intimamente a dra. Blake e o dr. Votrubec.

O grupo é incentivado a fazer perguntas, o que facilita a elaboração de uma planta básica do laboratório. Onde estará Josef? Pelo que se percebe, pode haver vários andares mais para baixo. Não admira que a pulseira de Alexa não tenha enviado registros. Salina se sente nas profundezas da Terra. Com o telefone transformado em objeto inútil, ela espera que Luke não esteja preocupado com sua demora em dar notícias.

Um dos jovens e ansiosos cientistas pergunta ao guia se Madame Jurilique pretende conversar com o grupo ao final da sessão informativa. Sim, pretende. Nada como obter confirmação de que o alvo está no mesmo prédio.

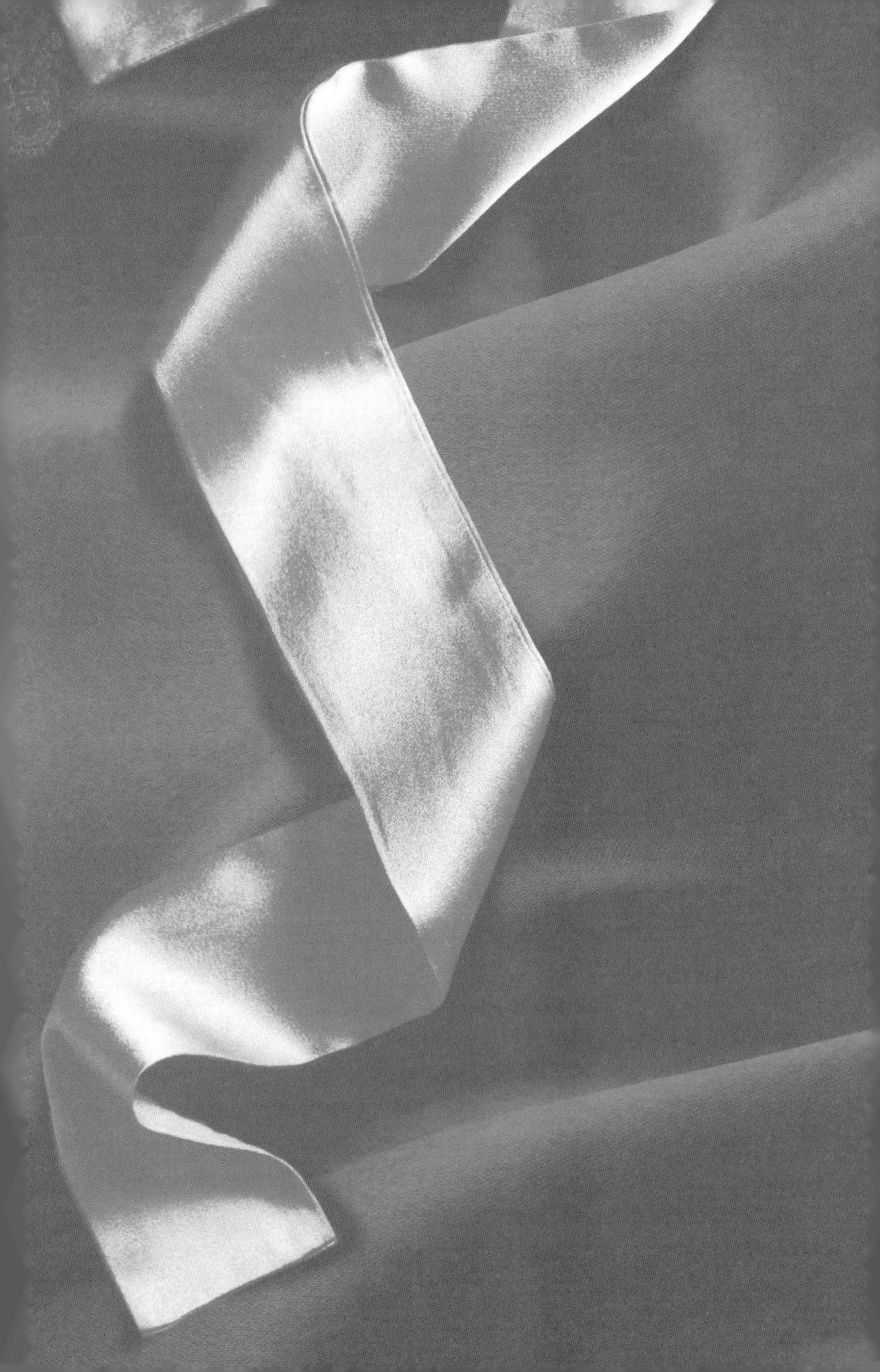

Parte 5

"No dia em que a ciência começar a estudar fenômenos não físicos, fará mais progressos em uma década do que em todos os séculos anteriores."

– Nikola Tesla

Alexa

Nosso pequeno grupo se compõe de dois anciãos da tribo, Yaku, Leo, Jeremy e eu. Os jipes nos apanharam em Avalon e nos deixaram no local onde vamos iniciar a caminhada. Em Avalon, pensei que tivéssemos chegado ao coração da selva. Mais uma vez, porém, digo a mim mesma para sempre esperar o inesperado. Esse é o novo mantra da minha vida, enquanto as minhas ideias preconcebidas vão sendo desconstruídas.

Agora que a jornada realmente começou, sou tomada por uma sensação de calma... É virtualmente impossível que qualquer espião da Xsade descubra onde estamos. Esses pensamentos, entre outros, me vêm à mente, enquanto avançamos. O calor e a umidade são muito intensos, e aguardo ansiosa pela chuvarada de todas as tardes, que nos deixa ensopados até os ossos, mas também refresca e revigora. Bebo frequentemente água com sabor de frutas cítricas e hortelã, para repor o que perco na transpiração. Aos poucos, cada um estabelece o ritmo dos próprios passos, e as conversas se tornam esporádicas. Nada pode ser feito com pressa, neste calor; ou perderíamos o fôlego. Vou ficando mais pensativa, respirando e andando mais devagar. Sei que avanço lentamente, passo a passo, para algum lugar, ainda que desconhecido para mim.

A floresta fervilha com insetos e pássaros. Parece um sonho, em sua beleza vibrante. Leo estava certo: em um paraíso natural como este, não há necessidade de conversa.

Nosso pequeno grupo fez uma pausa em uma clareira, para admirar a floresta magnífica e as nuvens de chuva que se acumulam. Depois de lançar um sorriso a Jeremy, respiro fundo. O cheiro da terra, aguardando a água que vai saciar sua sede e trazer a abundância da vida, é um dos meus preferidos.

Ninguém lança mão de guarda-chuvas ou capas, quando a chuvarada desaba. Fico de pé, braços abertos, dando as boas-vindas ao friozinho temporário que me molha a pele.

– Ainda gosta das chuvas à tarde, Alexa?

Jeremy sabe como aprecio o aguaceiro que cai invariavelmente todos os dias.

– Amo tudo: o cheiro, a sensação, o gosto e a visão. Sinto como se a Mãe Natureza quisesse chamar a nossa atenção com sua exuberância. Justamente quando o calor se torna opressivo, quase insuportável, ela nos proporciona tudo isso. No entanto, embora alcance todos os nossos sentidos, guarda alguns segredos.

– Também me sinto assim. É de fato uma dádiva poder experimentar a natureza desta forma – Leo acrescenta.

Neste momento de reverência diante da beleza que nos rodeia, de repente sinto-me tomada de gratidão pelo que Leo está fazendo por nós.

– Obrigada, Leo. Por tudo. Nunca pensei que esta viagem fosse possível, muito menos que eu teria a oportunidade de experimentar alguma coisa semelhante com vocês dois e minha família, contando com os anciãos da tribo como guias. É uma surpresa mágica.

Os olhos de Leo refletem o profundo significado das minhas palavras, e, embora permaneça calado, sei que ele entende.

Quando o abraço, sinto a mesma eletricidade, condutora de bondade e calma, que se forma toda vez que os nossos corpos se conectam, ainda que neste momento estejamos completamente saturados de energia. Não sei por quê, mas desde que encontrei Leo em Miami, sua presença parece me transmitir coragem para aceitar meu destino, sabendo que ele estará comigo. Mais estranho ainda: quando falei com Jeremy sobre isso, ele não demonstrou ciúme ou preocupação; apenas aceitação pelo jeito que as coisas têm de ser. Talvez Jeremy seja mais "zen" do que eu pensava.

Depois do breve descanso e da breve chuva, nossa viagem continua morro acima.

À noitinha, finalmente chegamos ao destino, nosso primeiro acampamento sob as estrelas. Estou animadíssima. Meu olhar é imediatamente atraído por uma árvore esplêndida que parece nos observar de cima. Seus galhos lembram longos braços, prontos para agarrar ou abraçar nosso pequeno grupo. Esse contraste me intriga.

– Leo, que árvore é esta?

Ele consulta os anciãos. Pelos gestos, vejo que aprovam minha pergunta.

– É a lupuna gigante, morada de um espírito considerado o guardião da floresta tropical. Dizem que seu tronco parece um abdômen humano. Ela deve ser tratada com o respeito que sua majestade merece.

– Podemos nos aproximar e tocá-la?

Não sei explicar isso, mas sempre tive muita vontade de tocar em árvores grandes. Esta, em particular, me atrai irresistivelmente. Mais uma vez, Leo recorre aos anciãos.

– Pode, sim. Yaku vai guiar você. Diz a lenda local que, se alguém tratar mal a árvore, ela se vinga com sua magia. Se for tratada com respeito, porém, ela protege a pessoa dos perigos da floresta.

Ele encerra a frase com uma piscadela e um sorriso.

– Nada além de respeito, Leo, garanto.

– Eu jamais duvidaria disso, Alexandra.

Suas palavras soam como se ele me conhecesse há anos, e não há semanas.

– Vamos ficar por aqui, ajeitando as coisas para a noite. Aproveite.

Quando me aproximo de Jeremy para dar-lhe um beijinho, ele me afasta.

– Desculpe, meu bem, promessa é promessa.

– Verdade? – pergunto, surpresa. – Nem um beijinho?

– Lamento.

– É, eu deveria ter me esforçado mais para termos uma despedida decente.

– Acho que não foi tão ruim, Alexa – ele argumenta, com aquele sorriso safado que eu amo.

A simples lembrança me provoca uma onda de calor.

– Concordo plenamente – Leo interfere, com uma risada. – Tivemos de esperar horas por vocês dois!

Sinto o rosto corar.

– Certo. Mil perdões. Então o meu celibato começou – digo, enquanto tomo um último gole d'água.

Olho para Leo, esperando uma pilhéria ou um comentário irônico. Nada. Começo a entender que Leo não brinca com suas crenças.

Faço que sim, embora com certa relutância, e me encaminho para entrar em comunhão com a árvore.

Que maravilha! A árvore é imensa: bem mais de 50 metros de altura e cerca de 10 metros de diâmetro no tronco. As raízes penetram fundo no solo da floresta, e as folhas se esticam para além da copa, em busca de sol. Quando toco o ventre da árvore, a energia que a rodeia me envolve, transmitindo-me força e serenidade. Posso compreender por que esta árvore espiritual demanda respeito.

Por alguns minutos fico de pé, com as palmas das mãos apoiadas no tronco da lupuna gigante. Quando encontro uma pedra sobre a qual posso me equilibrar, busco uma posição que me permita observar melhor a forma compacta da árvore e captar mais plenamente sua energia. Ajoelhado sobre as raízes, Yaku homenageia a árvore com cânticos e meditação. Em seguida, fura cuidadosamente o tronco e extrai da parte de baixo da casca um pouco de seiva, que guarda em uma bolsa.

Neste momento me dou conta de que estou em uma enorme farmácia natural, onde os povos sabiam, e alguns ainda sabem, usar as plantas para curar. Compreendo que a natureza nos oferece muito mais do que imaginamos. Basta abrirmos os olhos para as oportunidades de combinação da natureza com a Medicina.

Ainda mergulhada nesses pensamentos, ouço um grito agudo bem acima das nossas cabeças. Yaku parece agradecer à arvore e à ave, que paira no alto sobre nós.

– A harpia. Um sinal. Estamos prontos – ele diz, esforçando-se para falar a minha língua.

Admiro a enorme harpia voando em círculos, dando voltas e mais voltas ao redor da lupuna. Parece que a natureza realmente fala com Yaku, e sei que muito em breve somente a natureza falará comigo. Em respeito à arvore, imito os gestos dele, e voltamos silenciosamente ao grupo.

As camas de campanha estão arrumadas na clareira, em volta do fogo. Isso deve nos proteger dos animais selvagens durante a noite. Yaku se apressa em relatar minuciosamente a Leo o que aconteceu junto à lupuna e, em seguida, dirige-se aos dois anciãos, que começam a preparar uma poção com folhas e a seiva da árvore. Tento permanecer tão calma quanto estava até ouvir o grito da harpia, mas sinto a adrenalina atingir meu sistema nervoso. Minha jornada espiritual está prestes a começar. Repito seguidamente para mim mesma que tudo vai dar certo. Eu sou capaz.

Meu estômago ronca, por causa das muitas horas que passei sem comer. Tomo o último gole da minha garrafa de água. Penso em enchê--la, quando noto que todos estão sentados em torno da fogueira.

– Alexandra, por favor, venha juntar-se a nós – Leo chama.

Chegou a hora. Céus, por que estou tão nervosa? Leo me pega pela mão e me guia até o lugar entre ele e Jeremy. Isso basta para que eu me acalme e comece a respirar mais lentamente. Mesmo sentada, deixo minha mão na mão dele, para obter a segurança de que sinto precisar. Olho para Jeremy e seguro a mão dele também, com um sorriso indeciso e nervoso.

– Tudo vai correr bem, Alexa. Vai ter a nossa presença física em todos os passos do caminho.

Embora não seja a presença física que me preocupa, aprecio suas palavras e aproveito ao máximo o som de sua voz. Para onde estou indo? "Vou ficar bem", tento me tranquilizar. Muita gente já fez isso antes. As pessoas vêm cumprindo esta jornada há anos, para atingir um estado de iluminação...

Ao olhar em volta, percebo que todos esperam por mim, como se pudessem ouvir minha conversa interior, o que seria embaraçoso. Respiro fundo novamente. Relaxe, apenas relaxe.

Como um líder natural, Leo assume a descrição do que vai acontecer.

– Yaku nos contou que a harpia, a mais poderosa ave de rapina das Américas, sinalizou que os espíritos estão prontos para aceitar e guiar a sua entrada em seu mundo. Normalmente o voo da alma de um ocidental ocorre somente com a assistência do pajé, mas pelo visto o espírito da lupuna, o mais poderoso protetor da selva, garantirá o seu retorno seguro a este lugar, e os anciãos receberam permissão para que a sua jornada comece um pouco mais cedo que o planejado.

Na verdade, pouco tenho a dizer, mas não consigo falar. Sinto como se estivesse prestes a sofrer algum tipo de cirurgia em relação à qual todos os médicos estão tranquilos, por terem longa prática, esquecendo porém que, para o paciente apavorado, trata-se de uma experiência inédita. A apreensão atravessa meu corpo tão intensamente, que me surpreende o fato de ninguém perceber.

– Na experiência do voo da alma, conseguimos mergulhar na natureza em sua forma mais pura, nossa concepção humana original. Temos a oportunidade de nos perguntar se estamos vivendo a vida para que fomos destinados, a razão pela qual nascemos. Somos inspirados a nos realinhar e a ajustar nossas vidas ao presente, a despertar a inocência em nossos corações. Não se trata apenas de explorar um território desconhecido, de fechar o círculo, de voltar ao nosso mais puro ser, à nossa essência mais simples, e decidir se aceitamos isso aqui e agora. Em algumas ocasiões, o voo da alma pode mostrar visões do passado ancestral ou favorecer uma melhor compreensão do futuro, embora isso talvez não fique claro no momento. Uma vez iniciada a sua viagem, Alexandra, você estará em comunhão somente com a natureza, sem interferência humana, até a conclusão. O primeiro gole desta bebida preparada pelos anciãos corresponde ao primeiro passo. Os ingredientes foram determinados por meio de mensagens do mundo espiritual.

Resolvo perguntar, enquanto sei que alguém ainda pode responder:
– Por quanto tempo vou ficar "fora"?

Faço um gesto para enfatizar a palavra "fora".

– Ninguém tem essa resposta. Depende da sua viagem pessoal. Como nos sonhos, algumas vezes o que parece levar muito tempo, acontece em segundos; outras pessoas podem achar que estiveram em transe só por uns momentos, para depois constatar que foram dias. O seu voo da alma será absolutamente único.

Faço uma última tentativa de adiar o inevitável.

– Não seria melhor esperarmos pelo pajé?

Leo consulta rapidamente os anciãos.

– O pajé Yaskomo está ciente de que a viagem precisa começar agora, já que a harpia é um sinal do mundo espiritual. Você o encontrará, em determinado ponto da sua jornada, quando as estrelas se alinharem.

Já que não entendo muito bem essa coisa de "alinhamento estelar", a que tanto se referem, desisto de fazer perguntas e passo a questões mais práticas. Meu estômago vazio, por exemplo.

– Vamos comer primeiro?

– Não, você não vai comer. Com o jejum, a experiência se torna muito mais poderosa e profunda. A única exceção é a *ayahuasca* misturada à seiva da lupuna – Leo explica, mostrando a vasilha sobre o fogo.

– E o que é isso exatamente?

Desta vez é Jeremy quem responde.

– *Ayahuasca* é uma fermentação da decocção de duas plantas nativas: o cipó *Baniesteriopsis caapi* e o arbusto *Psychotria viridis*, cujas folhas contêm o princípio ativo dimethyltryptamine, ou DMT.

Escuto, apenas. A explicação científica é para mim tão esclarecedora quanto se fosse feita por Yaku em sua língua nativa.

– Um etnobotânico de Harvard descreveu a *ayahuasca* nos anos 1950, como tendo propriedades divinatórias e curativas.

Ao que parece, sob a perspectiva de Jeremy, esse foi um estudo decisivo.

Leo interfere.

– A mistura também é conhecida por favorecer revelações espirituais relativas ao objetivo do indivíduo na Terra e apontar caminhos para seu aperfeiçoamento como ser humano, possibilitando o acesso a uma dimensão espiritual superior.

Leo e Jeremy parecem unir-se para oferecer uma visão equilibrada entre Ciência e espiritualidade. Que bonito!

– Existem efeitos colaterais conhecidos?

– Vômitos e possível diarreia – Jeremy responde.

Hum, isso não é nada bom.

– Em termos médicos, trata-se de uma reação às toxinas liberadas no seu estômago como resultado da ingestão da mistura fermentada. Espiritualmente, porém, é a liberação da energia e das emoções negativas acumuladas ao longo da vida.

– Estou impressionada.

Tento apertar a mão de Jeremy. Quando foi que ele teve tempo para pesquisar? No entanto, eu não deveria me surpreender. Afinal, esse é seu verdadeiro ponto forte. Ele move a cabeça, pesaroso, rejeitando o meu toque.

– Então, vocês estão dizendo que vou sair de tudo isso mais iluminada, compreendendo o universo e o meu lugar dentro dele, e talvez até um pouco mais leve do que agora, certo?

Os dois riem, e Jeremy responde.

– Mais ou menos isso, querida, essa é a ideia. Só espero que não saia muito mais leve. Você está perfeita assim.

Ele dirige a Leo um olhar quase suplicante por uma garantia de que é exatamente aquilo que vai acontecer comigo.

– E posso ficar "fora" por minutos ou dias, não se sabe ao certo?

– Isso mesmo. Mas lembre, Alexandra, que estaremos fisicamente ao seu lado, aconteça o que acontecer.

– Não vou deixá-la nunca, Alexa, você sabe disso.

– Sei, sim.

Encaro solenemente um e o outro. Por que este momento parece tão mais sério do que um brinde com Jeremy, quando iniciamos uma de nossas muitas e tresloucadas aventuras? O absinto que bebi em Sydney, quando tudo começou, me vem à mente. Contudo, eu sei, todos nós sabemos por que agora é diferente. Minha vida e minha futura liberdade dependem do resultado desta jornada.

Yaku me entrega a caneca com a bebida fumegante.

Olho em volta, para registrar a fisionomia de cada um à luz das chamas.

– Alguém mais vai beber?

– Só você, desta vez – Leo responde. – Nossos pés precisam ficar firmes no chão. *Bon Voyage*, Alexandra.

– E você não vai falar comigo até tudo terminar?

Ele confirma com um gesto. Meu tempo começou, obviamente.

Jeremy aperta a minha mão pela última vez antes que eu vá em direção ao que me aguarda no mundo espiritual. Sem emitir um som, ele forma com os lábios as palavras "eu te amo". Cautelosamente, bebo o primeiro gole. Desta vez ninguém diz "saúde!" ou "à nossa!".

De início, a bebida forte é difícil de tomar, mas a cada gole vou me adaptando ao gosto agridoce. Sinto calor por dentro. Percebo um leve sabor de hortelã e de gengibre e me pergunto se teriam sido adicionados à mistura, na tentativa de proteger meu estômago. É inútil perguntar, já que ninguém vai responder.

Não sei bem se esperava alguma coisa dramática, mas permaneço relaxada junto ao fogo, depois de terminar a poção, exatamente como todos os outros, sentados confortavelmente em silêncio, por um bom tempo. As chamas que aquecem meu corpo parecem lamber seus rostos.

Meu devaneio é interrompido pelo repentino grito agudo do que parece ser a mesma harpia, no céu crepuscular. Desta vez, ela não voa em torno da lupuna, mas aproxima-se em linha reta do nosso acampamento. De repente, minha visão se concentra no corpo do animal. Vejo claramente seus olhos pequeninos e brilhantes, a barriga branca, as asas pretas e até as penas listradas que lhe cobrem as pernas. Tento desviar o olhar, para descobrir se os outros estão preocupados com a aproximação da enorme ave de rapina, com envergadura de asa equivalente à altura de um homem. No entanto, meu olhar permanece fixo na harpia, que dá a impressão de investir diretamente sobre mim. Temo que ela me atinja, que me derrube do assento, e instintivamente levanto os braços, para proteger o rosto das enormes garras de seus pés. Quando dou por mim, porém, não estou mais sentada. Sou içada às grandes alturas que a ave pode alcançar.

Observo a extensa região por meio dos olhos da harpia. Vejo lá embaixo nosso pequeno grupo absolutamente imóvel, como pequeninas estatuetas. As chamas parecem um bando de vagalumes. É uma experiência extraordinária.

À medida que subimos, eu e a ave nos tornamos uma só criatura. Vista de cima, a Terra parece uma bola de gude quase insignificante. Todos os medos e pressentimentos são esquecidos. Sinto apenas felicidade e esperança. A clareza dos meus processos mentais é surpreendente; por algum motivo, esperava que a bebida preparada pelos anciãos me deixasse embriagada.

Parece que estamos em trânsito para algum lugar que não sei qual é nem onde fica. De repente, eu me solto da harpia e despenco. Meu corpo experimenta exatamente a mesma sensação de quando fui arremessada de um avião, vendada, com Jeremy. A mesma força da gravidade penetra em cada terminação. Neste momento, vejo a harpia voando lá em cima, e a Terra, lá embaixo, vindo rapidamente na minha direção. Não estou ligada a ninguém, não tenho asas e pareço em rota de colisão com o solo. Meu coração dispara. Começo a entrar em pânico. Isto não pode ser o voo da alma. Leo nunca mencionou nada semelhante...

Pela rapidez com que o solo se aproxima, tenho certeza de que a minha velocidade aumenta a cada milésimo de segundo. A gravidade me atinge, e começo a girar incontrolavelmente. Já não sei o que está em cima ou embaixo, o que é assim ou assado. Preciso de oxigênio. Meu cérebro parece a ponto de implodir, sob tanta pressão. Então eu me choco contra o chão com toda a força. Sinto meu corpo se quebrar em um milhão de pedacinhos, que se perdem para sempre na atmosfera.

Oh, céus, será que morri?

Lake Bled

Madame Jurilique está furiosa.

– O que quer dizer com não recebemos nenhuma resposta? Monitoramos cada movimento dela, e agora você me diz que ela desapareceu no ar? Isso é simplesmente impossível. Eu avisei explicitamente que ela deveria ligar para aquele número, no exato momento em que chegasse à Europa!

Madeleine franze a testa. Seu coração bate forte, mas em vez de ser pela chegada da dra. Alexandra Blake, é de frustração por sua ausência.

– Nada, mesmo? Tem certeza?

Ela bate o telefone, perguntando-se o que poderia ter saído errado. De novo. As instruções eram perfeitamente claras, e ela sabe que foram entregues com sucesso. Madeleine acredita na própria capacidade de julgar o caráter das pessoas e entende que a dra. Blake nunca iria expor os filhos a perigos, se pudesse poupá-los. É o plano perfeito. Quer dizer, a menos que ela não apareça.

Primeiro Josef, e agora isso. Pela primeira vez, Madeleine reconhece que pode estar errada. Seu rosto se contorce de fúria. Ela dá um soco na mesa, e neste exato momento percebe sua imagem refletida na parede envidraçada do escritório.

Horrorizada com o que vê, ela se esquece momentaneamente do que estava fazendo. O reflexo mostra o rosto enrugado de uma mulher que passou da meia-idade, estressada, quando deveria ser afável e refinada. Ela pagou muito pela última cirurgia plástica. Será possível que já esteja precisando de outra?

Madeleine pega rapidamente o espelho de mão que mantém na gaveta de baixo, para olhar melhor. O que vê é espantoso. Pés de galinha, profundas rugas de expressão. E o pescoço! Mais parece o pescoço de um peru. Quando foi que isso aconteceu? Logo ela, que sempre se orgulhou da perfeita forma física...

Depois de pensar por um momento, Madeleine chega à conclusão de que deve ter sido o estresse adicional causado por aquelas pessoas. A raiva começa a crescer dentro dela novamente, quando o telefone toca. Madeleine guarda depressa o espelho na gaveta; não quer que alguém entre de repente no escritório e pense que ela é uma pessoa fútil. Trata-se de uma chamada interna. Depois do dia que teve, ela não está com paciência para mais nenhuma má notícia.

– O que é? – Madeleine grita ao telefone.

Exasperada, ouve um de seus gerentes explicar que outro membro da equipe não apareceu para trabalhar, depois de ter reclamado na véspera sobre a necessidade de servir de cobaia dos produtos, antes de serem lançados no mercado, de acordo com a política da Xsade. Teria ela de tratar pessoalmente de cada detalhe, para a organização funcionar? Obviamente que tinha, já que o gerente continuava a reclamar no seu ouvido.

– Por que você não testa, então? – ela responde.

Madeleine mal escuta a voz irritante do gerente. A ausência da dra. Blake continua martelando suas ideias, enquanto o homem fala da política da empresa sobre os testes de produtos, que devem ser feitos uma única vez em cada pessoa, para não distorcer os resultados. Honestamente, eles devem pensar que têm uma diretora administrativa completamente idiota. Irritada, ela interrompe a falação.

– Quer dizer que o produto já foi testado, correto? E a que produto você se refere especificamente?

Depois de ouvir a resposta, ela pergunta:

– O *peeling* químico, foi isso que disse?

Madeleine se interessa imediatamente pela conversa, tendo em vista que a composição do novo *peeling* foi desenvolvida para reproduzir os resultados obtidos por cirurgiões plásticos, embora por um tempo limitado.

Esse pode ser o primeiro sinal de boa notícia que Madeleine recebe no dia, enquanto a visão do próprio rosto no espelho surge por uma fração de segundo diante de seus olhos.

– Ótimo. Vou dar o exemplo e testar em mim mesma. Assim, ninguém mais vai reclamar. Chego aí embaixo em dez minutos.

Ela encerra a ligação, para fazer as chamadas de que precisa. Na primeira, avisa aos seus especialistas em Tecnologia da Informação que se preparem para expor *on-line* os detalhes sórdidos da vida da dra. Alexandra Blake, enfatizando que somente ela, a diretora administrativa, pode pessoalmente dar a aprovação final, para que o assunto caia na rede. No segundo telefonema, determina que sua equipe de segurança inicie imediatamente a busca da dra. Blake e/ou de seus filhos, onde quer que estejam escondidos. Agora, pelo menos, sente que está agindo.

Madeleine pretendia fazer uma visitinha ao traidor Votrubec para ver como está vivendo, paralisado. No entanto, tendo em vista o adiamento da chegada da dra. Blake, decide dirigir-se ao laboratório de beleza para remover o aspecto envelhecido que seu rosto adquiriu ultimamente. O resto pode esperar. Ela reconhece que há muito precisa de um tempinho só para si.

Depois de trocar o conjunto Chanel por uma toalha elástica, bem menos sofisticada, que deixa seus ombros e pescoço nus, Madeleine se ajeita no sofá do laboratório de produtos de beleza. Ela não se lembra da última vez em que se deitou no meio do expediente, e, embora tecnicamente esteja trabalhando, sente-se com a consciência um pouco pesada.

Sua pele é minuciosamente limpa e tonificada, o que não lhe causa preocupação alguma. Como dispõe de uma completa variedade de cosméticos no escritório, para refazer depois a maquiagem, acaba relaxando no ritmo dos movimentos circulares que a profissional aplica em seu rosto.

– Quer que trate pescoço e face, Madame?
– Sim.

Ela pensa no pescoço enrugado. Sabe que um *peeling* não será suficiente para rejuvenescer sua aparência. Também não ignora que em seu ambiente de trabalho precisa parecer tão jovem e vibrante quanto possível, diferentemente dos homens, que envelhecem elegantemente, com a calvície e os cabelos grisalhos.

A esteticista aplica o *peeling* com um pincel grosso, cobrindo cuidadosamente a face e o pescoço de Madeleine. Em seguida, protege seus olhos com tampões grossos e ajusta uma grande lâmpada de luz ultravioleta sobre a parte superior de seu corpo. Quando encontra a distância ideal à ativação da máscara, ela fixa a máquina.

– São necessários 20 minutos, pelo menos, para fazer efeito. Vou ficar atenta. Portanto, relaxe e aproveite.

Como Madeleine fala sem mover muito os lábios, sua voz sai abafada:

– Não precisa ficar esperando. Está tudo bem, vá fazer qualquer outro trabalho. Não desperdice o precioso tempo da empresa.

A esteticista pensa em mencionar que os procedimentos da empresa mandam ficar na sala enquanto a máquina estiver em operação, mas lembra-se das advertências de sua gerente sobre o temperamento rude da chefe. Então, ajusta-lhe os fones nos ouvidos e sai logo da pequena sala, secretamente aliviada pela dispensa.

Madeleine também fica satisfeita por ser deixada só, para planejar seus próximos passos. Ela não chegou aonde chegou sem correr riscos, e com certeza não vai parar agora. Surpreendentemente, seu corpo estressado relaxa com facilidade. Quando a música clássica lhe conforta a mente, ela se permite cair em um sono delicioso.

Jeremy

Desde que Alexa retornou da árvore lupuna, a atividade em nosso pequeno acampamento ficou dez vezes mais intensa. Os anciãos, habitualmente calmos, andam às voltas com ervas e poções, na preparação da bebida fermentada para o primeiro voo da alma.

Tenho de admitir que não estou cem por cento convencido de que as toxinas contidas na mistura não provocarão efeitos colaterais em Alexa. Conheço o corpo dela há tempo suficiente para saber que seu organismo pode apresentar uma resposta intensa a substâncias novas ou a um desequilíbrio químico. Assim que Leo me revelou seus planos, comecei a pesquisar a *ayahuasca*.

Fico ao mesmo tempo surpreso e confiante, ao descobrir que existem, em vários lugares do mundo, retiros destinados a experiências deste tipo, onde as pessoas podem experimentar o voo da alma. Isso me tranquiliza um pouco, mas não totalmente. A última coisa que quero é ver Alexa vomitando sem parar, no calor da selva. Havia prometido a Leo que, durante a jornada, não lhe ministraria remédio algum, mantendo assim seu estado natural. No entanto, os anciãos aceitaram a minha sugestão de adicionar gengibre e hortelã à beberagem, na esperança de proteger seu estômago. Tomara que dê resultado.

Ainda bem que examinei Alexa em Avalon. Pode-se dizer que ela tem a saúde de uma vaca premiada – para usar um termo alheio à Medicina. Seu sangue está bom; a contagem de células, excelente; o índice de massa corporal, perfeito; reflexos, dentro do esperado. Pelo menos sei que, em termos médicos, ela não poderia encontrar-se em melhores condições para embarcar na viagem espiritual de Leo. E o mais importante: sinto que agora está mentalmente pronta. Parece que o tempo passado em Avalon acalmou seus nervos. Infelizmente não aconteceu o mesmo com os meus. O mínimo que me cabe fazer é assegurar-lhe saúde física e conforto, até chegarmos à conclusão natural deste pesadelo. Por enquanto, tudo bem.

Observo atentamente Alexa tomar o primeiro gole da bebida fumegante. Ela é mais corajosa do que qualquer outra mulher que eu tenha conhecido, e essa coragem vem de sua disposição para explorar o desconhecido e questionar o conhecido. Só não se sabe se tudo isso mudará alguma coisa em nossas vidas, ou se ela vai tomar a poção, aproveitar o voo, e, depois, tudo continuará como antes.

Não, eu não preciso ser tão negativo. Devo muito a Leo. Confio nele, em suas qualidades intelectuais e emocionais. Sei que ele não nos enviaria em uma missão impossível, embora, às vezes, tenha a impressão de estarmos buscando a ilusória galinha dos ovos de ouro. Ainda assim, cumpro o prometido: enviar pensamentos positivos a Alexa, como forma de apoio.

Os anciãos pediram para ficarmos sentados em torno da fogueira, até que o espírito de Alexa deixe sua forma física. Só Deus sabe o que isso quer dizer. Será que devemos acenar, enquanto ela levanta voo? Ou seu corpo vai amolecer, perdendo todo o controle dos músculos? Eu me concentro em sua fisiologia, porque quero memorizar, o mais detalhadamente possível, qualquer alteração.

Faz uns dez minutos que ela terminou a bebida, e permanece encarando cada um de nós, como se esperasse algum grande acontecimento. Nada aconteceu, porém. Seus lindos olhos verdes brilham, refletindo as chamas, e noto que rapidamente vão ficando mais abertos. Fico tentado a abanar a mão diante de seu rosto, para ver se ela ainda tem consciência da nossa presença, mas me recomendaram que não a tocasse ou interrompesse sua linha de visão do fogo, já que isso aparentemente favorece os efeitos da *ayahuasca*. Também não sei exatamente qual será o impacto da seiva de lupuna, uma vez que foi um ingrediente de última hora, conforme instrução de Yaku. Por quê? Porque a árvore mandou!

Penso na conversa que tive com Leo quando ele me contou isso.

– Você não pode estar falando sério, Leo! Como, diabos, uma árvore diria ao Yaku que assumiria a responsabilidade pela orientação do voo da alma de Alexa?

– É assim que as coisas funcionam no reino da natureza, Jaq. Você viu que Alexandra se ligou à lupuna logo que chegou aqui. Não conseguiríamos mantê-la longe da árvore, mesmo que quiséssemos. Com que você está realmente preocupado?

– Estou preocupado porque não fiz nenhuma pesquisa sobre essa árvore; nem sequer sabia que ela existia. E se estiver cheia de toxinas e venenos? Pelo que sei, pode até matar.

– Duvido que a quantidade de que estão falando chegasse a matar alguém. Além disso, alguns pajés usam regularmente na preparação de seus remédios, e os anciãos não relataram nenhuma morte.

– Certo, mas Alexa não pertence à tribo Wai-Wai, e você não ignora que ela é muito sensível a drogas. Realmente, não se sabe o que pode acontecer.

– É, está certo, não se sabe – ele diz calmamente. – Mas você se sente confortável, se ela beber a ayahuasca?

– "Resignado" é uma palavra bem mais adequada do que confortável.

Ao vê-lo erguer as sobrancelhas, diante da minha crítica um tanto pedante, corrijo.

– Sinto, sim.

– Bem, vamos ver como isso evolui, e tomaremos as decisões necessárias durante o percurso.

Leo põe a mão sobre o meu ombro e continua.

– Jaq, você precisa deixar que Alexandra faça o que ela sabe que precisa fazer. Ela está pronta.

Pela primeira vez, desde que esta jornada amazônica começou, sinto-me um tanto assustado pela confiança que Alexa deposita em mim, baseada na confiança que tenho em Leo, para resolver a situação. Não posso negar que sinto uma sombra de dúvida por estarmos, até o momento, indo em direção ao desconhecido, onde talvez eu não possa ajudá-la. Resolvo falar disso com Leo.

– Espero que saiba da confiança que deposito em você, meu amigo. Confiança em que tudo isso acabe bem.

– Sim, eu sei, mas você também sabe que nada na vida é totalmente garantido. Só podemos dar o máximo de nós.

Ele me olha fixamente, como se tentasse acalmar minhas preocupações, e completa.

– No entanto, o que Alexandra está fazendo nos trará algumas respostas. Eu acredito nisso.

Sinto como se estivesse balançando na ponta de uma corda presa a um helicóptero, lutando pela minha vida e tendo de confiar no conhecimento do piloto a respeito do terreno e dos padrões climáticos, para garantir a nossa segurança. Estar impedido de exercer o controle, ceder o lugar de comando, nunca foi muito do meu agrado, e recentemente tenho sido obrigado a viver desse jeito com frequência, no que se refere a Alexa. Isso é, no mínimo, inquietante.

As contrações dos dedos de Alexa imediatamente me trazem de volta ao presente. Daria qualquer coisa para acender uma luz nas pupilas dela e checar as reações. Ela parece perdida no espaço; tem os olhos muito abertos, sem piscar. As contrações das mãos podem significar muitas coisas, desde níveis baixos de açúcar no sangue, o começo de uma convulsão ou o resultado de alguma alteração em sua condição neurológica.

Enquanto cada pedacinho de mim quer verificar a pulsação de Alexa, sinto-me pregado ao assento pelo peso do olhar dos anciãos. Quando me volto para Leo, seus olhos me pedem para deixar acontecer. Que droga de silêncio terrível em volta dela! Jamais pensei que fosse ainda mais difícil para mim.

Os olhos de Alexa permanecem muito abertos, presos ao fogo, enquanto as contrações se estendem pelos braços, atingindo depois os dedos dos pés e as pernas. Ela parece sofrer alguma forma de convulsão branda. Se não estivesse tão familiarizado com o estado de saúde dela, seria capaz de jurar que começa a ter um ataque epiléptico. Seus olhos giram nas órbitas, enquanto as contrações continuam a sacudir seu corpo. Obrigado a me conter, enquanto vejo o amor da minha vida passar por tudo isso, tenho a impressão de que meu coração para de bater. Todo o meu ser quer ajudá-la, garantir sua integridade.

Ela está claramente tendo uma terrível reação à droga tóxica que eles lhe deram, e resolvo pegar minha maleta de médico. Impossível. Não consigo me levantar. Que diabos está acontecendo aqui? É como se o meu traseiro estivesse colado ao assento. Os anciãos têm os olhos no mesmo estado de transe que Alexa mostrava momentos atrás, enquanto Leo mantém os dele fechados, e continua sentado calmamente, com as mãos pousadas sobre o colo, com as palmas voltadas para cima. Será que sou o único aqui que conserva a sanidade?

Ainda pregado no assento, assisto impotente ao intenso sofrimento da mulher que amo. Ela agora tomba para trás, e bate com o corpo e a cabeça no chão, com toda a força. Assustado, solto um grito mais alto que o da harpia que sobrevoava a lupuna, mais cedo. Céus! No momento em que atinge o chão, seu corpo fica inerte, como que sem vida. Imediatamente o assento me solta, e eu me precipito, quase caindo diretamente sobre a parte de cima do corpo dela.

Em uma busca desesperada por alguma reação, levanto o braço de

Alexa, para sentir o pulso, e tento abrir suas pálpebras, agora fechadas. Nada.

– Leo! – grito, para chamar a atenção dele. – Leo, pegue a minha maleta! Ela não está reagindo!

Todos continuam sentados tranquilamente em torno do fogo, como que presos na posição. Droga, este é o meu pior pesadelo. Eu me curvo sobre Alexa, posicionando meu rosto bem acima de sua boca, para sentir qualquer sinal de respiração. Nada. Verifico a pulsação. Ausente. Coloco o ouvido contra o peito dela, para escutar algum batimento cardíaco. Silêncio total. Para pegar a maleta, eu teria de deixá-la. Os outros, ainda em transe, não respondem aos meus apelos. Sem outra escolha, disparo até a nossa barraca, pego a maleta de médico e volto correndo para atendê-la, tentando nervosamente abrir a maleta pelo caminho. Os outros deixaram a fogueira e rodeiam o corpo de Alexa.

– Saiam todos! Tenho de começar a reanimação cardiorrespiratória, e ela pode precisar de adrenalina!

Temendo o pior, procuro desesperadamente as drogas na maleta. Takasumo, o mais grisalho dos anciãos, fecha os olhos, pega cuidadosamente o pulso de Alexa e diz:

– Não, está tudo bem agora.

– O quê? – eu grito.

Pareço enlouquecido, em nítido contraste com a imobilidade dos outros.

Levanto a camiseta de Alexa e, com o estetoscópio, graças a Deus ouço o coração dela bater fraquinho. Pela rapidez com que o meu coração bate, calculo haver dez vezes mais adrenalina no meu corpo do que na injeção que deixei ao lado. Puxo a camiseta para baixo e examino a parte de trás da cabeça dela, para verificar se a queda causou algum ferimento. Embora pareça estar tudo bem, ela ainda não responde. Faço todos os exames que me vêm à mente. Seus sinais vitais melhoram aos poucos, mas a pressão arterial continua ligeiramente abaixo do normal. Ao ouvir os batimentos cardíacos um pouco mais fortes, começo a me acalmar.

O que é isso, afinal? Vejo que as cores de Alexa vão voltando: os lábios estão rosados; as maçãs do rosto, levemente coradas. Ela parece maravilhosamente em paz; nada lembra as curtas e fortes contrações a que assisti, momentos atrás. Todos os outros aparentam tranquilidade.

– Leo, o que foi isso? Será que perdi alguma coisa?

– Algumas vezes, a pessoa que bebe a *ayahuasca* tem uma reação assim, quando a alma deixa o corpo. Geralmente em menos de um minuto o corpo físico se ajusta e restabelece o ritmo normal.

– Então você está me dizendo que a alma de Alexa saiu do corpo?

Eu me esforço ao máximo para manter o controle e reprimir um tom sarcástico.

– De certa maneira, sim. Por isso ficamos junto ao fogo até que ela estivesse sossegada, para assegurar que chegasse sã e salva ao destino.

– Ela foi arremessada da cadeira!

– Estas cadeiras não são muito estáveis. Eu mesmo já caí várias vezes – ele diz, com uma risada.

Meu olhar mortal deixa claro que não estou achando um pingo de graça. Ele muda de tom.

– Você não firmou a cadeira para ela?

A pergunta me deixa ainda mais confuso.

– Eu não conseguia me mexer. Foi muito estranho.

– Às vezes, a separação daqueles a quem amamos é um momento difícil, e tendemos a imaginar o pior. Ela está em lugar seguro, Jaq. Nenhum mal a atingirá, e ela voltará mais iluminada do que era antes.

As palavras me atingem em cheio. Apesar de inconsciente, Alexa parece calma, em paz, como quem desfruta de um sono profundo e reparador. Sou forçado a reconsiderar minha versão dos fatos. Com isso, talvez meu coração e minha mente entrem em conflito.

Ainda assim, não abro mão do sólido compromisso com Leo e do amor absoluto por Alexa. Penso no pedido dele, para que eu evitasse falar e permanecesse sentado, de forma que ela iniciasse a viagem, e no meu medo de perdê-la, sem querer que ela se fosse. Honestamente, eu não suportaria a ideia de nos separarmos de novo, depois de tantos anos. Sinto como se tivéssemos esperado a vida inteira pelo reencontro. Meu coração e minha mente não admitem um futuro sem Alexa, ainda que por pouco tempo. É como se eu fosse forçado a escolher entre a promessa feita a Leo e o meu amor por ela.

O coração sabe que quero me aproximar e ajudá-la, mas o cérebro parece conter o impulso, fazendo com que eu permaneça imóvel. Com essa conclusão, eu me arrependo de ter, ainda que vagamente, atribuído aos anciãos algum poder espiritual ou mágico sobre o meu corpo. Estou aliviado por ter conseguido encontrar uma explicação lógica para o meu comportamento.

Embora Leo garanta que a pressão arterial baixa pode ser um sintoma do voo da alma, não estou cem por cento convencido, e começo uma documentação meticulosa das condições físicas de Alexa. Pelo menos, isso me mantém ocupado por algum tempo, enquanto os anciãos conversam com Leo.

– Eles precisam removê-la, Jaq, mas não queriam interromper o seu exame.

– Por quê? Para onde?

De repente, estou parecido com Alexa, tantas são as perguntas que me passam pela cabeça.

– Ela deve permanecer junto à lupuna que a protege. Quanto mais próximo seu corpo ficar do protetor, mais segura ela estará, assim como as pessoas que fazem o voo da alma com o pajé ficam perto dele.

Quem sou eu para argumentar? Ainda me parece loucura, mas se eles acreditam que ela estará mais resguardada, não vou discordar.

– Está bem, Leo.

Ainda envergonhado pela minha explosão anterior, tento suavizar o tom.

Leo faz um sinal para os anciãos.

Com cuidado, ajeitamos o corpo leve de Alexa na maca e carregamos até a lupuna. Como já escureceu, vamos nos revezar, cuidando de seu corpo aparentemente sem alma. Embora relutante, eu me afasto, para comer alguma coisa e, se conseguir, dormir um pouco. De início, os ruídos da floresta me mantêm alerta, mas afinal caio em um sono profundo e sem sonhos.

Alexa

Nunca experimentei nada parecido. Um tempo diferente, um local diferente, que só posso descrever como etéreos e viscerais. Estou ao mesmo tempo em toda parte e em lugar nenhum – uma sensação absolutamente irreal. É como se eu assistisse a um filme pela perspectiva tanto do diretor como dos atores, além de fazer parte do cenário. Posso vê-los, ouvi-los e entendê-los; eles, no entanto, não me veem, não me ouvem, nem me entendem. Enquanto representam seus papéis, eu flutuo pelo cenário, invisível e intocável.

Meus sentidos estão em alerta máximo, absorvendo as sensações em cada cena, embora eu mantenha a individualidade. É a mais estranha forma de irrealidade imaginável, e só posso deduzir que esta seja a minha versão do voo da alma de Leo. Mergulho no processo e nas possibilidades.

Minha visão muda, e de repente tudo entra em foco. Vejo uma mãe que põe para dormir a filhinha, de uns cinco anos. A mãe acaricia a testa da menina e afasta delicadamente de seu rosto alguns fios dos longos cabelos escuros. Em seguida, dá-lhe na bochecha um beijo carinhoso de boa-noite, e o sorriso da menina revela o imenso amor que ela sente pela mãe. Sinto no coração as emoções de cada uma delas, como se estivesse invisivelmente conectada a seus pensamentos mais profundos. Eu me lembro da minha mãe fazendo a mesma coisa comigo, quando pequena, exatamente como faço hoje com os meus filhos.

Com uma última olhada para a filha, a mãe puxa a cortina improvisada. Em seguida, volta-se para a mesa redonda, na cozinha rústica. Na pequena casa, a água é recolhida diretamente do riacho e armazenada em uma tina, o pão é caseiro, e as roupas são escassas e valiosas. Ela aproveita as chamas da lareira, uma proteção contra o frio da noite, para acender a pequena vela que pega no centro da mesa redonda. Com essa vela, distribui várias chamas em círculo, iluminando o pequeno cômodo quase vazio, e senta-se, parecendo em profunda meditação.

De repente, a cena muda diante dos meus olhos, como se alguém tivesse saltado várias páginas de um romance, para continuar a leitura bem adiante.

A mesma mulher entra em outra casa, na qual é recebida calorosamente. Entre abraços, a família agradece sua vinda. Sinto a confiança que depositam nela, bem como sua segurança em relação à tarefa que vem desempenhar. Ela traz no ombro uma bolsa, que está prestes a abrir, quando sua filhinha entra correndo. A menina se parece comigo, na época em que comecei a frequentar a escola.

– Mamãe, quero ficar com você. Por favor, posso olhar?

A mãe se volta para os mais velhos, que concordam com um gesto.

– Claro, Caitlin, venha cá – ela diz calmamente.

Há um menino deitado sobre um cobertor no canto do quarto. Embora seja mais velho que a menina, está visivelmente magro e frágil, e parece muito doente. Sou invadida pelo mau cheiro típico da doença, que, apesar de repulsivo e desagradável, não impede a compaixão que mãe e filha sentem pelo menino.

A curiosidade me leva mais para perto do menino doente e fraco, justamente quando a mulher segue em sua direção. Sinto-me ligada a ela; sinto seu amor e seu empenho pela cura do menino, a despeito do risco de contágio. Pelo brilho da pele, vê-se que ele tem febre alta. Seu corpo cheira a podre, como se fosse devorado de dentro para fora. A doença é grave.

Sem pressa, a mulher examina o corpinho sofrido, e massageia os braços e as pernas. Cada movimento seu é observado atentamente pela menininha, Caitlin. A mulher, então, pousa as palmas das mãos de cada lado do rosto do menino e fecha os olhos. Parece rezar ou meditar profundamente, e começa a entoar algum tipo de fórmula mágica. A menina atravessa silenciosamente o cômodo, ajoelha-se e coloca também as mãozinhas na pele do menino, imitando os gestos da mãe.

A família olha de longe. O medo que transparece em seus olhos é sinal de que sabem: o menino tem apenas um fiozinho de vida. Todos parecem perceber também a magia no ambiente. Passam-se longos momentos, até que mãe e filha deixam de tocar o menino e abrem os olhos, como se estivessem livres de um feitiço.

A mulher pega na bolsa algumas ervas que coloca em um recipiente. A mãe do menino adiciona gotas de água quente à mistura e faz um sinal de aprovação. Falta um ingrediente, porém. A mulher pede que todos se virem de costas, para não ver o último passo do processo. Eles obedecem. Pelo silêncio e pelos ombros caídos, nota-se a tristeza pela situação do menino.

Caitlin continua a observar a mãe, com o interesse e a curiosidade que reconheço em mim. A mulher retira da bolsa um pequeno punhal e, com habilidade, fura a pele de seu dedo médio, espremendo três gotas de sangue na preparação. Em seguida, guarda discretamente o punhal em seu lugar e chupa o sangue que sobra no dedo.

– Já podem se virar – ela diz com calma à família, enquanto tritura e mistura os ingredientes com um pilão. – Isto precisa ser ministrado ao menino com amor. Agora, somente o amor de mãe pode contribuir para a cura. Continuem a velar o descanso dele.

A mãe do menino se aproxima e pega nos braços o filho agonizante. Depois de separar-lhe os lábios, derrama a beberagem pouco a pouco em sua boca. O pai se junta a ela. Traz mais água, que a mãe dá ao menino, para ajudar o remédio a descer pela garganta. Ele tosse, e eles o deitam cuidadosamente no chão. A mãe se dirige à mulher.

– Obrigada, Evelyn. Você é nossa última esperança.

A mulher cumprimenta a família, fecha a bolsa com seus poucos pertences e pega a filha pela mão. Da porta, ela se despede.

– Continuaremos rezando pela saúde do seu filho.

Exausta, os familiares veem as duas saírem. Pela primeira vez, porém, têm o coração cheio de esperança.

Poucos dias depois, Caitlin está fora de casa, dando de comer às galinhas, quando vê o garoto vir pela estrada com um pesado balde na mão esquerda. De pé, ele é bem mais alto do que ela. Tem uma cor saudável no rosto e caminha com segurança. Em nada lembra aquele corpo frágil, que mal se movia no canto do quarto. Um sorriso ilumina o rosto de Caitlin, quando ela percebe que a magia de sua mãe ajudou a eliminar todos os sinais de doença e infecção do corpo do menino.

Caitlin corre na direção dele, que pousa o balde no chão para receber o abraço. Com seus brilhantes olhos verdes, ela se demora a observar o menino. Eles irradiam afeto, indicando que compartilham alegria em seus corações. Caitlin se sente segura em relação à magia praticada pela mãe e, embora não expresse isso em palavras, sabe que o menino vai proteger e ajudar outras pessoas, no decorrer da vida. Ela sabe também que o sangue de sua mãe une os dois, e de alguma forma essa conexão, ainda que breve, terá importância no futuro.

Vejo meus olhos refletidos nos olhos de Caitlin e compreendo que sinto a mesma serenidade vinda de Leo, quando ele capta meu olhar – a certeza de que tudo vai ser como deve ser. A perfeição do vínculo de Caitlin com o menino reflete-se em todo o meu ser etéreo.

Em sua breve vida, Caitlin vem observando a mãe operar pequenos milagres. Evelyn tem um coração bondoso e demonstra tanta compaixão, que a filha deseja seguir seus passos. Ela jamais aceita presentes ou pagamento pelo que faz, mas nunca teve de preocupar-se em atender às necessidades básicas da vida. É como se a aldeia, por livre iniciativa, cumprisse um acordo tácito para manter mãe e filha. Isso nunca foi falado. Acontece, simplesmente.

Depois que a filha adormece profundamente, Evelyn costuma sair à noite por algumas horas. Nessas ocasiões, embrenha-se pela floresta e cumpre rituais intimamente associados aos ciclos da natureza. Ela sabe quando e como as coisas precisam ocorrer, conhece o despertar da primavera e o calor do verão, as mudanças do outono e a morte temporária da natureza no inverno. As estações do ano tanto fazem parte de seu corpo quanto da própria Terra.

Nas noites de Lua cheia, ela sai por períodos mais longos e volta à pequena casa com os cabelos desarrumados e emaranhados, as roupas rasgadas e sujas. No dia seguinte, dorme até muito tarde.

Quando perto de Evelyn, o povo do vilarejo percebe sua energia natural e a força de sua presença. No entanto, embora todos saibam que ela é uma das pessoas mais compassivas entre eles, sentem um pouco de medo dela e de sua magia, que não compreendem ou na qual não se permitem acreditar plenamente. A menos que haja necessidade, tendem a manter certa distância. O medo do desconhecido tanto os atrai como os afasta de Evelyn.

À medida que cresce, Caitlin passa o máximo de tempo possível com a mãe. Quer aprender e entender o dom de sua magia, para poder um dia fazer o mesmo. Depois que a menina menstrua pela primeira vez, a mãe passa a ensinar-lhe coisas a respeito de sua magia que não podia revelar antes. Ela explica que, apesar de falarem abertamente entre si, jamais deverão discutir o assunto com outras pessoas. Caitlin compreende que elas têm o dever de usar seu dom em favor do próximo. Não entende por quê, mas sabe que as pessoas temem essencialmente o poder do dom do sangue, que por isso só pode ser empregado no contexto do amor incondicional. Sua mãe explica que esse cuidado é ainda mais importante por causa da mudança rápida dos tempos, aliada à sensação de trevas e ameaça que paira sobre o mundo.

Evelyn pede à filha que prometa manter em segredo o poder de seu sangue, e ela jura solenemente fazer isso. Caitlin sempre se pergunta se tem o mesmo dom, a magia curativa do sangue. Evelyn abaixa devagar uma parte da roupa, expondo o ombro esquerdo e uma pequena marca em forma de coração, abaixo da omoplata esquerda. Caitlin já viu a marca muitas vezes, quando as duas se banham juntas.

– Esta é a marca do sangue.

Caitlin leva a mão ao seio esquerdo, onde tem a mesma marca. Somente então se dá conta do poder que representa.

Evelyn cobre a mão da filha com a sua, dizendo:

– Com o crescimento do seio, a marca ficará escondida. Este é o sinal das sombras que em breve vão escurecer a Terra e as nossas vidas. Você precisa manter-se em segurança e longe do caminho do mal. Quando chegar a hora, vai aparecer na sua vida alguém que a compreenda a necessidade de protegê-la. Quando olhar no fundo dos olhos da pessoa, vendo a verdade neles, você saberá que pode confiar. Exatamente como fazemos agora.

O olhar entre mãe e filha é íntimo e intenso, jamais ameaçador ou tirânico.

– Confie na sua intuição. Ela guiará a sua jornada na vida. Ainda que eu não esteja mais aqui, saiba que ficarei sempre ao seu lado, amando-a, ligada a você.

As duas mulheres se abraçam, sem saber o que o futuro lhes reservava, mas com o forte sentido de responsabilidade que o seu dom lhes confere.

***

Na noite em que a Lua cheia se mostra majestosa no céu, Caitlin finge estar dormindo, quando a mãe beija levemente seu rosto. Evelyn fecha a porta de madeira maciça, deixando a filha, e escapa silenciosamente para a floresta. A garota aguarda apenas alguns instantes antes de seguir a mãe pelo mesmo caminho, iluminado pela Lua.

Em determinado ponto, Evelyn ouve o ruído de folhas secas sendo pisadas. Ela se volta, sorri discretamente e continua. Caitlin para por instantes e suspira aliviada por não ter sido descoberta. As folhas caídas das árvores formam um tapete para seus pés descalços. Uma coruja pia no galho, como se acusasse sua presença proibida na floresta à noite.

Finalmente, Evelyn chega a uma clareira, e Caitlin se esconde atrás do tronco de um grande olmo. Com o coração disparado, a garota procura recuperar o fôlego e acalmar os nervos. Ela ouve um roçar de folhas do outro lado da clareira, onde a mãe desapareceu, e logo em seguida um coral de vozes que cantam baixinho.

Preocupada em ser descoberta, no caso de vir mais alguém pelo mesmo caminho, Caitlin sobe rapidamente na árvore, o que lhe proporciona uma ampla visão da clareira e do que se passa lá embaixo. O canto se transforma em sussurro, como que próprio da floresta, e ela vê a mãe surgir nua, a não ser pela cabeça, onde traz uma guirlanda feita com as últimas flores da estação.

Evelyn começa a mover-se e dançar no ritmo da brisa leve que roça as folhas das árvores. Caitlin sente sua energia em conexão com a mãe, como se fossem uma só. Na clareira iluminada pela Lua, Evelyn parece bela e livre, com os braços levantados acima da cabeça e os quadris ondulando como galhos ao vento. Caitlin jamais havia visto a mãe tão vibrante, tão cheia de vida.

Quando se calam as vozes que cantavam na escuridão, outras pessoas nuas surgem na clareira, rodeiam Evelyn e inclinam a cabeça em direção a ela, para alguns momentos de meditação. Ao som da respiração da floresta, todos começam a fazer movimentos semelhantes aos de Evelyn – mais lentamente, porém, como se esperassem o ritmo entrar em seus corpos.

O canto recomeça, muito mais alto do que antes. As pessoas elevam as vozes aos céus e distribuem-se pela clareira, cada uma em seu espaço e com movimentos próprios. Evelyn se dirige a uma pedra nos limites da floresta e deita-se sobre ela, com as mãos atrás da cabeça e as pernas bem abertas. Homens e mulheres se aproximam e curvam-se para beijar seu sexo.

Evelyn se contorce e se move em êxtase, enquanto as pessoas, uma de cada vez, tocam seu sexo com os lábios. Então, voltam à clareira e recomeçaram os cantos sedutores. Movendo-se em um transe de absoluta sensualidade, acariciam-se, privilegiando o prazer físico, até alcançarem o clímax, que comemoram com um grito em homenagem ao Céu e à Terra. Isso continua por algum tempo, até que todos finalmente silenciam, deitados no solo, sob a luz do luar, rodeados pela natureza.

Quando nuvens passam em frente à Lua, encobrindo-a, eles se levantam e voltam a ocultar-se na floresta, sem trocar uma palavra entre si. Espantada com o que acaba de ver, e preocupada com a possibilidade de ser descoberta, Caitlin desce apressadamente dos galhos do gigantesco olmo e corre para casa.

Bem cedo, na manhã seguinte, uma pesada batida na porta acorda mãe e filha de um sono profundo. Soldados entram na casa e arrastam Evelyn para a frente da pequena casa. Mãos grandes e calejadas puxam rudemente seus cabelos para trás, deixando-lhe o rosto à mostra, na luz tênue do amanhecer.

– É esta?

O homem que está ao lado faz que sim, embora sem encarar Evelyn, que olha diretamente para ele. Em seguida, sorrateiramente reúne-se à pequena multidão que assiste à cena.

– Você é bruxa, mulher. Deve queimar na fogueira.

O choro de Caitlin corta o ar, enquanto sua mãe é arrastada pelos guardas. Com um salto, ela se agarra à roupa de Evelyn e grita, com toda a energia de seu corpo. O temor pela mãe invade seu corpo, chegando aos ossos. Evelyn tem sido o centro de sua jovem vida, e ela sente como se a própria essência de seu coração fosse arrancada do peito.

Dois soldados pegam Evelyn pelos braços, enquanto outro agarra Caitlin pela cintura, impedindo que ela acompanhe o grupo. Por que sua mãe não reage? Onde está sua magia, para impedir que isto aconteça?

Caitlin fecha e abre os olhos rapidamente, na esperança de que tudo não passe de um sonho terrível. A realidade, porém, é pior do que qualquer pesadelo. Ela vê a mãe ser jogada em uma jaula de madeira, onde já estão três outras mulheres atônitas, extremamente pálidas. Evelyn tem os olhos cheios de lágrimas de tristeza e ansiedade pela filha. No entanto, aparentemente permanece calma, quase como se soubesse que este momento chegaria.

Em um gesto de aceitação de seu destino, o fim da vida, ela se volta para a filha, então histérica, e diz claramente:

– Seja forte, meu amor, porque este será o nosso destino, enquanto os homens temerem o poder das mulheres.

Caitlin cai ao chão, vencida e abandonada. Seus gritos podem ser ouvidos ao longe, nas colinas. Em seu coração há um buraco redondo como a Lua. Ela sabe que jamais verá a mãe novamente.

***

Também eu tenho o coração aniquilado. Meu sentimento por Caitlin é tão forte, que só posso acreditar em uma ligação baseada em afinidade. Sinto tanto a dor da mãe quanto a angústia e o medo da filha, como duas almas brutalmente separadas.

Quero ir até ela, oferecer salvação, ajuda e amor. Estendo a mão, mas, lamentavelmente, sei que não posso tocá-la. Quero que ela saiba que o meu amor, tal como o amor de sua mãe, estará sempre com ela. Que nenhum afastamento físico será suficientemente poderoso para mantê-las separadas, e um dia, de algum modo, em algum lugar, elas se reencontrarão. Mas não posso. Embora tente desesperadamente agarrar-me à garota sofredora, sou puxada para longe da cena.

Jeremy

Tão logo acordo do meu descanso, pego a maleta e sigo na direção de Alexa, ao pé da lupuna, para fazer companhia a um dos anciãos, Mapu, que toma conta dela. De longe, tenho a impressão de que ela repousa na mesma posição, parecendo bem e relaxada. De perto, porém, vejo que sua pele brilha e sinto o calor de sua testa. Sou tomado pelo pânico.

– Há quanto tempo ela está assim? – pergunto.

– Ela bem.

Como ainda não amanheceu, ela não pode estar quente por causa do sol. Apanho uma pequena cadeira de acampamento e o meu termômetro timpânico, para verificar a temperatura de Alexa. O resultado confirma as minhas suspeitas: uma discreta febre de 38 graus Celsius. Na verdade, ela parece a Bela Adormecida, à luz da meia lua que brilha através das copas das árvores. Queria poder acordá-la deste sono profundo e estranho. A esta altura, ela com certeza já desenvolveu alguma forma de consciência coerente, mas, em nome de Deus, o que estará causando a febre?

Pego a lanterna, para procurar qualquer sinal de infecção em seu corpo; algum bicho pode tê-la mordido, no trajeto para cá. Eu me preparo para verificar a dilatação das pupilas, quando Mapu me interrompe e repousa as duas mãos embaixo da própria cabeça, para ilustrar que ela está dormindo. Em seguida, imita as asas de um pássaro, indicando que foi para longe, voando.

Totalmente desarmado, eu daria tudo para acordar Leo e saber quanto tempo, exatamente, ele acredita que este processo vai durar. Perturbado pela paciência de Mapu, levanto a minha garrafa de água diante dele, indicando que gostaria de dar um pouco para Alexa.

– Água?

Depois de fazer que não, ele me oferece um pouco de sua poção. O cheiro adocicado me faz presumir que a mistura contenha mel. Embora me sinta desconfortável em dar a Alexa substâncias que não conheço, sei que estou no mundo deles, e, enquanto ela se encontrar nesse estado, tenho de confiar em que eles estão mais qualificados para assegurar que se saia bem disso. No entanto, caso ela permaneça inconsciente pelas próximas 24 horas, juro que a embarco em um avião e levo daqui, a fim de prestar-lhe os cuidados médicos necessários.

Umedeço os lábios de Alexa com o líquido e, cuidadosamente, deixo algumas gotas escorrerem para a boca. Em seguida, molho um lenço na água da minha garrafa de água, e passo com cuidado em suas pernas e braços, aplicando em seguida na testa, para refrescar. E espero, porque é só o que posso fazer.

Ao nascer do Sol, Leo aparece e rende Mapu.

– Quer descansar um pouco, Jaq? Posso chamar Yaku, se você quiser.

– Não, estou bem, obrigado.

Se conseguia dar plantões de 30 horas, no começo da carreira, com certeza posso fazer o mesmo agora.

– Como está ela?

– Teve um pouco de febre, há cerca de duas horas, mas passou, não sei como. A não ser pela poção, de que bebeu uma pequena quantidade, não se mexeu.

Enquanto falo, Alexa se senta de um salto, com muita falta de ar. Levo tal susto, que caio no chão.

– Droga!

Fomos surpreendidos, mas Leo se mostra mais controlado que eu, que corro para ela.

– Alexa, querida, está tudo bem? Pode me ouvir?

Ela olha em volta, perdida, mas em seguida parece nos reconhecer e pede:

– Preciso voltar, preciso saber, não posso esperar. Onde está Yaku? Preciso de mais...

– Calma, calma. Onde você esteve?

Pelo canto do olho, vejo que Leo se afasta.

– Em outro tempo, em outro lugar, não sei, Jeremy, mas sei que vai me ajudar a entender tudo. Preciso voltar antes que os perca para sempre.

Não faço a menor ideia do que ela quer dizer, mas Alexa só se acalma quando vê Yaku voltar com Leo, trazendo uma caneca na mão. Ela abre um sorriso e estende as mãos para pegar a caneca. Fico assustado.

–Tem certeza, querida? Não sei se é seguro beber mais. Você teve febre.

– Febre?

Alexa desvia a atenção da bebida que tem nas mãos.

– É. Já passou, mas...

Ela me interrompe:

– Ela foi queimada, é por isso. Eles queimaram Evelyn. Ela foi acusada de ser uma bruxa, mas não era. Ela era uma curandeira com um sangue especial. Praticava a magia, mas era bondosa, delicada, e tinha mais compaixão do que qualquer um deles. Preciso voltar, para ver se a filha dela está bem. Ela foi levada!

Alexa parece enlouquecida. Seus olhos percorrem a floresta, como se procurasse as pessoas de que fala.

Olho ansiosamente para Leo, sem saber o que fazer. Ele se ajoelha ao lado da maca e segura delicadamente o rosto de Alexa e, sem uma só palavra, olha no fundo de seus olhos. Somente então lembro que não deveria dirigir-lhe a palavra. Ela inspira profundamente e, ao expirar, estremece, como que liberando toda a tensão. Sem desviar o olhar, Leo faz que sim, e ela bebe a poderosa *ayahuasca*. Ao vê-la terminar, Yaku pega a caneca de suas mãos.

Leo e Alexa continuam a encarar-se fixamente, até que os olhos dela se dilatam novamente, e ela os fecha devagar, como se suas pálpebras estivessem pesadas demais. Com cuidado, Leo deita seu corpo de volta na maca, e a beberagem amazônica a leva outra vez para um mundo que não sei qual é. Leo se volta para mim.

– Vamos dar uma volta. Você precisa de um tempo.

Ele fala com os anciãos em sua língua nativa, e eles concordam. Fico em dúvida.

– Está tudo certo, Jaq, eles não deixariam que alguma coisa acontecesse a ela. Jamais entenderemos tão bem quanto eles o lugar onde ela se encontra.

Leo sente a minha hesitação e pousa a mão no meu ombro. Olho mais uma vez para Alexa, novamente transformada em Bela Adormecida. Por um breve instante, penso se a estou ajudando ou prejudicando, com a minha ansiedade em relação a seu bem-estar. Ela com certeza parecia mais agitada aqui do que no lugar onde se encontra agora, seja lá onde for. Com isso em mente, concordo em acompanhar Leo, refrescar a cabeça e esticar as pernas, sabendo que, como sempre, ele terá algumas palavras de sabedoria para me dizer.

***

Quando voltamos, Yaku nos informa que é chegada a hora de descermos o rio. O pajé enviou uma mensagem comunicando que está próximo o momento de Alexa ser recebida, e ela precisa passar algum tempo com as mulheres da aldeia, para preparar-se. Com certa dose de cinismo, pergunto como o aviso chegou. Que animal ou árvore tinha transmitido a mensagem aos anciãos?

Leo faz a pergunta a eles, que apontam para o nosso pequeno acampamento.

– O aviso veio por outros membros da tribo, Jaq, que subiram o rio esta manhã e voltarão à comunidade conosco.

Ele tem um sorriso brincalhão, como se lesse claramente os meus pensamentos.

– Ah, certo – respondo, meio sem graça.

– Como vê, meu científico amigo, nem tudo é só vodu e magia na selva.

Ele ri e continua.

– Vamos nos organizar.

Colocamos a maca com o corpo de Alexa em uma das canoas que esperam na beira do rio. Embora não esteja completamente inconsciente, ela não tem noção de estar aqui conosco. Meu coração carrega uma angústia latente, por vê-la desse jeito. A cabeça, porém, me diz para ignorar a dor e focalizar o bem maior.

Leo me contou, durante o nosso passeio juntos, que seu voo da alma durou cinco dias, e que a consciência espiritual atingiu o clímax quando seu corpo físico estava mais debilitado. Ao que parece, Alexa ainda tem um longo caminho a percorrer. Pelo meu ponto de vista, a notícia não é das melhores, mas pelo menos organiza as minhas expectativas futuras. Alexa continua a reter líquidos, mas prometi não interferir no processo. Espero não me arrepender.

A viagem rio abaixo nas canoas artesanais de madeira revela-se uma experiência tranquila. Os Wai-Wai só usam os pequenos motores externos quando precisam subir o rio ou seguir contra a maré. É surpreendente a força da correnteza dos afluentes que alimentam o rio principal.

Que experiência agradável é vivenciar a atividade da Bacia

Amazônica! Aqui, a abundância de vida é inimaginável. Vemos pessoas que, lado a lado, tomam banho, lavam os cabelos e os pratos. Dos pequenos povoados, homens que pescam e mulheres que tecem cestos acenam para nós. Os risos das crianças que brincam e mergulham nas águas cortam o ar. Alexa adoraria ver toda essa atividade, tendo como cenário a mais verde e mais intensa floresta tropical do mundo.

Deixamos o rio principal e entramos em um dos afluentes. Da outra canoa, Leo grita, vencendo o barulho do pequeno motor:

– Falta pouco agora, mais ou menos uma hora.

Faço sinal de que entendi, maravilhado com a forma como eles encontram o caminho neste enorme e complexo sistema fluvial, sem ajuda de qualquer tecnologia ou de um mapa da selva. Ao olhar para Alexa, percebo que está inconsciente de novo e afasto alguns fios de cabelo que caem em seu rosto. Percebo então duas manchas escuras em sua blusa branca, e meu coração dispara imediatamente. O que é isso agora? Se fosse possível, eu diria que se trata de uma antiga mancha de sangue.

Um pouco assustado, desabotoo a blusa e descubro que os seios parecem ter liberado uma secreção que atravessou o sutiã.

– Que diabos... – resmungo mais para mim mesmo do que para qualquer outra pessoa.

Depois de uma olhada em volta, abaixo discretamente o sutiã e vejo os mamilos cobertos de sangue escuro e coagulado. Justamente quando tento me acalmar, para pensar em alguma explicação, gritos de alegria chamam a minha atenção.

– Jaq, olhe! – Leo chama. – Golfinhos de rio, os botos cor-de-rosa, bem atrás de nós, brincando na esteira das embarcações!

Esta seria uma experiência extraordinária, em circunstâncias normais. Nas atual situação, porém, só me resta observar perplexo o peito ensanguentado de Alexa. Além de feridas por atrito ou problemas de amamentação, não posso imaginar qualquer condição médica que possa causar isso, e, mesmo assim, deveria ser sangue fresco, e não este sangue coagulado e escuro.

– Tudo bem aí? – Leo grita mais uma vez.

– Não tenho certeza. Há sangue nos seios de Alexa!

Não me importo que os outros ouçam o que digo, afinal, eles pouco entendem a nossa língua.

Leo parece tão chocado quanto eu.

– Sério? Ela ainda está sangrando?

– Não, acho que agora não.

– E é só nos seios?

Examino rapidamente o resto do corpo de Alexa. Além dos mamilos ensanguentados e da incapacidade de se comunicar conosco, ela parece perfeitamente bem.

– É, só isso.

– Que estranho! Você acha que pode ser algum tipo de estigma sexual?

Só mesmo Leo seria rápido o bastante para surgir com um comentário como esse. Da minha canoa, olho para ele de cara fechada. Espero sinceramente que esteja brincando.

– Foi só uma ideia...

Balanço a cabeça, em resposta. O que, diabos, teria provocado isso? Preocupado, mas também curioso, pego um cotonete na maleta, para coletar material, que guardo em um saco plástico lacrado, para analisar mais tarde. Esta viagem fica mais estranha a cada hora.

Convencido de que não há muito o que fazer por enquanto, eu me sento. É então que um dos botos cor-de-rosa surge bem ao meu lado, com a boca aberta, como se sorrisse para mim. A surpresa me faz rir, em resposta ao que parece o sorriso mais alegre que já vi. Assim, interrompo meus pensamentos inquietantes, para considerar brevemente o que Alexa diria, caso fosse interpretar e decifrar um sonho, sob a perspectiva psicológica.

Por incrível que pareça, essa reflexão alivia meus fardos emocionais, e, pela primeira vez, desde que Alexa tomou a *ayahuasca*, tenho a impressão de que, de algum modo, tudo vai acabar bem. Tão logo me dou conta desse pensamento, o bando de botos cor-de-rosa – uma espécie ameaçada – desaparece nas profundezas do rio e não é visto novamente.

Eu seria capaz de jurar que esta floresta mexe com a minha cabeça.

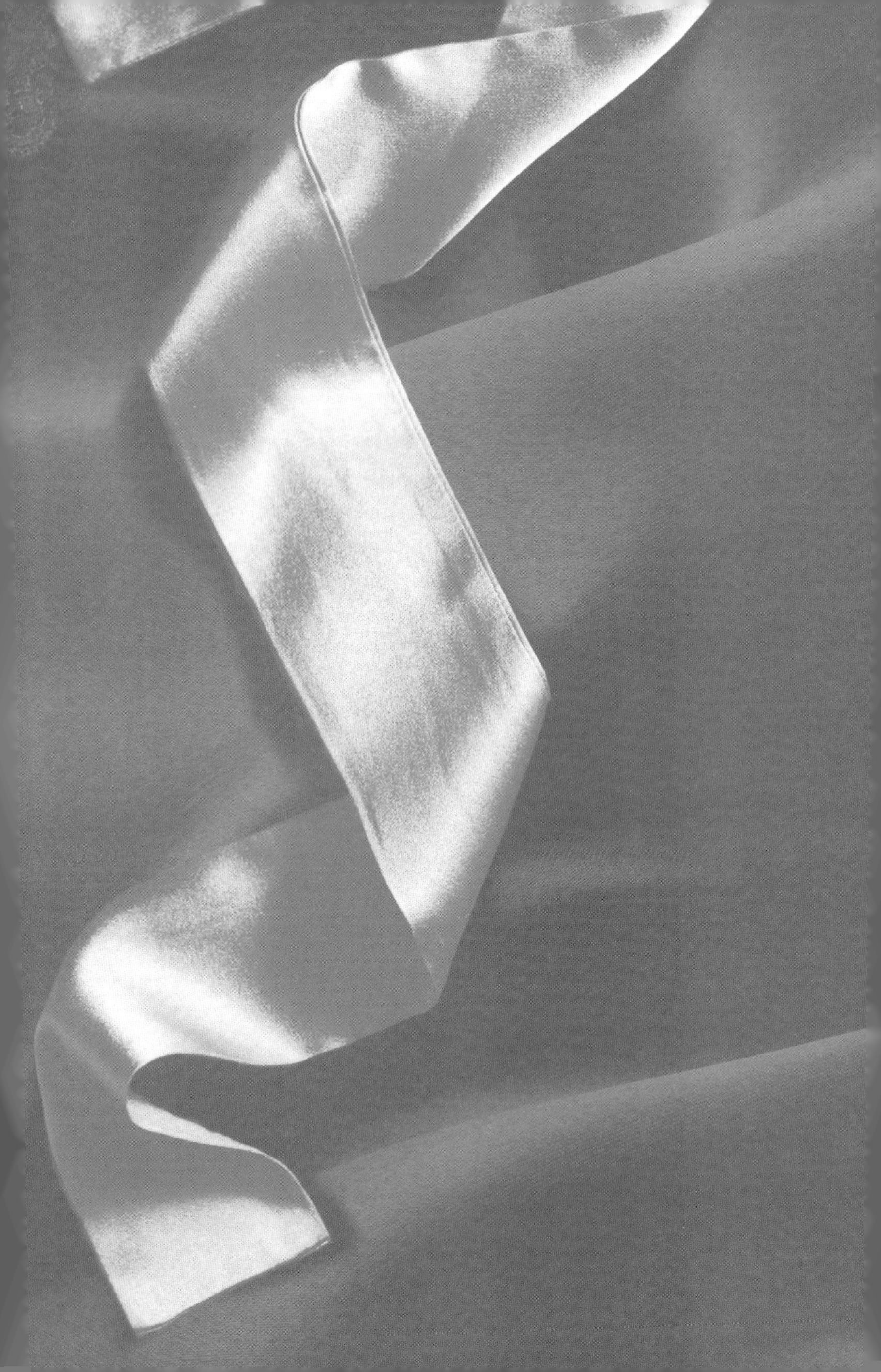

Parte 6

"A mudança é a essência da vida. Disponha-se a renunciar ao que você é, em favor do que pode vir a ser."

– Reinhold Niebuhr

Lake Bled

Já que foi basicamente dispensada pela diretora administrativa, a esteticista conclui que não há problema em ausentar-se por cinco minutinhos, e decide tomar um café, já que está há horas trabalhando sem parar. Ia justamente fazer isso, quando sua gerente ligou, para dizer que Madame Jurilique estava descendo. Como aprecia o café muito quente, sempre espera a água ferver. Desta vez, porém, ao começar a encher a xícara, solta um espirro violento, deixando cair o bule fumegante. Com as mãos e os pulsos escaldados pela água fervente, ela se contorce e grita de dor, pelo que parece uma queimadura de terceiro grau. Uma funcionária da equipe de administração chega à sala do café e, ao perceber a gravidade da situação, resolve ignorar o protocolo de primeiros socorros: convoca imediatamente o novo médico chefe, com quem havia jantado algumas noites atrás.

O dr. Jade prepara cuidadosamente as sofisticadas drogas que deve aplicar em seu antecessor. Está especialmente interessado em causar uma excelente primeira impressão em Madame Jurilique, por quem nutre respeito e admiração há muitos anos, desde que trabalhava para outra empresa. Ele tem noção do risco que o dr. Votrubec representa para a Xsade, já que conhece fórmulas e segredos. Assim, o dr. Jade compreende a decisão de sua chefe: é mais confortável deixar o dr. Votrubec incapacitado que mantê-lo preso e amordaçado, como está agora, no outro lado da sala.

Sem olhar diretamente os olhos atormentados do homem à sua frente, ele mede a quantidade exata da injeção, quando seu bipe soa no toque de emergência. Com relutância, mas cuidadosamente, o dr. Jade deposita a seringa cheia na bandeja. Ele sabe que o sucesso do procedimento depende do horário e da sequência da medicação. Depois de ler a mensagem, pega rapidamente a maleta de médico e deixa o laboratório, esquecendo-se de trancar a porta ao sair.

Apesar da dificuldade de respirar através da mordaça, Josef suspira aliviado. Precisa escapar. E rápido. Esta pode ser sua última oportunidade.

***

Ao som de Rachmaninoff, Madeleine continua a usufruir de seu descanso no meio do expediente. Sonha com o lançamento bem-sucedido da nova droga da Xsade e com a demorada ovação da plateia admirada, depois de seu discurso.

***

Os novos cientistas contratados continuam o *tour* pelas instalações. Quando entram no laboratório, onde um novo composto químico está sendo desenvolvido e testado, Salina se afasta discretamente do grupo principal, com o cuidado de manter a cabeça baixa ao passar pelas câmeras de segurança. Ela vai tentar localizar algum sinal de Josef em uma das salas dos muitos corredores.

Salina atravessa uma saída de emergência e desce rapidamente pela escada, para continuar a busca no andar de baixo. O lugar é muito maior do que imaginava. Ao entrar em uma sala grande, encontra alguns voluntários em roupas prateadas. Depois de pedir desculpas e recuar, ouve passos que se aproximam. Felizmente seus tênis não fazem barulho, e Salina pode andar o mais rápido possível, sem chamar atenção. Ela abre a próxima porta que encontra.

Assim que entra, vê a figura de um pobre homem amarrado, que imediatamente reconhece como sendo o dr. Josef Votrubec. Alívio e ansiedade percorrem o corpo de Salina, que pega seu canivete e corre para soltá-lo. Enquanto corta habilidosamente as amarras, faz um gesto pedindo silêncio e apaga a luz. Uma confusão de passos para do lado de fora, junto à porta. A maçaneta gira, e ambos congelam de pavor.

– Não, não pode ser esta sala, deve ser a próxima – alguém diz, fechando a porta novamente.

Que alívio!

– Meu nome é Salina. Sou amiga do dr. Quinn e da dra. Blake. Vim resgatar você – ela sussurra.

Josef aceitaria toda ajuda que lhe oferecessem, para evitar as drogas paralisantes.

– Obrigado. Então, vamos. Pode vir alguém a qualquer momento.

Ao entregar-lhe um jaleco, Salina repara que ele tem um corte no rosto e ferimentos nos pulsos e braços.

– Está ferido? Consegue caminhar?

– Sim, estou bem. Mas nenhum de nós ficará bem, se nos apanharem aqui, ao voltar. Conheço uma saída de emergência. Venha comigo.

Justamente quando vão abrir a porta, para verificar se o caminho está livre, ouve-se uma forte explosão acima deles, seguida por segundos de silêncio e, depois, por uma terrível gritaria.

Salina não hesita um instante sequer.

– Vamos!

Josef agarra a mão dela, e os dois disparam pelo corredor. Ao passarem por uma porta branca – o mesmo caminho que ele havia tomado com Alexandra – ficam inteiramente fora do alcance das câmeras de segurança. Uma segunda explosão faz o prédio tremer, e os alarmes para evacuação soam imediatamente. Eles aceleram o passo, temendo pela própria vida, e preparam-se para subir a escada em espiral.

Alexa

Preciso de algum tempo para restabelecer minha conexão com o mundo do passado, mas estou menos insegura desta vez; já sei um pouco mais sobre o que esperar de tão estranhas sensações. Enquanto flutuo sobre o solo, observando os arredores, sinto finalmente onde preciso estar e, com alívio, permito que a visão me atraia novamente.

***

Os soldados levam Caitlin a uma cidade grande, para aguardar seu destino – ser declarada bruxa ou não – depois que teve a mãe queimada na fogueira. Ela nem sabia da existência de um mundo além dos limites do povoado onde vivia.

Sozinha, e com o coração ainda carregado de tristeza, ela é levada à presença do sumo sacerdote, paramentado em vestes incrivelmente ornamentadas. Ele declara que, agora que foi separada do mal, Caitlin deve ter os cabelos raspados e passar a servir como escrava de Deus. Se não mostrar nenhum sinal de bruxaria, sua vida será poupada; caso contrário, deverá morrer, para garantir a salvação de sua alma.

Ela é trancada em um monastério, onde lhe dizem que viverá pelo resto de seus dias. Posta a trabalhar como empregada da igreja, limpa, lava, ajuda na preparação das refeições e serve aos monges. Não pode falar, mas os outros falam com ela. Não pode estabelecer contato visual com as pessoas a quem serve, a fim de evitar que sua potencial bruxaria caia sobre alguém. Sua vida solitária continua, sem receber piedade ou amor, e ela sente o coração doer, com saudade da mãe. Os cabelos voltaram ao comprimento original, embora devam estar sempre trançados e escondidos por um pano branco.

Certa noite, já deitada, exausta mais uma vez pela implacável rotina de trabalho, Caitlin tem a mente invadida por visões de sua mãe na clareira, sobre a pedra, de pernas abertas, permitindo que as pessoas da aldeia beijassem suas partes mais íntimas. Ela recorda a reverência delas por sua mãe, e tenta conciliar isso com os ensinamentos da igreja na qual agora se acha confinada.

Uma lágrima cai de seus olhos, em memória da mãe tão querida, como acontece quase toda noite. Pela primeira vez, porém, ela se permite levar as mãos até o local reservado, entre as pernas. Quando os dedos avançam tímida e delicadamente pelas camadas mais profundas de sua carne, ela sente a abertura se umedecer, em resposta ao toque. A sensação reconfortante a aproxima de sua essência, como não acontecia desde que foi arrancada de casa. Enquanto seus dedos continuam a exploração, ela descobre um ponto secreto de prazer, e a sensação inebriante a faz suspirar em voz alta.

O sofrimento e a crueldade inesgotáveis que Caitlin vem testemunhando e sofrendo no passado recente ficam em segundo plano. Por um breve momento ela permite que sua mente se solte, e um frágil grito escapa de seus lábios, atravessando a porta do dormitório.

Em poucos minutos, uma figura corre na direção de Caitlin, debruça-se sobre a cama na escuridão e agarra suas mãos. Ela grita apavorada, enquanto tem os pulsos contidos com brutalidade. A evidência de seu grave pecado é imediatamente exposta pelo fluido pegajoso nas pontas de seus dedos.

– Garota desgraçada, infeliz... Depois de tudo que fizemos por você!

Caitlin tem os braços presos acima da cabeça e atados a uma argola na parede. Um pano é enfiado em sua boca e outro amarrado em volta da cabeça, passando por baixo do queixo, para impedir que seu choro incomode as outras servas.

Ela passa assim o resto da noite, presa e trêmula. Por medo do que lhe possa acontecer pela manhã, não consegue dormir, embora não saiba exatamente o que fez de errado.

Horas depois, Caitlin está ansiosa para descobrir o que acontece, quando ouve o velho sacerdote em conversa com alguém parado na porta.

– Ela não pode mais ficar aqui. Está suja aos olhos de Deus, e a mãe foi declarada feiticeira. É uma situação intolerável. Qualquer tipo de trabalho para nós está fora de questão, agora. Seus pecados são abomináveis.

Caitlin se esforça para ver com quem fala o velho sacerdote, e reconhece um homem bem vestido, a quem já serviu em várias ocasiões, quando ele foi convidado a jantar com os monges.

– O que será dela, então?

A voz do homem é áspera, mas o tom é polido. Nem jovem nem velho, sempre apareceu elegantemente trajado.

– Podemos tentar expulsar os demônios do corpo dela, para que fique um pouco mais pura, caso se arrependa diante de Deus. Deu certo com alguns, mas pode levar muitos anos. Meu medo é que a tortura não lhe faça nenhum bem, já que, possuída pelo demônio, ela vai se esforçar ao máximo para enganar os outros com suas bruxarias.

Há uma pausa na conversa, mas os terminais nervosos de Caitlin permanecem em alerta máximo.

– Acho que a única opção é o suplício da roda. Assim saberemos se ela é uma bruxa. Ou Deus terá misericórdia dela e lhe concederá a salvação às portas do céu, ou ela descerá às profundezas do inferno, às quais muito provavelmente pertence.

Ao ouvir essas palavras Caitlin grita através da mordaça e agita-se violentamente, fazendo sua camisola subir, o que lhe deixa as coxas à mostra. Várias vezes ouviu dizer que praticamente ninguém sobrevive à roda, muito menos uma jovem acusada de bruxaria. Sabe que, depois de poucas voltas, todos se afogam, em especial porque o monstruoso dispositivo frequentemente emperra, e a pessoa amarrada a ele fica presa debaixo d'água.

– Ela precisará encontrar a morte e confessar-se diante de Deus, assim como sua mãe, que foi levada às chamas. Não há nada mais que possamos fazer para ajudá-la.

Enquanto o sacerdote continua distraído na porta, arrumando a túnica, o homem bem vestido entra no pequeno quarto e aproxima-se, para inspecionar Caitlin mais detidamente. Ela se contorce na cama, apavorada, e contrai-se ainda mais, quando a mão do homem se demora entre suas coxas, sob o pretexto de ajeitar-lhe a camisola e assegurar sua decência. Caitlin não consegue alertar o sacerdote nem impedir que os dedos firmes do homem pressionem a carne macia da parte interna de suas coxas. Sem olhar nos olhos dela, ele aprecia gulosamente as curvas de seu corpo, detendo-se em especial nos seios durinhos. Se ela mal ouve os próprios gritos abafados, como alguém mais ouviria?

– O senhor admitiria outro destino para esta pecadora, sacerdote?

– Depende. O que tem em mente? Ela representa um risco para a sociedade e para si mesma. Está provado que seus desejos são incontroláveis. Eu a peguei no exato momento do ato proibido, e por isso foi amarrada. Não se pode deixá-la sozinha, ou seus dedos continuarão em busca do mal.

– Entendo.

O homem se certifica de que a mordaça está bem segura e desliza a mão por dentro do decote de Caitlin, demorando-se deliberadamente nos seios. Ainda sem olhar diretamente para ela, ele deixa escapar a leve sombra de um sorriso, ao ver seu corpo contrair-se de medo, e seus mamilos responderem incontrolavelmente ao toque.

– Para ter alguma esperança de salvação, ela precisaria estar bem amarrada o tempo todo. Sendo filha de quem é, já sabemos que não serve para o matrimônio ou a reprodução.

Depois de retirar relutantemente as mãos do corpo de Caitlin, o homem continua a conversa.

– Se eu me comprometesse a mantê-la presa e afastada da sociedade, o senhor me entregaria a solução deste dilema?

O religioso pensa por um momento. Se concordar, será poupado de um bocado de trabalho e papelada. As autoridades da Igreja não agem com muita rapidez, quando se trata de queimar os condenados, já que um longo processo deve ser seguido. Além disso, ele não tem mais paciência para lidar com criaturas jovens e imorais que gritam incansavelmente pedindo clemência, quando torturadas – gritos esses que sempre vêm tarde demais. Elas já têm a alma tomada pelo pecado, e o barulho que fazem serve apenas para lhe provocar dores de cabeça terríveis. Os homens trocam olhares que indicam a possibilidade de um acordo para selar o destino de Caitlin. Desesperada para ouvir o que eles dizem, ela permanece calada e imóvel, de olhos arregalados.

– Ela precisa receber uma marca permanente. Assim, qualquer um que porventura cruzar seu caminho saberá de imediato que se trata de uma pessoa impura.

– Isso pode ser arranjado facilmente, embora, na minha opinião, quanto menos gente entrar em contato com ela, melhor – ele argumenta, com um último olhar cobiçoso à jovem indefesa, na cama. – Talvez uma doação adicional para a restauração do altar da igreja, em preparação para a Páscoa, possa contribuir para anular seus pecados.

Há anos o religioso deseja reformar o altar, mas os recursos têm sido desviados para outras obras. Além disso, a Páscoa sempre foi o evento mais importante no calendário da Igreja.

– Eis aí uma bela ideia. Creio que certamente podemos chegar a um acordo apropriado. Que Deus o abençoe por sua gentileza e generosidade. Vou rezar para que o Senhor reconheça a sua bondade quando chegar às portas do Paraíso.

Enquanto os homens conversam despreocupadamente, uma sensação de frio invade o corpo de Caitlin, e ela começa a tremer da cabeça aos pés. Os dois já se afastam quando o sacerdote se lembra de fazer uma recomendação.

– Ah, só mais uma coisa. Nunca olhe nos olhos dela, ou ficará preso ao mal. Já aconteceu antes.

– Obrigado pelo conselho. Tomarei cuidado.

Como se quisesse provar ao sacerdote que leva suas palavras em consideração, o homem pega no chão um saco de aniagem e cobre com ele o rosto de Caitlin, dizendo:

– Mais tarde mandarei meus homens buscá-la, ainda esta manhã.

A porta se fecha. A jovem já não teme a morte, mas o futuro incerto.

***

Caitlin não tem noção de onde está. Por enquanto, nada mudou. As únicas palavras que lhe foram dirigidas durante o trajeto envolviam as novas regras que vão governar sua vida daqui por diante. Deve chamar o novo dono de "mestre", apenas para responder, quando ele falar com ela, e virar-se para a parede, de olhos fechados, sempre que chegar alguém.

Suas mãos continuam amarradas na frente do corpo, e somente depois de os homens que a foram buscar no monastério saírem do cômodo, fechando a porta, ela ousa esforçar-se para retirar o pano enfiado na boca – então terrivelmente seca – e o saco que lhe cobre o rosto.

Desesperada de fome e sede, respira aliviada, ao notar um pouco de água e pão sobre um banco. Em segundos, devora tudo. E agora, o que será dela?

Caitlin observa cautelosamente o lugar onde está. O cômodo escuro, sem janelas, parece uma espécie de porão em pedra. Uma escada de madeira presa à parede leva a uma porta horizontal que, aparentemente, faz parte do piso de cima. Não há maçanetas nem meios de escapar. Sem esperança, ela se encolhe em um canto frio. Como pôde sua vida, em poucos anos, passar da luz, na companhia da mãe, à escuridão desoladora?

Alguém entra. Sem saber o que esperar, Caitlin se encolhe ainda mais, cobrindo o rosto com as mãos. A voz do novo mestre se faz ouvir, ao mesmo tempo em que ele agarra Caitlin pela nuca, com mão firme. Depois de enfiar-lhe um capuz na cabeça, ele a força a levantar-se e virar de frente para a parede. Ela se apavora, ao sentir cheiro de ferro derretido. Imobilizada pelo mestre, tem os tornozelos agarrados por mãos rudes. Os dois homens conversam.

– Nem a Igreja nem Deus jamais me perdoariam se ela fugisse – o mestre explica. – É muito perigosa, filha de uma bruxa, e está determinada a praticar o que sabe fazer.

Caitlin sente que há calor por perto, e em seguida pesadas peças de ferro forjado fecham-se em volta de seus pulsos e tornozelos. Ela tem a impressão de que, ao ouvir a palavra "bruxa", o ferreiro fecha as amarras com mais força.

– Ela vai ficar aqui até o fim dos seus dias, presa pelos pés e pelas mãos, para se arrepender da vida de pecados.

O mestre parece querer transmitir ao ferreiro, em alto e bom som, a mensagem de que leva realmente a sério as recomendações do sacerdote. Os movimentos de Caitlin ficam severamente restritos pelas pesadas correntes assentadas pelos dois homens tementes a Deus. Desanimada, sem energia, ela se pergunta como sua vida se reduziu a algo tão miserável.

Pelo que ouviu, Caitlin compreende implicitamente que o mestre aprecia a elevada posição que alcançou na comunidade religiosa, e fará qualquer coisa para manter isso. Depois de despedir-se do ferreiro, ele se volta e, correndo as mãos ao longo das curvas do corpo dela, prende-lhe os pulsos à parede e sussurra em seu ouvido.

– Entendeu que a sua vida me pertence agora, não é, meu bichinho?

Petrificada pela proximidade do homem, ela nada diz.

– Responda! – ele manda, com voz baixa e autoritária, enquanto acaricia delicadamente o pescoço e os ombros de Caitlin.

Ela nunca esteve tão perto de um homem, nem foi tocada assim. Sua mente gira, enquanto um cheiro que mistura almíscar e suor invade seus sentidos.

Por medo de dar a resposta errada, ela apenas faz que sim, em um movimento com a cabeça.

– Fale, meu bichinho, mostrando que sabe quem eu sou para você.

Caitlin não contém um grito, ao receber uma forte mordida na nuca. Sem entender bem o que ele quer dizer, ela responde:

– Sim...

E depois de uma pausa, acrescenta:

– Mestre.

– Muito bem, meu bichinho. Você aprende depressa.

Os dedos do homem voltam a acariciar as partes livres do corpo de Caitlin. Ela geme, ao vê-lo desabotoar sua camisola e expor seus seios, um de cada vez, e percebe um volume dentro das calças dele. Só não entende por que aquilo endurece, em contato com seu corpo.

– Pode ter certeza de que vou levar muito a sério a minha missão, que é extinguir a sua bruxaria. Faça a sua parte, que é aceitar o destino e a sua nova vida. Sou seu dono e dono do seu corpo, deste momento até o dia em que você morrer. Compreende o que isso significa?

Caitlin sente nas costas a respiração do homem, mas ele logo a vira de frente. Dominada por sentimentos de culpa, vergonha e humilhação, ela tenta resistir ao prazer que sente com as carícias dele em seus seios. Suas mãos transpiram. A resposta de seu corpo a sentimentos antes proibidos faz com que ela perca toda a coerência de pensamento. Os apertos nos mamilos provocam uma sensação aguda que chega ao baixo ventre. Sem querer, ela se choca dolorosamente contra a parede.

– Vou perguntar só mais uma vez: você compreende o que isso quer dizer?

Na verdade, Caitlin não entende a força das emoções provocadas em seu corpo pela proximidade dele, o toque rude em suas partes íntimas, nem o medo que castiga seus nervos. O homem aperta um mamilo e morde o outro. As únicas palavras que ela precisaria saber, daqui por diante, imediatamente escapam de seus lábios.

– Sim, mestre – ela grita através do capuz.

A intensidade do toque muda de imediato, e ele chupa longa e vagarosamente cada seio. Profundamente embaraçada pelas sensações que experimenta e pelas reações de seu corpo, ela sente o sexo pegar fogo. Um gemido forte escapa de seus lábios, ecoando em todos os cantos da cela.

– Ótimo, bichinho, estamos entendidos. Fico muito satisfeito.

O homem vira Caitlin de frente para a parede e dá-lhe uma forte e rápida palmada nas nádegas. Em seguida, vai embora.

Caitlin fica sozinha na cela. Não tem em que pensar, a não ser em seus sentimentos conflitantes. Embora tema o novo mestre e nunca saiba se será submetida ao prazer ou à dor, teme também a solidão, quando ele vai embora. Às vezes se pergunta se a morte seria pior do que passar o resto da vida em uma cela escura, sem ver jamais outro ser humano. Sempre que alguém entra, o medo cresce dentro dela, por não saber o que esperar. No entanto, graças ao aviso claro do mestre, qualquer um que entrasse pensaria estar diante da encarnação do mal.

Como ensinou o mestre, toda vez em que ouvisse alguém entrando no porão, ela deveria voltar-se para o canto, com os olhos fechados, de maneira que seu rosto fosse completamente coberto com o capuz. Na única ocasião em que deixou de obedecer, foi açoitada até perder a consciência, e não recebeu comida por algum tempo; o jeito foi beber água de um balde lá deixado. Daquele dia em diante, Caitlin entendeu que cada aspecto de sua vida miserável estava nas mãos dele, e nunca mais cometeu o mesmo erro, aprendendo a seguir meticulosamente as ordens e instruções recebidas.

Seu choro não parece perturbar as pessoas que entram e saem, pois ninguém jamais reclamou. Ela já entendeu que seus gritos caem no vazio. A escuridão é sua nova realidade, e ela aos poucos perde todo o sentido de qualquer outro destino. Dia após dia, seu espírito enfraquece, e seu corpo passa a pertencer a ele.

***

Caitlin não luta mais quando tem os pulsos e os tornozelos presos à parede. O peso das correntes não lhe deixa escolha. A camisola de algodão está aberta, de modo que seu corpo despido fique exposto, de pernas e braços abertos, e somente o rosto coberto com o capuz. Ela é sempre impedida de ver com os próprios olhos o que se passa em torno.

– Hoje é o dia em que você será marcada, meu bichinho, e estou ansioso pelos resultados. Pode ser que o mal que habita em você até goste. Veremos.

Caitlin não faz ideia do que isso quer dizer, mas seus sentidos imediatamente entram em alerta máximo. Através do capuz, ela sente o fedor do porão misturar-se ao cheiro estranho e adstringente de álcool, e daí a alguns segundos apenas, suas feridas começam a arder. Ela grita, através do tecido.

– Calma, meu bichinho, não teremos chicotadas hoje. Este rapaz está cuidando da sua saúde.

As mãos grandes do mestre seguram os dois lados do rosto de Caitlin, enquanto suas feridas são tratadas.

– Aguente firme, está quase acabando.

Caitlin se surpreende ao perceber bondade na voz do rapaz. Ainda assim, desconfia, em especial de uma voz masculina que lhe fala enquanto está vendada, nua, amarrada e à mercê de dois homens. Para ela, o rapaz não é exceção. Sabe apenas que a dor pungente causada por ele é quase tão ruim quanto as chicotadas, e prepara-se para o que pode vir.

Caitlin sente que o rapaz hesita antes de cada procedimento. Imagina que, tal como os outros, ele tenha sido avisado sobre a sua feitiçaria, e por isso tente distanciar-se de seu destino de mulher condenada.

Mãos sensíveis acariciam o seio direito de Caitlin, em movimentos firmes e circulares. Não são as mãos grandes e rudes de seu mestre. Ninguém jamais a tocou com tanta delicadeza. Caitlin não identifica o que sente, mas pelo menos não é dor. Além disso, ela não tem como evitar que ele faça o que quiser com seu corpo.

O homem continua a massagear o seio de Caitlin, e, embora ela se mantenha alerta para a possibilidade de algum sofrimento, sente-se inexplicavelmente relaxada o bastante para reduzir a tensão, entregando-se ao toque e deixando escapar um breve gemido. Ela e o rapaz ficam igualmente surpresos.

– Já chega, Lyon. Ela nunca deve experimentar prazer sem dor. É a vontade de Deus e o que mantém sua bruxaria sob controle. Faça agora.

Caitlin ouve a ordem do mestre vinda do outro lado do cômodo.

– Sim, senhor.

Lyon interrompe imediatamente as massagens e afasta-se, como se ela o tivesse induzido a fazer uma coisa que não devia. O cheiro de álcool invade novamente as narinas de Caitlin, quando o unguento frio é esfregado em seu seio. Levemente a princípio, mas depois com mais força, o rapaz lhe torce o mamilo, até ela se queixar da dor. Como se comportas se abrissem, ela é invadida pelo medo. Ele percebe a apreensão de Caitlin, mas mantém a pressão. Ela se retesa inteira ao sentir uma dor aguda na pele sensível e, com um grito impressionante, choca-se contra a parede de pedra, tentando recuperar o fôlego e ajustar-se à terrível sensação de ter perfurada a carne tão macia.

Caitlin ouve vagamente a voz do mestre.

– Bom trabalho. Prossiga. Volto já.

O rapaz passa a cuidar do seio esquerdo. Desta vez Caitlin sabe o que esperar, e não se deixa enganar por uma falsa sensação de segurança. Preparada para sofrer, fecha bem os olhos e prende a respiração. Aguarda por um bom tempo, mas nada acontece. O sofrimento recente e o medo de sentir dor novamente mantêm elevado o índice de adrenalina em suas veias. De repente, a voz de Lyon soa tão serena e tão próxima a seu ouvido, que ela pensa estar imaginando coisas.

– Você tem o símbolo sob o seio esquerdo.

Caitlin se apavora, ao perceber que seu segredo, aquele que prometera à mãe jamais comentar, tinha sido descoberto. Como poderia, porém, na situação em que se encontra, esconder tal segredo de alguém que inspeciona tão de perto cada detalhe de seus seios e de seu corpo?

O rapaz levanta o seio esquerdo de Caitlin. Ela se sente examinada cuidadosamente, mas sem dor. Seu coração pulsa tão forte e rápido no peito, que ela escuta os batimentos nos ouvidos. Certa de que vai morrer, aguarda sua sina na escuridão...

– Você é uma mulher do coração, não uma feiticeira.

Caitlin deixa escapar um suspiro de alívio, embora não saiba exatamente por quê. O rapaz continua a falar baixinho junto a ela e afasta um pouco o capuz, para ser ouvido com mais clareza. Caitlin chega a sentir o calor da respiração dele.

– Minha mãe me contava esta história todas as noites, antes que eu pegasse no sono. Sei de cor palavra por palavra.

Caitlin permanece imóvel, perguntando-se como uma história contada a uma criança na hora de dormir pode ter alguma coisa a ver com ela.

– Era uma vez uma senhora muito boa que vivia no nosso vilarejo. Chamada de "a mulher do coração", ela podia ser identificada pela marca de nascença em forma de coração no ombro esquerdo.

Caitlin fica paralisada. Custa a acreditar que ouve a história de sua mãe contada pelo rapaz.

– Existem poucas mulheres capazes de operar a magia e a cura. Elas são reverenciadas pelas pessoas comuns, e seu dom precisa ser protegido. Cada geração é abençoada por uma mulher do coração, uma verdadeira benzedora que socorre os doentes e os desesperados. Certo dia, um garoto que estava muito doente, às portas da morte, foi tocado e abençoado por essa tal mulher. Em três dias ele recuperou totalmente a saúde, um verdadeiro milagre. A filha da mulher, também do coração, assistiu à cura, o que fez com que o garoto melhorasse ainda mais depressa. Em vez de lhe ser tirado, foi dado ao menino o dom da vida. A mãe, então, lhe disse: "Se por acaso você encontrar uma mulher do coração, uma que tenha a marca, é seu dever protegê-la daqueles que lhe quiserem fazer mal". O menino cresceu e tornou-se um homem forte, certo de seu destino, que dedicou a vida a proteger as mulheres do coração, retribuindo a ajuda que recebeu delas.

Caitlin não sabe como reagir. Aprendeu que o símbolo em seu corpo devia ficar oculto, sem jamais ser mencionado, mas também se lembra de ouvir a mãe falando sobre os homens que a protegeriam, quando chegasse a hora. Ainda desconfiada, sem poder procurar a certeza nos olhos do rapaz, permanece calada.

– Sei bem que essa história não é inventada, porque eu sou o menino, aquele que ia morrer e foi curado por você e pela sua mãe. É meu dever protegê-la.

Embora determinada a manter-se impassível, Caitlin estremece e fica com os olhos cheios de lágrimas, ao ouvir essas palavras.

– Preciso de tempo, mas vou garantir a sua segurança. Prometo.

Ela sabe que não tem como verificar se ele diz a verdade. Ainda assim, solta um suspiro de alívio e esperança. Afinal, faz muito tempo que ninguém lhe demonstrava alguma compaixão.

– Para isso, porém, devo cumprir as ordens do seu mestre hoje e fazer isto primeiro. Sinto muito.

Desta vez, a dor lancinante faz Caitlin gritar mais alto e com mais força. A combinação de dor física, sofrimento emocional e frustração encontra uma válvula de escape em um último grito terrível. Ela se deixa cair sob as correntes, enquanto seu corpo se adapta à tortura nos seios e no coração. Neste momento, experimenta uma estranha sensação entre as pernas, a mesma daquela noite em que o padre a descobriu: um formigamento, um calor que se espalha pela barriga. Assim, ao menos sabe que ainda é capaz de sentir, seja dor ou prazer; para ela não faz diferença. Nada disso tem sentido, mas agora, com esse calor no corpo, surge uma esperança onde, há pouco, só havia desespero. Caitlin entrega temporariamente o espírito ao cativeiro e aceita seu destino. A voz calma e bondosa do agente de sua dor e de seu surpreendente calor é literalmente a única perspectiva que lhe resta.

***

Para Caitlin, não existe mundo fora das quatro paredes da prisão. Não há luz, e passam-se semanas sem que alguém lhe dirija a palavra. Na escuridão infinita, sua mente reforça a percepção dos outros sentidos, afora a visão. Ela não lembra quando foi a última vez em que ouviu uma voz de mulher, viu outro ser humano, sentiu o cheiro da chuva ou o roçar do ar fresco na pele. Menos ainda, recorda quando teve a oportunidade de olhar nos olhos de alguém e ver as profundezas de sua alma. O que mais lhe faz falta é esse contato. Somente agora, que lhe foi tirado, ela percebe que isso era parte do seu ser.

A vida de Caitlin consiste nas idas e vindas do mestre, que a salvou da execução, mas parece determinado a condená-la ao inferno em vida, e de Lyon, o rapaz que perfurou seus mamilos e cuida de seus ferimentos, verificando regularmente se estão cicatrizando.

O mestre bate em Caitlin com um tipo de chicote de montaria ou uma correia de couro, com tal intensidade que não cause lesão permanente ou grande preocupação; apenas o suficiente para assegurar que sinais de bruxaria eventualmente presentes no corpo dela sejam mantidos sob controle. Assim, cumpre seu compromisso com o sacerdote e, consequentemente, com a Igreja. Por meio de suas palavras e atitudes, o mestre afirma que, com as frequentes punições, a magia não conseguirá fixar-se, contribuído desse modo para a possível salvação de Caitlin. Além disso, para protegê-la de si mesma e do mal, ela usa um cinto de castidade cuja chave fica em poder dele.

Aos poucos, Lyon insere nos mamilos Caitlin anéis mais pesados e maiores, para que esteja claramente marcada, como o mestre prometeu ao velho sacerdote. Ela não entende o que sente por Lyon, o homem sem rosto que conhece seu segredo, e admite envergonhada que aguarda ansiosa a chegada dele, para ter os seios tocados. Não consegue controlar ou esconder o óbvio desejo que ele lhe desperta. O mestre nunca se afasta muito quando Lyon está na cela, e qualquer troca de palavras representa um risco enorme.

Uma noite, logo depois de Lyon substituir o anel dos mamilos e sair, o mestre desliza os dedos por entre as pernas de Caitlin, onde sente calor e umidade.

– Meu bichinho, agora que os mamilos estão completamente curados, estes anéis excitam você, não é?

Caitlin fica paralisada. Ele lhe levanta uma perna e enfia os dedos em seu sexo. Ela sente a umidade abrindo caminho dentro dela, enquanto seu corpo se aquece espontaneamente.

– Eu fiz uma pergunta – ele diz com firmeza, enquanto retira os dedos de onde estão, metendo-os abruptamente na boca de Caitlin. – Mas admito que, desta vez, não precisa responder, já que a resposta é tão óbvia.

Ele cobre a língua de Caitlin com os fluidos que saíram do corpo dela. Caitlin, não tem escolha, senão provar o gosto doce e salgado de seu sexo.

– De acordo? Responda agora, para que eu ouça a sua voz.

Ele deixa deliberadamente os dedos na boca de Caitlin.

– Sim, mestre.

A voz sai abafada, e ela reza silenciosamente por misericórdia.

– Engula tudo, bichinho sujo.

Deste dia em diante, as condições do cativeiro de Caitlin mudam. Para recompensá-la por sua completa submissão, o mestre passa a proporcionar-lhe prazeres quase inimagináveis. Ele entende melhor do que ela as reações de seu corpo, e demora-se testando a sensibilidade de cada região oculta – se o toque deve ser firme ou suave, rápido ou lento. Reconhece que ela não consegue controlar seus suspiros e gemidos, sejam eles de dor ou prazer, e aprecia os ruídos produzidos pelo corpo dela sob o efeito de seu toque.

Caitlin acaba por compreender que o mestre gosta de rotina e espera perfeição. Sua chegada ao porão é precedida pelo toque de uma sineta. Ao ouvir o som, ela deve despir-se, colocar o capuz na cabeça – ele teme que o olhar dela possa afetá-lo com sua magia diabólica – e acomodar-se sobre uma prancha inclinada que ele mandou fazer especialmente para essas ocasiões.

De joelhos, ela dobra o corpo sobre a plataforma, deixando as nádegas em evidência e a cabeça abaixada. Em seguida, conecta os anéis dos mamilos a duas presilhas sobre a placa e repousa os braços ao lado do corpo, aguardando a chegada do mestre. Algumas vezes ele fixa os braços de Caitlin atrás das costas; outras vezes, ele os estica para a frente e prende acima da cabeça; uma vez ou outra, deixa os braços livres. Na verdade, os movimentos de Caitlin são controlados pelos anéis nos mamilos. Conforme o mestre explicou, o aprisionamento da parte mais feminina do corpo corresponde ao meio de maior potencial de eliminação de qualquer traço de bruxaria que resista dentro dela. A diferença entre manter ou não a exata posição recomendada pelo mestre é a mesma que existe entre o prazer de um orgasmo e a dor do açoitamento. De qualquer maneira, porém, ao sair ele sempre a deixa absolutamente exausta.

– Meu bichinho, é chegada a hora de prepará-la para a penetração. Para receber o homem e forçar o diabo a sair, de uma vez por todas.

Com Caitlin presa à plataforma, o mestre esfrega banha de porco cuidadosamente em suas nádegas, garantindo que ela esteja bem lubrificada para receber a penetração. Em seguida, desliza os dedos ao longo do rego, com uma pausa para traçar círculos em volta do ânus. Caitlin prende a respiração, à espera de que seu reto se ajuste ao corpo estranho que é instalado dentro dela.

– Continue respirando, meu bichinho – o mestre diz, apoiando a mão avantajada na parte de baixo das costas de Caitlin.

Ela toma cuidado para não se mover. Cada subida ou descida do tórax pode estimular seus mamilos ou causar instantaneamente uma dor aguda, conforme a intensidade. Caitlin precisa de toda a concentração para sentir o estímulo, e não a dor.

Assim que o desconforto no ânus diminui, começam as chicotadas – sempre dez, cinco de cada lado, a não ser que algo não esteja ao agrado do mestre, quando o castigo aumenta. Ela já aprendeu a suportar essa dor. A preocupação principal é conseguir manter o corpo firme sobre a prancha, a cada golpe, o que acaba por desviar um pouco sua atenção do sofrimento em si.

Cumprida a punição de Caitlin por seus pecados, a melhor e a pior parte desse exercício são os dedos curiosos do mestre, hábeis em tocar e estimular suas partes íntimas. Ela se envergonha profundamente da ansiedade e da excitação com que espera por esse toque, e não consegue entender como seu corpo experimenta tanto prazer, depois de tanta dor. O mestre possui total controle de seus orgasmos, que podem variar de intensidade, provocando desde um leve suspiro até um forte tremor, com espasmos incontroláveis e gritos de euforia que ecoam por toda a cela.

Estranhamente para alguém tão comprometido com a rotina, não há constância ou periodicidade no tempo de cada sessão. Assim, Caitlin não tem como controlar o fôlego, para comandar o corpo cativo. Ela ao mesmo tempo teme e deseja a sensação de êxtase provocada pelo mestre que, ao menos momentaneamente, lhe permite escapar do mundo no qual vive.

De vez em quando Lyon aparece, para dar banho em Caitlin e tratar de suas feridas. Também penteia seus longos cabelos, esfrega e corta as unhas. Sua tarefa é mantê-la limpa e apresentável para o mestre. Lyon faz um trabalho minucioso e, embora não tenha voltado ao assunto da "mulher do coração", ela sente bondade em seu toque.

Com seus dedos hábeis, o mestre é capaz de provocar no corpo de Caitlin prazeres e dores quase intoleráveis. Ainda assim, nunca penetra sua vagina e deleita-se quando sente o ânus dela pronto para acomodar seu membro.

– Meu bichinho, parabéns pelos seus progressos. Você finalmente está pronta.

A respiração de Caitlin se acelera, quando ela imagina o que vai acontecer. Admira-se de não ter recebido chicotadas neste dia. O domínio do mestre sobre seu corpo faz com que chegue ao orgasmo antes mesmo de sentir o pênis dele entrar por trás. A rígida preparação torna sua primeira experiência de sodomia mais prazerosa do que Caitlin jamais imaginaria possível. Ele lhe proporciona múltiplos orgasmos, deixando-a absolutamente exausta. Nesta noite, ela recebe na cela, e come à vontade, um banquete quase digno de uma rainha. Já que tem todos os aspectos de seu bem-estar físico controlados pelo mestre, Caitlin sente seu espírito se render completamente e permite-se o luxo de esquecer o mundo que um dia conheceu.

O mestre diz que enviou ao velho sacerdote uma mensagem de agradecimento, por haver sugerido que ela fosse marcada. Na carta, afirma que os anéis nos mamilos foram a chave para o controle bem-sucedido de sua feitiçaria, permitindo-lhe uma vida mais pura, e recomenda o mesmo recurso para outros pecadores sob a influência do demônio. O mestre considera essa vitória um claro sinal de que Deus está agradecido e reconhece que ele fez a coisa certa, ao salvar uma vida. Por motivos não revelados a Caitlin, ele acredita que agora pode levar adiante a própria vida.

***

Quando sou afastada da cena, pensamentos e emoções continuam a girar em minha mente. Pela primeira vez na vida, tenho de considerar que é daí que vem minha fantasia secreta, e não de alguma deficiência psicológica com tendências masoquistas. Os sentimentos intensos que me perseguiram a vida inteira, de estar presa e sem visão, de ser castigada e sentir prazer, nunca fizeram sentido, e, no entanto, acabam de desenrolar-se diante de mim. Agora sei que eles refletem os sentimentos de Caitlin. A fantasia sexual que partilhei com Jeremy muito brevemente, anos atrás, e que formou a base da minha tese, acaba de repetir-se, revivida por mim.

O medo de Caitlin era o meu medo, sua vergonha era a minha vergonha. O constrangimento de desejar alguma coisa, apesar de ruim, nociva, só pelo inegável prazer da submissão a ela. O despertar sexual do meu corpo, de sentimentos adormecidos por tantos anos, trouxe-me a compreensão de que as minhas necessidades sexuais têm origem em tempo e espaço ligados indissoluvelmente aos meus antepassados. Meus sentimentos e desejos foram provocados por impulsos e atos de sexualidade que nasceram séculos atrás. Não posso deixar de pensar no tanto que temos a aprender sobre nosso psiquismo, no tanto que temos a absorver. Em anos e anos de estudo e experiência em Psicologia, eu nunca havia pensado nisso como explicação potencialmente viável para as preferências sexuais. No entanto, acabo de testemunhar a verdadeira fonte das minhas tendências, das minhas fantasias. De práticas sexuais que desafiam meus limites, e ainda assim me excitam incrivelmente.

Eu pude sentir a confusão nos sentimentos de Caitlin, a revolta por ser obrigada a abrir mão do destino que a mãe lhe transmitira, quase desejando a dor física dos espancamentos, para abafar o sofrimento emocional e a angústia que lhe tomava o coração. O tempo todo, seu corpo reagia contra a verdadeira invasão de seus orifícios secretos e, no entanto, aceitava avidamente o êxtase dos orgasmos, assim como me aconteceu ao longo da vida. Jeremy me despertou para os prazeres do sexo anal, durante a juventude, embora eu fugisse deles desesperadamente, por medo de uma dor que desconhecia. Ele fez renascer o meu ser sexual quando eu acreditava ter ultrapassado o meu prazo de validade, permitindo que eu explorasse as fantasias secretas da minha mente – sem julgar; às vezes, coagindo docemente, mas sempre ao meu lado. Compreendo bem o que Caitlin passou. Sei como tentava freneticamente manter o controle em uma situação incontrolável.

Aquela fantasia singular, que devo admitir ter sido o principal motivo para eu me decidir pela Psicologia e ter exercido influência direta sobre a minha tese, revela-se um fragmento de uma vida passada. Uma situação recriada por Jeremy durante o nosso fim de semana juntos e que me levou a experimentar uma sequência de eventos que eu jamais acreditaria possível.

Eu poderia jurar que tive os mamilos perfurados, assim como os de Caitlin. Senti a dor causticante quando aconteceu, e, depois, os efeitos eróticos que ela se determinou a enterrar e ignorar. Os bicos dos meus seios ainda estão inchados, excitados e arrepiados pela lembrança. Embora o corpo físico esteja fraco, minha mente nunca esteve tão afiada. É como se o mais alto nível do meu cérebro estivesse processando o conhecimento que venho recebendo.

A visão de Caitlin em sua cela não é diferente da imagem que povoou meus sonhos por anos, embora em outro tempo ou século. Uma fantasia chocante que me assombrou desde a adolescência, que me martelou a mente, desafiando-me a experimentar, a compreender. Nunca tive coragem. Em todos os meus estudos, nas teorias que elaborei, nem uma vez levantei a hipótese de que tais emoções e sentimentos intensos pudessem ter origem em um tempo e um lugar determinados.

Estou chocada com a descoberta, mas desesperada para entender o destino de Caitlin e sua ligação com o meu destino, mais tarde. Com essas ideias na cabeça, volto ao éter.

***

Um dia, o mestre aparece na cela de Caitlin sem tocar a sineta, o que nunca havia acontecido.

– Vire-se de frente para a parede.

Caitlin nunca viu o rosto do mestre, a não ser no monastério. Ao ouvir sua voz possante, ela obedece imediatamente, como foi treinada a fazer, para evitar que ele puxe do chicote. Depois de colocar-lhe o capuz sobre a cabeça, o mestre fala asperamente:

– Como estou para me casar, você deve se mudar para a floresta. Lyon vai cuidar de tudo. Preste atenção e obedeça às minhas regras. Entendeu?

– Sim, mestre.

A voz de Caitlin reflete a surpresa causada pela notícia.

– Não saia da floresta. Não retire os anéis dos mamilos. Use as correntes e o cinto de castidade nas noites de Lua cheia. Vou manter as suas sessões de castigo, uma vez por semana, para manter a bruxaria sob controle. Lyon ficará encarregado da preparação. Só fale comigo ou com Lyon. Está proibida de falar com qualquer outra pessoa. Caso desobedeça a alguma dessas regras, você será julgada como bruxa. Entendeu?

– Sim, mestre.

– A quem você pertence, bichinho?

– Ao senhor, mestre.

– Que parte sua me pertence?

– Todo o meu ser, mestre.

– Não se esqueça disso.

Para reforçar o que acaba de dizer, ele dá uma palmada nas nádegas de Caitlin e prende-lhe os pulsos à frente do corpo.

– Lyon, venha cá. Ela está pronta.

***

Lyon leva Caitlin para uma pequena cabana no interior da mata que faz parte da vasta propriedade do mestre. Lá, ela não terá contato algum com a sociedade. Conforme o combinado, o mestre aparece uma vez por semana, para castigar e proporcionar prazer, garantindo assim que a bruxaria não se manifeste. Lyon continua responsável pelo bem-estar de Caitlin, já que ele e o mestre são as duas únicas pessoas que sabem de sua existência. Como preparação para a visita semanal do mestre, Lyon a deixa amarrada e vendada, mas o mais importante de tudo são as noites de Lua cheia, quando ela representa um enorme risco para si mesma e para os outros. Nessas ocasiões, deve ser encapuzada e acorrentada dentro da pequenina casa, com o cinto de castidade firmemente fixado, para impedir o acesso de seus dedos pecadores.

Caitlin, que tinha perdido a esperança de escapar do porão onde vivia confinada, custa a acreditar na boa sorte que os novos arranjos representam, e está profundamente grata a Lyon por ter organizado tudo com o mestre. Depois de anos de morte e escuridão a pairar sobre ela, sente-se feliz na solidão da floresta. Desde que obedeça às regras, tem a liberdade que deixara de experimentar desde a morte da mãe.

Em vez de sentir-se agredida pelas contínuas restrições, Caitlin agradece pela esperança que surgiu onde antes não havia nada. Ela entende que Lyon precisou de muitos meses para convencer o mestre a tomar as providências necessárias, a fim de proporcionar-lhe uma vida fora da cela, junto à natureza, e sente-se agradecida por isso. Ela ainda sonha em olhar nos olhos de outro ser humano, e Lyon garante que está trabalhando para tornar real essa possibilidade.

Certo dia, Caitlin está cantarolando, enquanto cuida do pequeno jardim que plantou perto da cabana e aproveita para expor ao sol a pele fragilizada, quando ouve um farfalhar nos arbustos. Ela fica imóvel.

– Olá! – uma voz chama. – Alguém aí? Ouvi o seu canto!

Caitlin corre de volta à casa, temendo por sua segurança. Embora secretamente deseje estar com alguém, sabe que é proibido e, ao escutar pisadas fortes correndo em sua direção, aumenta a velocidade. Está perto da cabana, quando tropeça na barra da saia longa e cai, batendo a cabeça em uma pedra.

Assim que abre os olhos, Caitlin sente a maciez da cama sob seu corpo. Ao voltar-se, dá com um homem alto, de pé, na casa pequenina, bebendo água de seu cântaro e olhando diretamente em seus olhos.

O encontro de olhares faz o coração de Caitlin parar de bater por um longo momento. Ao mesmo tempo em que sente a natureza bondosa do homem, é tomada pela inquietação e descontrola-se, ao perceber que seus mamilos endurecem instantaneamente diante da visão daqueles cabelos escuros em desordem, dos travessos olhos verdes e do sorriso aberto.

– Meu nome é John. Você bateu a cabeça, e eu a trouxe para cá.

Para não quebrar nenhuma regra, e com medo de ser punida, Caitlin permanece decididamente calada.

O homem estivera ouvindo o canto da bela moça por bem mais de uma hora, e admira seus cabelos longos e escuros, trançados em algumas partes, enquanto em outras parecem tão selvagens quanto a própria floresta. A delicadeza dos braços e pernas e as curvas suaves do corpo transpiram sensualidade. Ele se sentiu, imediata e quase perigosamente, atraído por ela. Ao carregá-la para dentro da cabana, teve a oportunidade de notar seu calor suave em contato com a própria ereção. Depois de deitá-la com cuidado na cama, afastou-se, para melhor absorver aquela beleza em repouso, e ficou espantado, ao perceber o contorno dos anéis presos aos mamilos. Quem é esta mulher? Conhecera muitas mulheres, em viagens, e somente uma vez tinha visto algo assim, embora não chegasse suficientemente perto para tocar.

Em silêncio, eles sustentam os olhares. Cada vez mais excitado, ele percebe os bicos dos seios dela se destacarem por baixo da blusa.

***

O homem fascina Caitlin, como se tivesse o poder de colocá-la sob um encantamento, e não o contrário. Caitlin jamais experimentou tais sensações, e sua respiração se acelera quando ele dá um passo à frente, como que magneticamente atraído por ela, e ajoelha-se ao lado da cama. Seus olhos refletem a alma de Caitlin, como se eles já se conhecessem. Quando a respiração e as batidas de seus corações entram no mesmo ritmo, ela sente que está prestes a, secreta e inesperadamente, voltar para casa. É inegável o desejo que sentem um pelo outro. Seus sistemas límbicos aceleram a atividade, tentando acomodar a pura energia sexual que experimentam, embora não compreendam como ou por que isso acontece. Eles sabem apenas que sua união deve acontecer.

Lentamente, o homem estende a mão para Caitlin que, em silêncio, permite a aproximação. Não sabe se deve esperar prazer ou dor, do homem que está diante dela, já que nunca experimentou a delicadeza de um toque, sem ser castigada primeiro. Entre o arrebatamento e a incerteza, ela se vê cada vez mais incapaz de controlar as respostas do próprio corpo.

Ao perceber a apreensão de Caitlin, ele lhe alisa a testa franzida com o polegar. Assim, sem uma palavra, alivia suas preocupações. Totalmente encantado pela beleza dela, continua a exploração dos seus traços: desliza sensualmente o polegar ao longo do perfil do rosto, detendo-se em volta dos lábios.

Caitlin respira fundo e entreabre a boca sensual, permitindo que ele brinque com sua língua. As sensações que literalmente lhe tiram o fôlego transferem-se para o sexo, e um grito de expectativa lhe escapa dos lábios.

As mãos dele movem-se para baixo, a fim de explorar o terreno sinuoso do corpo de Caitlin. O homem se demora, adaptando o ritmo de seu toque à respiração dela. Sente vontade de arrancar-lhe as roupas, mas força-se a ir devagar. Centímetro por centímetro, ele lhe levanta o vestido até as coxas. A intensidade de seu olhar reserva a ansiedade com que aguarda as maravilhas escondidas.

A respiração de Caitlin se acalma quando as mãos dele deslizam entre suas coxas úmidas. A delicadeza do toque a faz suspirar.

Incentivado pelos suspiros dela, ele se deita a seu lado na cama e acaba de tirar-lhe a roupa. Jamais havia sentido um desejo tão forte por alguém e maravilha-se com o que vê. Então, beija-lhe os lábios, suavemente primeiro, e depois com mais ardor.

Caitlin se agarra ao homem, mas ele gentilmente a faz deitar-se. A última coisa que quer, neste momento estranhamente sagrado, é apressar a exploração, temendo negligenciar algum ponto oculto que o corpo dela tenha a oferecer. Ele ajeita os braços dela acima da cabeça, de maneira que seus seios e pescoço fiquem disponíveis, para serem explorados por seus lábios. O homem reduz ainda mais o ritmo. Quer sentir todos os cheiros do corpo de Caitlin. Jamais desejou tanto alguém. Jamais precisou de alguém tão intensamente. Ele explora e acaricia, sem penetrar, porém.

Caitlin se sente mais viva e desejada do que nunca. Está tão tocada por esses sentimentos, que lágrimas lhe escapam dos olhos, justamente quando a umidade se acumula entre suas pernas.

A mente de Caitlin é invadida por imagens passageiras da mãe querida, no campo. Ela se pergunta se as sensações que experimenta agora, pela primeira vez, serão semelhantes ao que sua mãe sentia. Lembra-se de como parecia bela e sensual, quando dançava, e o povo venerava seu corpo. É com esses pensamentos que Caitlin encontra coragem para explorar o corpo do homem, tal como ele faz com o dela. Assim, toca e beija, fascinada pelas reações que provoca. Nunca tivera permissão para olhar ou segurar um pênis; somente sentia por trás o pênis do mestre. Surpresa com o tamanho, ela beija, hesitante, a ponta. Quando sai um pouco de líquido, prova o gosto salgado. O homem sorri, incentivando-a a continuar.

Caitlin se sente atraída pelo corpo masculino, forte e nu. O calor do homem lhe proporciona uma conexão mágica que ela jamais imaginou possível compartilhar. Logo os dois se familiarizam completamente com os corpos um do outro. Tiveram tempo para descobrir e compreender as áreas mais sensíveis e sensuais de cada um, e sua intimidade atinge novas dimensões.

Durante horas, eles fazem amor de maneira apaixonada e impetuosa, delicada e ardente. Caitlin gosta demais do modo como ele manipula as argolas dos seios, provocando toda sorte de sensações prazerosas, tanto por dentro quanto por fora. Toda vez que ele puxa ou dá mordidinhas nos bicos, ela sente o sexo prestes a explodir de desejo. E, às vezes, explode, mesmo. Surpresa, ela não entende como o homem consegue essas incontroláveis erupções dentro dela.

Ele acaricia os cabelos e o corpo de Caitlin até suas convulsões eróticas se acalmarem, reduzindo-se a um leve tremor, e recomeça. Quer que ela sinta tudo que seu corpo é capaz de produzir, sob os toques de ambos. É tão intensa a atração que esta criatura bela e estranha lhe desperta, que sua ereção nunca se desfaz, e ele extrai o máximo de cada momento que compartilham.

Caitlin perde a virgindade para esse homem carismático que a encoraja a entregar o corpo às maravilhas do êxtase e da intimidade humana. Ao fazer amor, eles unem mentes e almas, como se seus corpos tivessem sido indissoluvelmente criados um para o outro. Em vez de restringir os movimentos, para não piorar o castigo, Caitlin anseia pelo pênis dele e pela sensação de completude que cria dentro dela.

E ele está mais do que disposto a satisfazer seus desejos, quantas vezes ela quiser.

* * *

John beija ternamente os lábios de Caitlin, que dorme. Vestiu-se, pois já demorou demais, e seus homens o esperam adiante, junto ao rio. Embora saiba que o encontro com Caitlin foi obra do acaso, e que seu estilo de vida nômade não permitiria que estabelecessem um vínculo duradouro, ele tem consciência de que jamais esquecerá a bela moça de olhos cor de esmeralda, cabelos escuros e seios estranhamente adornados com anéis. De saída, despede-se com um aceno.

Ao acordar, Caitlin se pergunta se todos os seus sentimentos seriam parte de um sonho erótico. Ao colocar, porém, as mãos entre as pernas, encontra o sêmen dentro dela. Com um sorriso indulgente e secreto, comemora a oportunidade que teve de experimentar uma das maiores alegrias do ser humano. Finalmente, sente que seu destino mudou para melhor, porque sabe que aquele homem, quem quer que seja, só lhe deu carinho: provocar medo não faz parte de sua natureza. Caitlin nunca mais o viu.

Nas semanas seguintes, o mestre aparece cada vez menos, e ela se pergunta por quê. Seus seios ficam inchados e macios, e ela nota certa rigidez na barriga. Assim, resolve perguntar a Lyon:

– Não sei bem o que há de errado, mas meu corpo está mudando.

Ele se aproxima e põe a palma da mão em seu ventre.

– Como isto aconteceu?

Por não entender o que ele quer dizer, Caitlin permanece calada.

– Caitlin, o seu mestre não fez isso. Responda, por favor.

Preocupada com o medo que sente na voz de Lyon, ela se vira, incapaz de olhar nos olhos dele. Hesita em contar-lhe a verdade, mas também se sente insegura quanto ao que está errado com ela.

– Diga-me, algum homem esteve aqui?—ele pergunta delicadamente.

– Sim.

– Ele a penetrou?

– Sim.

– Você está esperando criança.

Caitlin quase desmaia de espanto. Como isso aconteceu? Seria um milagre, um sinal dos deuses, de que deve procriar? Ela não esconde o sorriso no rosto e as lágrimas de alegria nos olhos.

– E agora?

Feliz, embora perceba o desespero de Lyon, ela se aproxima, em um misto de coragem e hesitação, e o abraça com o calor de seu corpo. Seus olhos se encontram, e ela sente nele afeto e compaixão. O sangue de sua mãe curou este homem. Estão ligados. Ele a protegerá, assumindo a posição necessária. É seu destino.

– Precisamos ir para longe daqui, antes que o seu mestre volte de viagem e encontre você assim.

Sem perda de tempo, Lyon arruma o que pode ser necessário no caminho. Ele retira os anéis dos mamilos de Caitlin, libertando-a simbolicamente do cativeiro, e fecha a porta atrás deles, encerrando o passado. Juntos, mudam-se para bem longe. Caitlin dá à luz duas meninas gêmeas saudáveis, e Lyon as cria como suas filhas. Ambas são abençoadas com a marca do coração na pele, indicando o sangue que cura. Ele dedica o resto da vida a proteger a família, a cuidar da esposa querida e das filhas, pois sabe que somente elas garantem a linhagem do sangue sagrado. Caitlin, a princípio, hesita em usar o poder curativo, mas sua confiança vai aumentando, com o crescimento das meninas. Eles seguem a vida tranquilamente, como marido e mulher, pois se sabem unidos pela alma, com laços que vão muito além de qualquer cerimônia.

***

Enquanto me afasto de Caitlin, vejo fragmentos da vida das gêmeas e de seus filhos, dos filhos de seus filhos, e assim por diante, como se manuseasse rapidamente as cartas de um baralho. Tenho a impressão de que o sangue milagroso vai se diluindo, de que a magia se enfraquece com o tempo, chegando a minha avó, que sorri calorosa e sabiamente. De mãos estendidas, ela me incentiva a continuar a jornada. Se eu pudesse chorar, minhas lágrimas refletiriam meu amor por ela, que nos deixou há muitos anos. Em uma tentativa desesperada, tento alcançá-la, mas sua imagem desaparece no éter.

Neste momento, sinto minha presença etérea atraída por um redemoinho. De início, tudo à minha volta está tingido de vermelho escuro, mas, quando a visão clareia, vejo Jeremy e Leo, que me observam durante o experimento, e vou rodopiando em sua direção, no turbilhão da vida. Quando atravesso a turbulência e as imagens dos homens, meu coração bate alto e forte. Sinto-me a força vital do sangue curativo. Tudo em volta está quieto, a não ser pelo meu coração, que faz o sangue circular em minhas veias. De repente, sou puxada com força, através dessa energia, e chego ao outro lado, voltando ao meu estado terreno.

De olhos muito abertos, respirando com dificuldade, eu me vejo diante dos meus companheiros ancestrais: um, o meu amante; o outro, meu guardião. Depois de séculos de oportunidades perdidas, nossos destinos finalmente se encontraram, evidenciando o enigma do meu sangue. Agora possuo o conhecimento que Leo, muito provavelmente, já possuía há algum tempo: a certeza de que desempenhamos um papel extremamente importante nas vidas passadas um do outro; que, em essência, tudo isso tinha de ser.

Eu me pergunto se é por minha causa que Leo e Jeremy fazem parte da vida um do outro, ou se existe uma conexão mútua entre eles. Penso na fugacidade com que John entrou na vida de Caitlin e saiu dela, e na atração física que os ligava, como se seus sistemas límbicos se comunicassem tão intimamente, que não houvesse outra escolha, a não ser despertarem um ao outro sexualmente – justo como me sinto em relação a Jeremy. Nunca fui capaz de negar qualquer coisa que ele pedisse. Agradeço a Deus pela segunda oportunidade de estarmos juntos, já que da primeira vez a vida nos separou. Minha cabeça se enche de perguntas, quando penso no que aconteceu desde que eu e Jeremy nos reencontramos. Qual será a opinião de Leo, agora que fez o voo da alma, leu a minha tese e tomou conhecimento dos resultados dos experimentos de Jeremy?

Entendo que meu sangue apresenta características únicas, conforme as circunstâncias, mas não tenho no corpo a marca de nascença em forma de coração, e, pelo que sei, minha mãe e minha irmã também não. Então, apesar de reconhecer que a linhagem chega a mim, não possuo o sinal, nem compreendo como isso começou. Como sempre, parece que tenho mais perguntas do que respostas. Ainda assim, estou aprendendo que, a despeito das minhas frustrações, tudo se revela como e quando é preciso – nunca antes.

Mal posso crer que me preocupei tanto com a experiência do voo da alma, tão reveladora. Aprecio os sons da Amazônia, a comunhão com a natureza, a possibilidade de pairar sobre a minha forma física. Tenho consciência de que sou transportada, mas não controlo meus movimentos. Então, aceito simplesmente o que acontece. Não sinto dor nem desconforto. Apenas deixo o vento me levar aonde quiser. O que posso ainda aprender com esta viagem mágica e enriquecedora?

Lake Bled

A Polícia Federal enviou a Martin pelo telefone um mapa detalhado do que se acredita ser uma entrada para as instalações da Xsade, sob o Lago Bled. Ele se encontra com Luke e os membros da força tarefa na entrada de um enorme escoadouro de águas pluviais, na periferia da cidade, através do qual esperam poder entrar no complexo clandestino. Martin está satisfeito por terem vindo preparados: bem armados e com equipamentos que podem ser úteis, caso precisem abrir o caminho à força. Depois de uma reunião, o grupo de elite chegou a um acordo sobre o plano de ação para quando tiver acesso às instalações.

Eles acendem as lanternas e entram cautelosamente no que mais parece uma caverna.

Quando o sistema de segurança da Xsade registra uma invasão em seus domínios, o chefe da segurança fica feliz por estar de serviço, substituindo um dos componentes da equipe. Assim, tem uma oportunidade de pôr em prática os novos procedimentos. O alarme soa em todas as salas, e as câmeras de segurança, que vigiam continuamente as instalações, confirmam com imagens captadas por meio de raios infravermelhos que seres humanos estão entrando por pontos de acesso protegidos. O chefe da segurança aciona imediatamente o mecanismo de fechamento dos portões. Infelizmente, nada acontece, e ele admite a possibilidade de algum defeito.

As imagens do circuito interno de televisão mostram com nitidez a presença de pessoas fortemente armadas. Com medo de que estejam tentando entrar nas instalações para roubar fórmulas patenteadas, o chefe da segurança dá início aos procedimentos para proteção do complexo, provocando uma série de explosões. O novo equipamento foi instalado recentemente, sob instruções explícitas de Madame Jurilique, para resguardar a propriedade intelectual da Xsade. Segundo o projeto, todos os funcionários devem ser alertados a evacuar o prédio, e proteger e guardar seus itens confidenciais. Mal acreditando na sorte que teve, por estar de serviço justamente quando é preciso acionar o esquema, ele aperta o detonador. E espera. Nada. Ele pressiona novamente o botão, duas vezes, para ter certeza. O sistema ativa ao mesmo tempo o alarme e as explosões destinadas a deter os intrusos. Isso deve impedir que prossigam. O homem dá uma risada, pensando que, afinal de contas, a velhota Jurilique não foi tão doida ao gastar o dinheiro dos acionistas na instalação do novo sistema. Ele se recosta na cadeira, para observar o que mostram as várias telas. Se tudo correr de acordo com o plano, não precisará deixar o complexo.

***

Martin e a equipe avançam nas profundezas do túnel. Já percorreram uns 200 metros, quando sentem o solo estremecer sob seus pés e, logo em seguida, ouvem o estrondo de uma explosão.

– Que diabos é isso? – Martin grita.

Indecisos entre prosseguir ou correr de volta, fazem uma breve pausa, para avaliar a situação. Um segundo estrondo ressoa em seus tímpanos, fazendo-os cobrirem os ouvidos com as mãos.

A preocupação de Martin com Salina e Josef chega ao máximo. Ele sabe que muito provavelmente os dois estão dentro das instalações. A lembrança do compromisso assumido com Leo faz com que ele avance pelo túnel ainda mais rapidamente. Luke vai logo atrás. Quando chegam a um portão de aço trancado, eles gritam pedindo a ajuda dos policiais e de seu equipamento.

No exato momento em que os policiais os alcançam e acendem o maçarico para cortar as barras, ouvem-se gritos abafados vindos de dentro das instalações. Em instantes, pessoas surgem na escuridão do túnel, algumas usando vestimentas prateadas, outras com jalecos e ainda outras em roupas comuns. Todas cobrem o rosto, protegendo-se, enquanto correm em direção à grade que lhes impede a passagem.

– Depressa, as pessoas estão presas, precisam sair!

A voz habitualmente controlada de Martin vem carregada de medo, em especial porque ele nota fumaça escapando do fundo do túnel. O comandante dos policiais grita instruções aos seus homens. Ao mesmo tempo, o grupo de fugitivos aterrorizados chega ao portão e grita também, pedindo ajuda para sair. Quando uma das barras do portão de segurança é cortada, várias mãos desprotegidas começam a forçá-la para trás e para a frente.

Um policial manda as pessoas se afastarem, para que ele possa cortar outra barra. Neste momento, alguém tenta abrir caminho, dizendo possuir o código que destrava o portão. Depois de muito empurra-empurra, o homem finalmente consegue chegar e, com as mãos trêmulas, digita o código no teclado numérico instalado na parede lateral do túnel. A abertura do portão é saudada com um grito coletivo de alívio. A massa avança aos trambolhões, quase esmagando alguns. Todos procuram desesperadamente a liberdade que só se encontra ao ar livre, sob o céu.

Martin e Luke, espantados por verem algumas crianças no grupo, ajudam os mais fracos a se levantar e apontam a saída.

– Vou entrar! – Martin grita. – Preciso encontrar Salina e Josef!

– Não é seguro – o comandante adverte. – Você ouviu as explosões. Pode ser qualquer coisa, em um laboratório como este.

– Tem máscaras de proteção?

Ele faz que sim e acena a um de seus homens, pedindo as máscaras. Martin se dirige a Luke.

– É melhor você voltar. O túnel pode ruir. Verifique os arredores do lago. Eles podem estar por lá.

Luke hesita.

– Quero você fora daqui agora. Vá!

– Está certo. Nós nos encontramos lá fora.

– Corra, veja se os outros estão bem!

Martin suspira, aliviado, ao ver Luke correr para a segurança. Certa vez, perdeu um de seus homens e nunca se perdoou.

Ele coloca a máscara entregue pelo comandante e calça luvas, cuidando para que nenhum pedacinho de pele fique exposto a seja lá o que tenha explodido lá dentro. Uma segunda explosão, menos violenta do que a anterior, sacode o solo, e mais gente aparece correndo. Martin, seguido pelo chefe dos policiais e por um pequeno grupo de homens, entra na Xsade.

Dentro do complexo, o alarme soa sem parar, e as pessoas correm enlouquecidas, como ratos em um navio que afunda, em busca da saída. O cenário é de caos, embora, felizmente, ainda não haja muita fumaça. Os policiais ajudam na medida do possível, indicando o caminho pelo esgoto, até serem os únicos na área.

Ao ver uma labareda sair de uma porta mais além no corredor, Martin puxa um extintor de incêndio do suporte e corre naquela direção, pedindo a Deus que Salina e Josef não estejam presos lá. Ao entrar, fecha a porta, esperando que isso seja suficiente para conter o fogo, e respira aliviado ao notar que os *sprinklers* de teto estão funcionando.

Neste momento, Martin percebe, sobre uma espécie de maca, em uma sala adjacente, um par de pernas, com uma enorme máquina a cobrir a parte superior do corpo. Ele mostra o achado ao comandante e, em seguida, usa o extintor para arrebentar o vidro da porta trancada.

Martin não sabe se a pessoa – uma mulher – está morta, inconsciente ou dormindo, mas obviamente não ouviu o alarme nem sentiu as explosões. Os dois homens tentam erguer o equipamento, mas, ao que parece, há algum tipo de trava, e eles não conseguem.

O chefe dos policiais puxa uma das pernas da mulher, e ambas as pernas se contraem em resposta. Ouve-se imediatamente um grito terrível. A mulher agita pernas e braços, e grita sem parar.

– Meu rosto, meu rosto! Está queimando! Socorro, me tirem daqui!

Como não consegue deslocar o peso do equipamento, que emite luz ultravioleta, Martin decide interromper o fornecimento de energia, e arranca o fio da tomada. Ainda agitando freneticamente braços e pernas, a mulher parece sofrer uma dor insuportável.

Ao correr de volta para a máquina, Martin tropeça em uma bolsa Louis Vuitton, e sua máscara contra gases sai um pouco da posição. O cheiro fétido de carne queimada penetra intensamente em suas narinas, provocando-lhe ânsias de vômito. O chefe dos policiais ainda luta contra o equipamento, quando outra explosão se faz sentir, no corredor da unidade.

Depois de se recompor, Martin faz uma última tentativa de libertar a mulher queimada e presa pelo equipamento, quando duas pessoas aparecem à porta, cobertas de sangue e fumaça.

– Salina, Josef! Meu Deus, vocês estão bem?

Pela aparência, os dois passaram por maus pedaços.

– Tudo bem, Martin – Salina responde. – O que estão fazendo aqui? O que está acontecendo?

– Esta criatura está presa aqui, não conseguimos soltar a máquina.

Deve ter algum tipo de senha no computador, ou coisa parecida. Não sai do lugar de jeito nenhum!

Josef imediatamente entra embaixo da máquina.

– O equipamento trava automaticamente, quando o sistema é corrompido de alguma maneira. Há um controle manual localizado aqui embaixo.

Com um forte estalo, a máquina finalmente se afasta, revelando uma feia combinação de sangue e queimaduras.

Salina imediatamente vira a cabeça para o lado e vomita, enquanto Josef cobre o nariz da melhor maneira possível com a camisa e avalia os estragos.

– Você me dê aquela água – o médico grita para o policial, que estava perto de uma jarra de água e alguns copos.

Josef banha cuidadosamente a carne viva do rosto da mulher, temendo mais pela vida dela do que por sua aparência, que sabe irrecuperável.

Outra explosão abala o prédio, fazendo todos perderem o equilíbrio.

– Precisamos sair daqui, agora! Isto vai desabar! – o policial grita.

– Vocês vão! Se eu for agora, ela morre – Josef responde, concentrado no atendimento.

– Vão os dois, então. Eu carrego a mulher, quando Josef acabar. Já alcançamos vocês.

Martin não se descuidaria da segurança de Salina ou de Josef.

Com uma troca de olhares hesitantes e preocupados, o policial e Salina saem em direção ao túnel.

Josef rapidamente prepara e aplica no rosto da mulher algumas compressas de água fria. Em seguida, envolve com cuidado toda a cabeça e o pescoço com uma bandagem do kit de primeiros socorros. Somente então ele reconhece na mão da vítima de queimadura o luxuoso anel de diamante de Madame Jurilique. Josef fica paralisado.

– Alguma coisa errada? – Martin pergunta, preocupado porque mais uma explosão acaba de abalar o prédio, e eles ainda estão ali.

– Nada.

A formação de Josef e seu desejo de salvar vidas facilmente anula qualquer outro pensamento que lhe possa ocorrer sobre a desequilibrada e corrupta ex-chefe. Ninguém merece a dor causada por queimaduras de tal gravidade. Nem mesmo uma mulher como Madeleine Jurilique. Josef percebe o desespero nos olhos dela, antes de cobrir seu rosto completamente, na tentativa de salvar a carne queimada.

– Pronto. É o melhor que se pode fazer no momento.

Martin está para jogar o corpo da mulher sobre o ombro, quando Josef o impede, segurando seu braço.

– Precisamos tentar manter o rosto nivelado ao máximo, senão o sangue corre para a cabeça.

Perseguidos por fogo e explosões, os dois homens carregam Jurilique, com a face voltada para cima, o mais depressa possível, esgoto adentro.

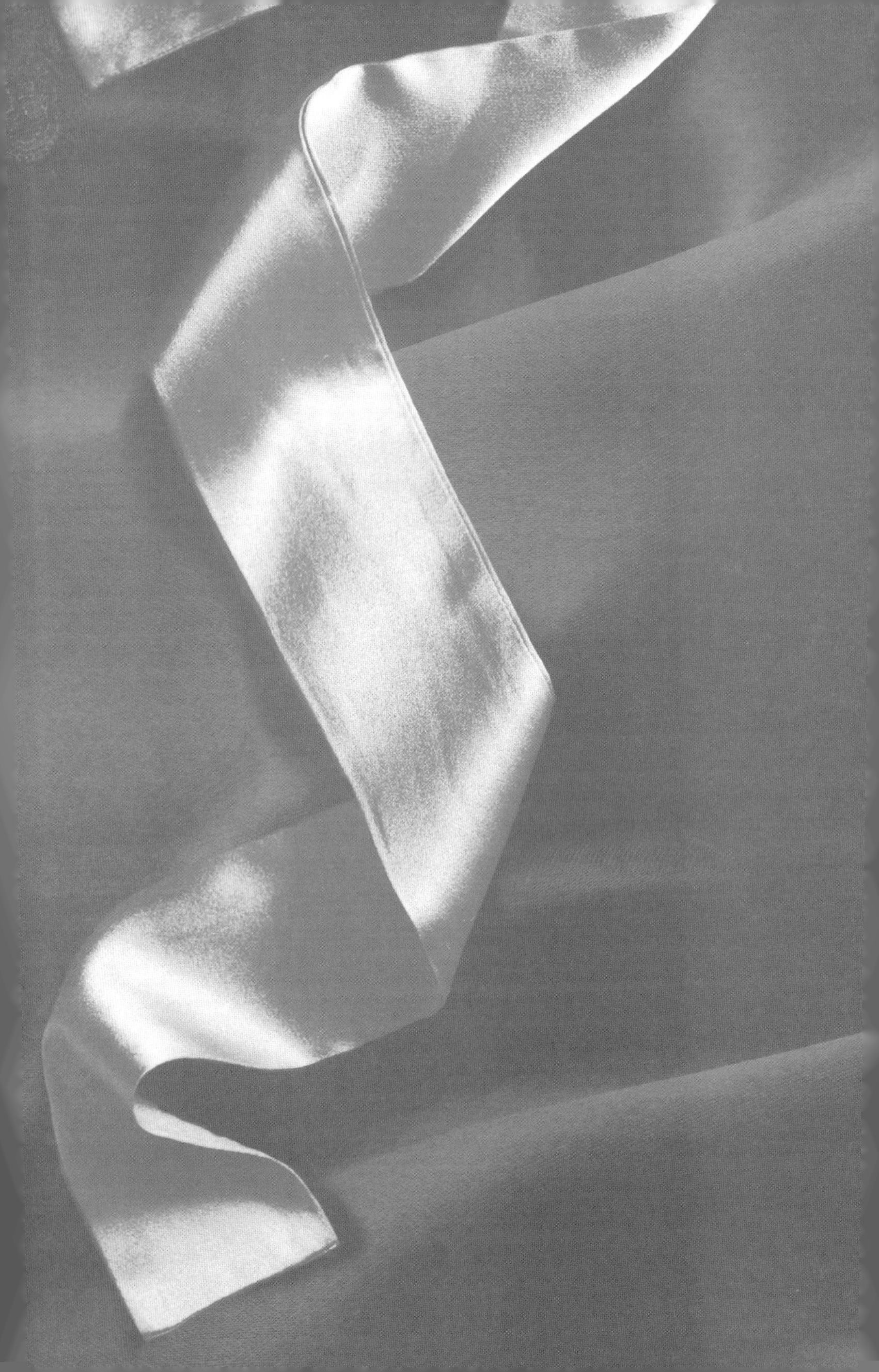

Parte 7

"A Terra não pertence ao homem:
o homem pertence à Terra.
Todas as coisas estão conectadas
como o sangue que une uma família.
O homem não tece a teia da vida;
ele é meramente um fio dela.
Qualquer coisa que fizer à teia,
ele faz a si mesmo."

– Chefe Seattle, *"Letter to all"*, 1854.

Alexa

Meu estado de consciência varia frequentemente, embora eu controle cada vez menos as variações. Em algumas ocasiões, percebo com clareza o que acontece à minha volta; em outras, sou transportada para outro tempo e lugar. Percebo vagamente que meu corpo prefere descansar, mas minha alma está tão cheia de disposição e vitalidade, que me arrasta. Ouço os sons em torno de mim, mas, como ninguém fala comigo, eu me concentro inteiramente em mergulhar no mundo espiritual.

Em um desses retornos à consciência, noto que estou rodeada pelas mulheres da tribo. Não há homens na cabana: apenas mulheres, que cantam em volta do meu corpo em repouso. Sem energia para qualquer movimento mais forte, apenas viro a cabeça de um lado para o outro. Meus olhos se abrem mais, quando percebo o que acontece à minha volta. As mulheres vestem roupas simples e tradicionais que mal lhes cobrem o corpo, e uma delas usa um cocar bem trabalhado com penas e contas.

Estamos em uma pequena cabana de palha, bem fechada, e o ar que eu respiro é denso e turvo, por causa de umas pedras e plantas que soltam fumaça no canto. Presumo que seja algum tipo de incenso.

Não se ouve uma só palavra. Além de não sentir necessidade de falar, sei que ninguém responderia. Estou confortável com isso, e o silêncio parece preservar a pouca energia que tenho. Penso nos meus filhos, que não estarão comigo enquanto durar esta jornada de dimensão atemporal. De algum modo, sei que estão seguros, e que minha ausência não lhes parece tão demorada. Isso me tranquiliza em relação a eles.

Olho nos olhos da mulher com o cocar, que se aproxima e toma nos braços a minha cabeça. Sempre entoando seu canto, ela derrama um líquido nos meus lábios e me devolve à posição anterior. O canto das mulheres fica mais forte, minhas pálpebras se fecham, e eu volto para o olho da águia, que voa alto sobre as terras exuberantes da Amazônia.

Recobro mais uma vez a consciência e vejo que pintam meu corpo, em movimentos breves e delicados. Minha sensação de fraqueza impede qualquer movimento. É como se eu só existisse neste corpo através dos meus olhos, embora experimente todas as sensações. Estou desconectada, mas consciente.

A imobilidade do corpo físico me impede de registrar no diário as visões esclarecedoras que tive. O mundo atual e o mundo passado alternam-se e confundem-se facilmente. Não consigo lembrar quando vi Jeremy ou Leo pela última vez, pois o tempo deixou de ser uma medida compreensível para mim. Presumo que estejam por perto, mas entendo que esta preparação pela qual estou passando, com a assistência das mulheres da tribo, é de alguma forma uma atividade estritamente feminina.

Noto que me tiraram as roupas. Meu corpo está sendo decorado com finas linhas de tinta escura, sem dúvida extraída de alguma planta. Só posso concluir que me preparam para um tipo de ritual ou evento sagrado, não imagino qual. No entanto, por tudo que vi e experimentei – se esse for o termo correto – sei que não preciso me preparar: basta aceitar o que vier a acontecer. Talvez tenha chegado finalmente o meu momento de encontrar o pajé.

Estou perfeitamente imóvel, enquanto as mulheres cantam e continuam suas atividades em volta de mim. Meu corpo se sente bem, servindo de tela à obra de arte delas. Considerando-se a riqueza de detalhes com que aplicam as pinceladas, este projeto não fica pronto tão cedo.

Mais uma vez minha cabeça é erguida, e sinto o morno chá de ervas entrando em minha boca. Em instantes, estou voando novamente.

***

A embarcação em más condições aporta em terras da Irlanda, chegada das águas geladas do norte do Oceano Atlântico. Alguns homens estão exaustos, alguns morreram, mas a maioria vem ansiosa para arrasar a terra recém-descoberta. Clavas nas mãos e elmos na cabeça, os homens percorrem o campo, em busca de civilização, comida, abrigo e riqueza de qualquer tipo, para expandir seu império. O grupo de nórdicos robustos, cobertos com peles de animais, é silenciado pelo líder, que avista chamas trêmulas no alto da montanha. A passos largos, os homens se aproximam, para ver de que se trata. Ao chegar, eles parecem hipnotizados pelo inusitado da cena que se revela diante de seus olhos.

Sob a luz da Lua, no momento em que o crepúsculo ainda não se transformou em escuridão completa, encontram-se 6 mulheres e 6 homens, cada um deitado sobre uma das 12 rochas em formação circular, despindo-se de suas roupas simples. Quando ficam nus, uma mulher, coberta apenas pelos longos cabelos negros, usando na cabeça uma grinalda de flores douradas, surge no centro do círculo, como se saísse das chamas, e beija os genitais de cada um, como que para acender-lhes a paixão. Ela se move em sentido horário, em torno dos 12, em um gesto de consentimento para que sintam, toquem e explorem um ao outro, em suas partes mais sensuais. De volta ao centro do círculo, a mulher começa a cantar e dançar, adotando tempos e ritmos diferentes para cada pessoa. Os homens se movem em uma direção, as mulheres em outra, para a frente e para trás, em uma frenética exploração do corpo. Os gemidos de prazer se intensificam. No centro, a moça com a grinalda dança em movimentos sinuosos. Seu canto atinge um verdadeiro êxtase. Como que diante de uma deusa, o pequeno grupo a rodeia. Neste momento, sinto meu espírito puxado diretamente para o corpo dela, e nos tornamos uma só. Eu sou aquela mulher.

A pura sensualidade do ritual pulsa em minhas veias, e percebo que sua energia contém as violentas intenções dos homens nórdicos, que nos observam. Sua crescente excitação supera temporariamente a necessidade de saquear e roubar. Os 12 corpos me cercam, com a reverência própria a uma alta sacerdotisa, e eu me entrego avidamente a eles, abrindo braços e pernas, e jogando a cabeça para trás. Cada pessoa se concentra em uma parte do meu corpo: pescoço e orelhas, seios, coxas, barriga e sexo. Por elas, pelo meu povo, alcanço novas dimensões, para a glória da nossa deusa. A única parte intocada do meu corpo é a boca, que continua a emitir sons quase sobrenaturais e, ainda assim, expressivos. Mãos fortes abrem mais as minhas pernas e erguem meu corpo, oferecendo-o às estrelas. Línguas e dedos acariciam com reverência minhas aberturas sagradas, enquanto meu corpo estremece de prazer. Um canto carregado de emoção atravessa a noite e chega ao céu. Os corpos me envolvem, até que, ao cessarem meus sons sublimes, sou delicadamente devolvida ao solo ainda trêmula, mas iluminada e reverenciada. Somente quando fico absolutamente imóvel e fecho os olhos, os outros retomam suas atividades sensuais – cada casal se une para completar o ato que garante o nascimento da próxima geração.

O chefe dos Vikings percebe que a maioria dos seus homens se masturba, excitada pelo que acaba de ver, e chama a atenção deles em voz baixa. Alguns, em pleno clímax, tentam engolir os sons do próprio gozo. Como um grupo bárbaro, mas disciplinado, eles se aproximam dos habitantes locais para fazer o que fazem melhor: conquistar. Quando o líder chega perto da deusa de cabelos negros, ela continua perfeitamente imóvel no chão, como que em transe, as palmas das mãos sobre o coração.

O chefe dos Vikings ordena a alguns homens que voltem ao navio com sua carga de seres humanos, e a outros, que continuem a procurar comida. O gigantesco guerreiro branco debruça-se sobre a mulher, observando sua figura serena, absorvendo sua beleza, lembrando sua voz. De repente, ele a beija com força, enfiando a língua em sua boca, como se tentasse chegar ao local de onde saíram tantos sons sublimes. Em seguida, aperta-lhe os seios com as mãos calosas. Ela permanece imóvel sob ele, que arranca a roupa, revelando o pênis ereto e a potência da sua virilidade. O homem está para penetrar no corpo da mulher, quando ela abre os grandes e brilhantes olhos cor de esmeralda, cegando-o temporariamente.

Ninguém me tomaria contra a minha vontade. Meu corpo se ergue lenta e decididamente, e faz o Viking a cair de joelhos. Assim, ficamos da mesma altura. Sem piscar, meus olhos encontraram os dele, superando sua força com a minha magia. Eu me posiciono, nua e úmida sobre ele. Meus cabelos longos mal me cobrem os seios, e passo as coxas em volta de sua figura majestosa. Sei que sou capaz de recebê-lo dentro de mim. Eu, a alta sacerdotisa, jogo a cabeça para trás. Ao libertá-lo da prisão do meu olhar, assumo o controle de seu prazer, subjugando-o completamente ao meu encantamento sexual. Ele me abraça forte, como se sua alma dependesse da essência das batidas do meu coração, e nosso desejo cresce até o ponto da paixão mútua, quando ele explode como um vulcão dentro de mim, liberando sua semente Viking no meu ventre, como se criássemos a própria Terra. Seus gritos roucos e profundos de "Freya!" – deusa nórdica que protege sexualidade, fertilidade, amor, beleza – unem-se à minha voz melodiosa, e nos tornamos um só.

Essa é a primeira vez em que o Viking experimenta um ato de bondade e afeto. A primeira vez em que recebe o toque espontâneo de uma mulher. Suas lágrimas refletem os olhos verdes acinzentados de Jeremy, e neles reconheço o início explosivo da união de nossas almas, estabelecendo o caminho mais sagrado e abençoado pelos séculos ainda por vir. "Anam Cara".

Como alta sacerdotisa, beijo as lágrimas que escorrem pelo rosto do Viking, retribuindo agressão com amor. Cercados pela vegetação, trocamos beijos e carícias, até o pênis dele ficar suficientemente flácido para sair de mim. À luz da aurora, ele passa a mão na pequena marca de nascença, em forma de coração, que tenho logo acima do bico do seio esquerdo, e dá-lhe um beijo, desta vez com delicadeza, tal como fiz com ele.

Nossas almas – a de Jeremy e a minha – estão para sempre unidas na magia e no poder dessas origens que despertam a essência do sangue que cura.

Somente quando chego a essa conclusão liberto-me do corpo da alta sacerdotisa e volto ao meu estado etéreo.

Vejo que o Viking nunca mais retorna a seu barco, e abandona os assassinatos e pilhagens. A sacerdotisa e o Viking viajam pelas terras do Norte – ela oferece rituais aos deuses e deusas em agradecimento por saúde e fertilidade; ele ensina os homens a compreender, em vez de temer, a sexualidade das mulheres. Sua união é baseada em amor e desejo. Por não se cansarem sexualmente um do outro, desejam e exploram sua natureza carnal.

O tempo avança, e eles têm 12 filhos, representando simbolicamente a conquista que os reuniu. Três de suas filhas trazem a marca de nascença em forma de coração em algum lugar do corpo, sempre do lado esquerdo: uma no pé, uma no ombro e uma na nádega. Elas possuem o dom da mãe, de curar e de cantar com a alma, demonstrando mais compaixão e consciência espiritual do que as outras crianças. A mãe lhes ensina tudo sobre magia, e sua habilidade é transmitida por muitas gerações. A marca em forma de coração vai ficando mais fraca a cada nascimento, tornando-se um sinal lendário e abstrato da magia, em oposição à realidade... Mais uma vez, porém, todas as lendas parecem fundamentadas em alguma forma de verdade, quando se bebe de sua fonte.

Agora compreendo que nenhum desses acontecimentos é fruto do acaso: todos levam a este divisor de águas na minha vida. Recebi o privilégio e o dom de testemunhar as vidas dos meus antepassados, os fragmentos da minha alma. Sei que tenho a força e a coragem de deixar o passado para trás e, destemida, aventurar-me no futuro com o homem que a minha alma procurava há séculos. Com o ciclo completo, acredito do fundo do coração que essa integração será possível quando as estrelas se alinharem, exatamente como Leo disse.

***

Quando volto a abrir os olhos para este mundo terreno, um homem que nunca vi segura minhas mãos. Estamos sentados de pernas cruzadas, e eu me sinto hipnotizada por ele. Seu cocar, decorado com muitas penas dos pássaros mais coloridos desta imensa selva, é o mais elaborado que vi até o momento, nesta jornada.

Sinto a energia correr pelas palmas das nossas mãos, como se literalmente pulsasse através dos nossos corpos, comandando cada batida do coração. A presença dele me absorve tanto, que não vejo mais nada ao meu redor.

Assim que nos encaramos diretamente, ouço o som de um tambor tribal, que começa devagar, como se buscasse ajustar-se ao nosso ritmo. Permaneço física e mentalmente presa ao homem.

Saímos do corpo temporariamente e voamos juntos, a uma altura suficiente para que eu veja a cena abaixo de nós iluminada apenas pela fogueira e pela Lua cheia. Meu coração se enche de ternura quando identifico Jeremy e Leo sentados junto a mim e ao pajé, de olhos fechados.

Ao voar um pouco mais alto, noto as mulheres que cuidaram de mim, cantando e dançando em volta do fogo com seus homens, ao som das crescentes batidas do tambor. Todos permanecem calmos, como que em preparação para o que está por vir.

Meses atrás, eu não me reconheceria na minha aparência atual. É como se eu tivesse passado por todas as transformações possíveis. Os cabelos, que não usava tão compridos havia anos, têm algumas partes trançadas e outras soltas, enfeitadas com penas e contas entrelaçadas. O corpo está levemente mais esguio, como consequência da menor quantidade de comida e das caminhadas pela floresta. Sob os elaborados desenhos nos braços, pernas, ombros, costas e barriga, a pele tem um brilho saudável.

Alguns dos muitos colares de contas que trago no pescoço ultrapassam a linha da cintura. A saia, de um tecido cuidadosamente trabalhado, mal me cobre as partes íntimas. Os seios nus – a não ser pelos colares – tiveram as aréolas pintadas com um corante avermelhado, e os mamilos, em preto, como se representassem olhos que tudo veem.

A mulher que observo parece selvagem, exótica. Em circunstâncias diferentes, eu teria negado ser esta criatura. Agora, porém, sei que ela resulta das muitas visões que tive, durante o voo da alma. Estou completamente serena, como uma deusa que aguarda alguma forma de reencarnação. Mal esse pensamento me passa pela mente, sou abruptamente devolvida ao meu corpo, em um verdadeiro baque.

É que o homem sentado à minha frente, dono de magia tão poderosa, soltou as minhas mãos. Agora, percebo tudo à minha volta e posso olhar nos olhos dos homens que organizaram esta viagem. Jeremy, embora pareça cansado e um tanto oprimido por tudo que se passa, está cheio de amor e admiração – de respeito, mesmo, por ter-se envolvido neste evento.

Quando me volto para Leo, eu o reconheço perfeitamente como o meu protetor espiritual, o homem que esteve ao meu lado em muitas vidas, cuidando de mim e da minha linhagem de sangue, quando ela correu riscos mais sérios. Agora entendo por que, nesta jornada, as minhas descobertas em relação ao passado têm tanta importância para ele, para nós.

De repente, cessam os cantos, as danças e o toque dos tambores. Estamos os quatro sentados junto ao fogo, rodeados por pessoas da tribo. Ninguém fala. Até a floresta parece quieta, à espera do que vai acontecer.

Uma vasilha moldada em argila, tendo até a metade uma bebida fumegante, é entregue ao pajé pela mesma mulher que cuidou do meu corpo e do meu espírito, antes que eu acordasse aqui. Embora já não lembre quando foi a última vez em que ingeri alimento sólido, não sinto a menor necessidade de comida. O pajé inspira profundamente o aroma do conteúdo da vasilha e entoa um cântico, de olhos voltados para o céu. Em seguida, tira de uma espécie de bolsa, que usa sobre a roupa bordada, um pó, que salpica sobre o líquido quente, provocando chiado e fumaça.

Ele toma o primeiro gole e abaixa a cabeça por um momento. Então, entrega a vasilha a Leo, que a passa para mim. Sob os olhares fixos de Leo e Jeremy, faço uma breve pausa para cheirar a beberagem. Tal como as outras, esta tem um cheiro bastante amargo, e, com a pouca iluminação, fica difícil determinar sua cor.

Ciente de que este é o clímax da minha viagem pela selva, e de que é para isso que estou aqui, engulo depressa uma boa porção da beberagem, antes que desista, por causa do cheiro. Em seguida, abaixo também a cabeça – não em sinal de respeito, porém: apenas para ajudar meu organismo a reter a bebida e aceitar o gosto, uma vez que o efeito sobre a mente é imediato. Depois de me endireitar, entrego o copo a Jeremy, que segue o sentido horário, passando-o diretamente ao pajé. Ele toma outro grande gole e entrega a vasilha, desta vez a Leo, que bebe também um bom gole e me devolve.

Lembro-me de Leo ter mencionado, em determinado momento, que o objetivo principal do nosso encontro era o voo com o pajé, a quem caberia determinar, por meio do meu espírito, se alguém nos acompanharia. Caso isso fosse necessário, a outra pessoa assumiria um papel secundário na experiência. Assim, só posso concluir que seja essa a razão de Leo participar da segunda rodada. Tal como Jeremy, quando lhe passo a vasilha. Desta vez, a bebida me deixa na boca um gosto agri-doce, e o calor me aquece de dentro para fora.

A bebida continua a circular, até o pajé tomar o último gole. Quando a vasilha é devolvida à mulher com o cocar, o pajé indica que devo segurar as mãos dele, e novamente olhamos bem fundo nos olhos um do outro.

À nossa volta, os tambores e o canto recomeçaram à luz do fogo. A um sinal de cabeça do pajé, Jeremy e Leo colocam cada uma das mãos acima e abaixo das nossas. Sinto a energia deles pulsar através do meu corpo, como se as batidas do tambor buscassem entrar em sincronia com as batidas dos nossos corações.

Depois de passar alguns momentos de olhos fixos nos olhos do pajé, sinto o solo tremer violentamente, como se visse o mundo através das lentes de uma câmera sacudida de um lado para outro. Ainda assim, meu corpo parece perfeitamente equilibrado. A impressão é muito diferente das experiências que tive durante a jornada até este lugar sagrado.

De repente, o abalo se modifica com um puxão que me arranca do ser físico o coração e a mente. A força intensa e opressiva se mantém até eu me soltar e sair girando. Os outros giram também, cada vez mais rápido, até nossos corpos se reduzirem a um borrão fluido dentro de um círculo de luz criado pelas chamas da fogueira. A sensação atordoante continua, e nos tornamos uma só entidade. Sinto que devo segurar com força as mãos deles, para não correr o risco de cair e me despedaçar sobre uma pedra.

Em tal velocidade, já não consigo ver os rostos dos outros; apenas o contorno do aro dourado, dentro do qual estão as nossas formas, cada vez mais reduzidas. Quando os giros atingem uma rapidez quase insuportável, tudo cessa bruscamente, e sou lançada em uma escuridão tão intensa, que não enxergo a minha mão, ainda que a aproxime do rosto.

O som do meu coração aos pulos é avassalador. Quando o pajé me deu a beberagem, eu estava sentada. Agora, porém, estou de pé, imóvel, em meio ao silêncio e à escuridão absolutos, como que prestes a penetrar em um grande mundo desconhecido. Apesar da força com que meu coração pulsa, uma sensação de calma e determinação invade meu sistema nervoso. Certa de que tudo vai ficar bem, não sinto medo. Estou pronta para a próxima etapa.

Com essa segurança, minha respiração se normaliza, enquanto meu corpo – os olhos, em especial – ajusta-se à misteriosa escuridão. Pelo que sei, posso estar no centro da Terra ou em outra região do universo. Em meio às trevas surge um ponto de luz, que não sei se é pequeno e está perto de mim, ou se é grande e está longe. Perdi a orientação espacial e a noção de profundidade e amplitude. Depois de alguns momentos, a claridade vai aumentando, e dá a impressão de vir na minha direção. O que me parecia um vagalume é agora uma chama, que começa a me aquecer e, de repente, divide-se em duas – uma à minha frente e a outra atrás de mim.

A luz revela as silhuetas de dois corpos femininos que trazem lanternas na ponta de lanças de bambu, os seios cobertos apenas pelas contas dos cordões que trazem ao pescoço e saias curtas bordadas, menos trabalhadas do que a minha. Uma das mulheres tem nos seios a mesma pintura que fizeram nos meus, e a outra, anéis dourados nos mamilos, o que os deixa eretos. Sinto nos meus o afluxo de sangue, provocado pela visão. Nós três usamos cocares diferentes, o que me leva a imaginar que tenham algum significado ainda desconhecido para mim.

Ninguém fala. As mulheres me envolvem a cintura com um cordão igual ao que têm na cintura. Assim, ficamos alinhadas, e, quando a que está na minha frente começa a andar, vou atrás. Embora haja luz suficiente para eu ver onde piso, não tenho ideia do que esconde a escuridão que nos envolve. Nada sei do céu, acima, nem das profundezas, abaixo. Estamos dentro ou fora? Nada é muito frio nem muito quente, a não ser as chamas que nos guiam. Avançamos solene e silenciosamente, um passo de cada vez.

Ao longe, a batida grave de um tambor soa como o pulsar do coração da Terra. Meus passos logo se adaptam ao ritmo, intensificando o transe. O caminho é sinuoso, e, depois de uma curva fechada, paramos. Cada mulher pega uma das minhas mãos, para garantir que eu não dê um passo além.

O tambor silencia. De repente, meu campo de visão se tinge de dourado, em uma luminosidade ofuscante.

Tudo cessa: meu coração, meus medos, minhas esperanças, meu mundo, meu ser.

Paralisados.

Não há respiração.

Não há sentidos.

Somente ouro.

A batida do tambor me desperta o coração, submetendo meu corpo ao chamado lento e grave. Com a visão mais clara, descubro que estamos na entrada de uma caverna gigantesca, a maior que já vi. Bem abaixo, vejo as mulheres que me prepararam para este momento. Sentadas no chão, formam um círculo incompleto. Atrás delas, em semicírculo, os homens da tribo tocam grandes tambores, cujo som chega à caverna e atravessa nossos corpos, unindo mente e espírito.

O caminho ao longo da caverna nos leva ao encontro das pessoas que estão lá embaixo.

Separada das minhas companheiras, sou colocada no centro do círculo. De pé, estou cercada por 12 mulheres que, como eu, vivem um profundo transe, não necessariamente deste mundo. Sou a 13ª mulher. Sozinha no meio do círculo, sei que estou cercada de compaixão e amor incondicional. Todos os meus poros absorvem esses sentimentos, e as batidas pulsantes dos grandes tambores assumem o controle dos nossos corpos. Enquanto nos movemos de acordo com o ritmo, algumas mulheres cantam. Suas vozes melodiosas conferem profundidade e harmonia a este despertar espiritual. Nossos corpos deixam de existir como entidades separadas, passando a ser uma só. Completamente perdida na grandiosidade do momento, sinto o inconsciente dominar meu estado mental.

Mais uma vez, percebo tudo sob duas perspectivas: pelos meus olhos e a cena completa, vista do alto. As mulheres me erguem, como se me oferecessem aos deuses. Em seguida, levam-me para uma câmara, em nível elevado, que parece um altar antigo, e lá deitam meu corpo inerte dentro de uma estrutura circular. Não sinto medo quando prendem meus pulsos e tornozelos ao círculo – apenas aceitação e amor. Uma vez presa, as mulheres me levam à posição vertical, abrem meus braços e pernas, e me rodeiam. É como se eu soubesse desde sempre que isso ia suceder, que estava predestinado a acontecer, e que tudo ficará bem. Compreendo, sem dúvida, que esta é a culminância das minhas vidas ancestrais e das minhas experiências terrenas, desde que reencontrei Jeremy. Aqui e agora.

A única luz natural na caverna vem de uma abertura, por onde se vê o céu. Vênus, o planeta mais brilhante, está diante dos meus olhos. Maravilhada com a beleza do cenário, sinto como se meu corpo se oferecesse para receber seus dons universais. A luz de Vênus me desperta sensualidade e desejo. Em vez de constrangida por estar presa, sinto-me confiante e segura. Sei que preciso da força da gravidade, para não voar rumo a Vênus e ficar lá para sempre. Minha essência vital vai simultaneamente ao passado e ao futuro, buscando a reconciliação, de modo que feridas muito antigas sejam curadas, possibilitando a plenitude do meu futuro.

Mexo os quadris ao ritmo constante dos numerosos tambores tribais, chamando os homens que tiveram papéis importantes nas minhas muitas vidas. Enquanto olho para cima, tentando enxergar o céu pela abertura da caverna, minha visão periférica capta as chamas embaixo, e Leo sai da escuridão.

Ele se coloca atrás de mim e desliza as mãos macias pelas curvas do meu corpo, juntando-se à minha dança sedutora. Não posso ver seu rosto. Como ele é meu passado, nossos olhos não se encontram neste momento. Permito-me experimentar as sensações criadas pelo meu protetor. Nada tenho a temer. Não preciso me arrepender de pecado algum. Sei que ele ocupa o lugar que lhe cabe na minha existência. Seus dedos exploram as minhas formas como se ele se preparasse para dizer adeus ao meu corpo, mas nunca à minha alma.

Jeremy sai do círculo das mulheres, como se elas abençoassem sua passagem sagrada, para estar diante de mim neste momento precioso. Quando nossos olhares de esmeralda se unem, compreendo que este é o homem a quem o universo espera que eu me ligue completa e intensamente há séculos, desde o nosso encontro original, que deu início à mágica do sangue.

Sou invadida por sensações que não são deste mundo, na companhia dos dois homens – um na frente, o outro atrás. Eu me ofereço tanto para eles quanto para Vênus, no alto. Quero, acima de tudo, que adorem o meu corpo, que se consume a nossa união definitiva. Sei que em seus sentimentos não cabem ciúme ou arrependimento, pois eles entendem a importância dos papéis que representam: Leo para me libertar do passado, e Jeremy para fornecer a chave do meu futuro.

Quando os tambores tribais aumentam a intensidade e a frequência das batidas, meu corpo imobilizado fica mais ardente, pelas explorações deles, e ansioso para que se complete a nossa conexão. Enquanto uma lua crescente escura passeia sobre Vênus, Leo faz o pênis deslizar sobre a abertura das minhas nádegas e massageia as carnes fartas dos meus seios. Ao mesmo tempo, Jeremy impede que eu continue a balançar os quadris, e me beija a boca longa e demoradamente, como preparação para o que fará mais abaixo, em seguida.

A dedicação deles ao meu corpo lança a minha mente em um redemoinho que chega às estrelas. Essa veneração me dá prazer e uma vontade desesperadora de tocá-los, em retribuição, de abraçar suas formas masculinas. No entanto, compreendo que isso é o futuro, não o presente. Assim, permaneço ao mesmo tempo solta e presa entre os dois, para que me explorem como quiserem, com beijos e todo tipo de carícia. Os movimentos, cada vez mais lentos e delicados, excitam minhas zonas erógenas, levando-me à beira do precipício, sem dar o passo final. Oh, prazer torturante...

Minha vulva pulsa em resposta às sensações que eles criam. Estou lubrificada, desejando que cheguem às minhas aberturas, para que nos tornemos um só. Os homens da minha vida continuam a provocar sensações divinas, até criar em mim a necessidade insuportável de ser saciada completamente. Jogo a cabeça para trás e grito de prazer, trocando o controle pelo desejo e rendendo-me por inteiro aos prazeres do corpo físico. Não posso falar, mas, pelos gemidos, estou entregue.

A saia e os colares me são retirados. O toque é absolutamente íntimo, pele na pele. Cada terminação nervosa do meu corpo sente-se vivificada, despertada para o prazer do que é e do que vai ser. Percebo apenas o suor do corpo quente de Leo atrás de mim. Nossos olhares em momento algum se encontram. Seu pênis rígido desliza suavemente sobre as curvas e dentro das aberturas do meu corpo. Suas mãos vagueiam livremente pela minha cintura, pelos meus seios e pernas. É difícil segurar o peso do meu corpo, sob o encantamento orgástico dos dedos fogosos de Jeremy entre as dobras dos meus grandes lábios intumescidos.

Leo abre as minhas nádegas e, lenta e delicadamente, encaixa-se por trás de mim. O prazer inebriante me faz suspirar. Quando encontra a posição ideal, pega e acaricia meus seios, ao mesmo tempo em que Jeremy separa minhas coxas úmidas e me preenche o local a que sabe pertencer.

Nunca fui tomada tão completamente. Meu corpo treme de desejo, enquanto eu os aceito dentro de mim com toda a sensualidade, satisfeita com essa plenitude.

Há muitos anos eu sonhava com isso. Sempre me perguntei como seria, se eu teria força e coragem suficientes para aguentar. Agora, finalmente sou presenteada com esse prazer extraordinário, levada até o âmago da minha existência sexual. A pressão intensa é tão primorosamente equilibrada, que um pouquinho a mais provocaria dor. Eu não esperava tanto. Não imaginava tal completude física, psicológica e espiritual.

Abraçado, envolvido pela masculinidade de Leo e Jeremy, meu corpo aceita seu ritmo pulsante, até eles entrarem em uníssono, encontrando a perfeita harmonia de movimentos. Nossos corpos – eu de pernas e braços abertos, eles com os braços horizontalmente ligados à estrutura circular – recriam o famoso Homem Vitruviano, desenhado por Da Vinci, tornando-se um novo símbolo de perfeição. Quando os dois gozam ao mesmo tempo, lançando sêmen no âmago e na essência do meu ser, nossa sinergia combina o espírito da feminilidade divina com a masculinidade viril.

Eu me equilibro no auge de um êxtase sublime. Jeremy e eu continuamos de olhos nos olhos, cheios de admiração. Sabemos que nunca poderíamos ficar juntos se a alma de Leo não protegesse o meu dom. Passamos séculos à espera desta união definitiva, da nossa comunhão de relacionamentos, para terminarmos o que fomos destinados a fazer e a ser. Isso é muito mais do que sexo, do que amor ou do que o dom do casamento. O que vivemos juntos, neste momento, vai além da religião e beira o infinito.

O passado encontra o presente, para possibilitar o futuro.

Nós três somos um só. Sempre foi assim. Sempre será.

Juntos no amor, entrelaçados no toque, nós giramos, nos acariciamos, até o tempo se tornar uma medida irrelevante na nossa existência.

Eu jamais havia experimentado um momento tão sagrado quanto essa explosão de comunhão sexual que recebemos a bênção de compartilhar, enquanto as estrelas se alinham diante de nós. Quando a forma escura que cobria Venus se afasta, meu êxtase chega ao máximo, e nossa combinação de energias é consagrada. Estou tão realizada como sempre estarei, em cada momento da vida. Meus antepassados me trouxeram aqui. Assim, saio do corpo e subo aos céus.

É como se Venus se comunicasse diretamente comigo, enviando seus dons de amor e fertilidade. Agora, meu coração bate por ela, em sua honra, enquanto eu me deixo inundar por sua glória. Poderia ficar aqui para sempre, já que os olhos da minha mente veem o universo sob sua perspectiva. Neste lugar o homem ainda não corrompeu a religião pela ganância e pela necessidade de poder e controle, onde a sexualidade é festejada, e a forma feminina, reverenciada pela capacidade de recriar e reproduzir-se na Terra. Onde a natureza e o renascimento são celebrados e integrados à própria constituição da humanidade.

Vejo inúmeras imagens de deusas e altas sacerdotisas, ligadas à fertilidade e criação, que foram adoradas por várias civilizações. Cabia a elas manter o equilíbrio e a fonte da ordem universal, nutrindo tanto a Mãe Terra como seus filhos.

Beleza, natureza, sexo, amor e intimidade. Terá essa conexão universal, algum dia, permissão para se religar? Tenho a impressão de que o egoísmo fez com que as mentes assumissem o papel principal por um tempo longo demais, permitindo que a Ciência substituísse a espiritualidade e ditasse o novo caminho para o avanço da espécie humana. Saúde, bem-estar e comportamento são influenciados por esse novo regime, embora de alguma forma isolados. O homem desenvolveu drogas para assegurar a longevidade e amenizar a dor, projetadas para nos fazer mais felizes e mais saudáveis. Então, por que existe tanta infelicidade?

Sinto inesperada gratidão pela minha coragem de embarcar nesta jornada, pela disposição de explorar o desconhecido e, mais uma vez, abrir-me à criatividade, à imaginação e ao prazer. Isso manteve a minha alma viva e forte dentro da minha consciência. Compreendo que chegou o tempo. Basta. Mais do que nunca desejamos a reconciliação da sensualidade com a alma. A cura da Terra requer cultivo, amor. Chegou a hora da mudança. É preciso um elevado estado de consciência, para a comunhão definitiva entre Ciência, sexualidade e espiritualidade.

Sinto-me absoluta e completamente cercada de afeto e amor. Quando o brilho de Vênus é ofuscado pelo clarão da lua cheia, nosso ato de intimidade sexual permanece iluminado, e nosso propósito, perfeitamente claro. Nós três existimos para promover essa integração.

Revela-se o objetivo de tudo por que passei nos últimos meses. Meu encontro com Jeremy, as condições do período que passei com ele, quando fui forçada a deixar a concha do meu antigo eu. Reflito sobre a decisão de aceitar a proposta dele e como, na época, comparei-me a Eva aceitando a maçã proibida. Meus valores supérfluos eram baseados em origens que jamais investiguei a fundo; simplesmente deixava-me levar pela maré da sociedade – um código que determinava certo e errado, preto e branco, em um mundo que, claramente, não é para ser assim. Quando, finalmente, porém, aceitei minha sexualidade, abandonando antigos conceitos e convenções, fui desafiada pela ciência e ameaçada pelo medo, o que só serviu para fortalecer minha determinação e esclarecer minhas ideias sobre quem sou e o que pretendo.

Foi uma bênção poder fazer esta viagem para um universo espiritual, além dos reinos que eu considerava plausíveis. Em vez de perguntas, agora tenho respostas. Conheci o que existe além das limitações humanas. Aprendi sobre o amor incondicional e a conexão universal que cada um de nós tem a opção de abraçar, fazendo desses dons uma parte importante da vida.

Enquanto penso nisso, Vênus faz sinal para que eu me junte a ela, pela última vez. Meus amantes me soltam, e eu a sigo, curiosa. Sinto a minha essência ser puxada em direção ao mundo secreto de Vênus por uma espécie de redemoinho, como se uma força magnética agisse sobre o meu umbigo. Quando a força cessa, eu me encontro em uma caverna que me lembra um útero: serena, de paredes lisas e macias, em tons de vermelho, rosa e laranja forte. O coração da Mãe Terra pulsa suave e continuamente, acalmando nossas almas.

Não estou fisicamente aqui, mas compreendo que pertenço a este lugar. Sempre pertenci. Saí daqui e um dia retornarei – embora também saiba, do fundo da minha alma, que jamais parti realmente.

Em sucessivas e maravilhosas ondas, pensamentos, amor e sensações transbordam através do meu espírito. O infinito se reabastece continuamente. Sei que sentimento tão puro e intenso vem da própria fonte da vida. É parte de mim. Corresponde a mim. Estou dentro dele. Sou eu. Sou a mãe que cuida da terra com amor incondicional. Sou coração e útero, abraçando a feminilidade divina e sendo abraçada por ela.

Sinto a presença de alguém junto às paredes circulares da caverna em forma de útero, em comunhão comigo, embora ligeiramente à parte. Ainda não estamos prontos para a conexão total. São as almas mais antigas e sábias da minha irmandade, que me recebem em sua sagrada união. Compartilham do meu amor, enquanto compartilho de sua sabedoria. Cada alma possui dons e talentos únicos. Há muito tempo esperam a minha chegada, para completar nossa conexão circular.

Sinto a alma revigorada, fortalecida, renovada pela conexão com a minha irmandade. O centro do meu ventre é puxado novamente, mas na direção oposta, para longe do conforto infinito do útero secreto. Eu me transformo nas lágrimas que derramo, tanto de alegria como pela tristeza de não saber quando voltarei a este lugar divino, sagrado. Até um novo alinhamento das estrelas.

A luz de Venus diminui, enquanto a luz brilhante da Lua me ofusca temporariamente. É como se, neste momento em que retorno ao corpo físico, a escuridão se estendesse pelo céu acima e dissipasse meu estado de consciência.

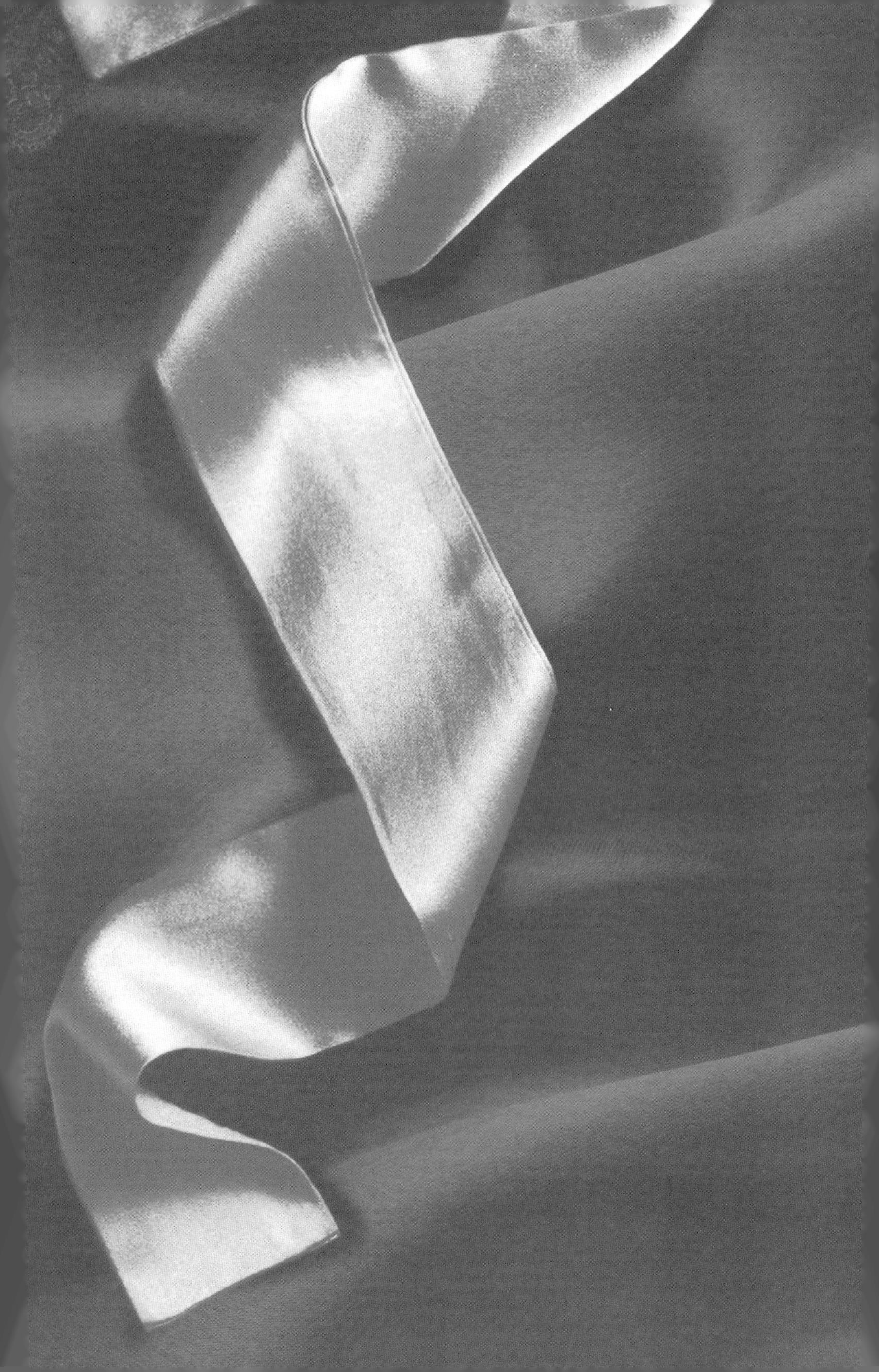

Parte 8

"Arrisque mais do que os outros consideram seguro.
Preocupe-se mais do que os outros acham necessário.
Sonhe mais do que os outros consideram prático.
Espere mais do que os outros julgam possível."

– Cadet Maxim

Alexa

Ao abrir os olhos, vejo luzes ofuscantes e sinto uma dor de cabeça terrível, como se um machado a tivesse partido ao meio. Volto a fechar os olhos imediatamente, na esperança de que a dor diminua, mas não adianta.

Quando tento mexer os braços, para ver se descubro o que há de errado, eles não se movem. Meu estômago se contrai, e o corpo se ergue violenta e involuntariamente para a frente, espalhando vômito.

Sinto-me muito mal. Não entendo o que me acontece nem o que se passa em torno de mim. Quando cessam as ânsias de vômito, caio para trás, transpirando muito. O som indistinto de vozes abafadas vai desaparecendo, enquanto a escuridão me leva para longe, muito longe.

***

Deitada, antes de me dar conta do que se passa, ouço o bip intermitente de uma máquina. Sinto uma dor imprecisa do lado da cabeça. Depois de alguns instantes, tomo coragem de abrir os olhos. Minha consciência volta aos poucos, mas ainda não sei onde me encontro física, mental ou espiritualmente. Não sei nem mesmo em que século estou.

Atingida por uma claridade intensa, tenho uma rápida visão do dia em que abri os olhos em Avalon, meses atrás, depois de ter ficado vendada por longo tempo. Em que parte do planeta estou? Seria esta uma nova versão de Avalon? Sinto-me fraca, e a cabeça dói só de pensar. Noto uma cânula ligada à minha mão e chego a gemer em silêncio, perguntando-me se Jeremy teria voltado ao papel de médico. Onde estou? Onde estão os meus filhos? Por que me deixaram sozinha?

Perco a consciência novamente.

***

Acordo pela segunda vez. Alguém segura a minha mão, e Jeremy se senta à cabeceira da cama. Quando me volto para olhar, ele dá um salto, deixando cair o jornal que estava lendo.

– Alexa, querida, não tente virar a cabeça. Não se mexa.

Ele entra na minha linha de visão e sorri, mas não deixo de notar sua expressão de evidente preocupação. Ao retribuir o sorriso, percebo como os meus lábios estão secos. Minha aparência deve ser horrível.

– Oi – é tudo o que consigo dizer, em voz rouca.

– Bom dia, dra. Blake. É ótimo tê-la de volta.

Quero saber onde estive, mas me contento em perguntar:

– Onde estou?

– Em Boston, Massachusetts.

– Ah...

Tenho voado bastante, ultimamente. Meu estilo de vida simples, "casa e trabalho", parece um sonho distante. Ele percebe minha confusão.

– Você está na Unidade Neurológica de Terapia Intensiva do Brigham and Women's Hospital. Foi trazida para cá assim que descobrimos um afundamento do osso temporal e a possibilidade de ruptura da artéria meníngea.

Ele costuma me bombardear com termos médicos em situações comuns. Agora então...

– Vou ficar bem?

– Sim, querida.

Com um sorriso confiante, ele acaricia meu rosto com as costas da mão. Sinto-me relaxar da tensão que sequer havia notado.

– Ao que tudo indica, você vai se restabelecer totalmente, sem sequelas. No máximo uma dorzinha de cabeça por um mês, mais ou menos. Está sendo muito bem cuidada. Este hospital é afiliado à Harvard University, e faço boa parte do meu trabalho aqui, com o centro de estudo sobre depressão. Nas primeiras 48 horas ficamos muito preocupados, por causa dos vômitos, mas, depois disso, a sua recuperação vem sendo excelente.

Oh, não, mais horas perdidas da minha vida.

– Há quanto tempo estou aqui?

– Menos de uma semana. Não quisemos correr qualquer risco já que se tratava do seu cérebro, GG.

Olho para ele, espantada, e vejo sua testa franzida.

– Ah, entendi, está testando minhas capacidades cognitivas. Não se aflija, Jeremy, sei que você me chama de "garota gostosa".

Ele fica visivelmente aliviado. Nós sorrimos, enquanto ele aperta minha mão.

– Não me lembro de muita coisa – eu digo.

– Você tem tomado analgésicos fortes e tranquilizantes leves, para dar ao seu corpo tempo de se recuperar. Portanto, é mais do que normal a alternância do estado de consciência. Algumas vezes as drogas podem até mesmo causar alucinações ou, no mínimo, sonhos aparentemente reais.

Identificar o real e o irreal é tarefa difícil demais para o meu cérebro.

– Onde estão Elizabeth e Jordan?

– Também estão aqui. Têm feito visitas, em geral à tarde. Sabem que o seu repouso é necessário, mas certamente vão ficar encantados de falar com você.

– Então eles voltaram da Amazônia? Estão todos bem?

Quando tento me sentar, ele põe delicadamente a mão no meu ombro para me manter quieta, enquanto aperta o botão que eleva a cabeceira da cama eletrônica.

– Todo mundo está perfeitamente bem. Nenhum ataque de animal selvagem, nenhuma doença infecciosa. As crianças, assim como Robert e Adam, se divertiram um bocado. Estão preparando um *slide show* com todas as fotos que tiraram, e parece que vão manter contato com Marcu pelos próximos anos.

Antes de responder, repouso a cabeça no travesseiro.

– Ah, que ótimo. É um alívio saber que estão bem. E, então, o que aconteceu comigo? Ou melhor, por que sempre acontece alguma coisa comigo? Ultimamente, parece que todos os episódios da minha vida acabam em medicação na veia.

Jeremy repara que contraio a mão.

– Não se preocupe. Vai ficar livre disto o mais breve possível, logo que começar a se alimentar. Quer um pouco de água?

Faço que sim. Sei que ele procura atender todas as minhas necessidades, cuidando para que eu me sinta valorizada e querida.

– Você não está enjoada, está?

Ele parece arrependido por não ter perguntado isso antes, mas eu o quero comigo no "modo Jeremy", e não no "modo doutor".

– Não, estou bem. Afinal, o que aconteceu?

– Qual é a última coisa de que se lembra?

– Jeremy!

Minha voz sai como um grito rouco. Não quero lembrar agora. Além disso, passam pela minha mente tantas memórias distintas, estranhas e maravilhosas, que preciso de um tempo para organizar, deixando tudo razoavelmente em ordem para ser discutido. Por enquanto, a simples ideia de recordar me dá dor de cabeça.

– Está bem, está bem. Precisa ficar calma. Lembra-se do pajé?

Faço que sim.

– Estávamos sentados com ele, e tudo ficou meio estranho. Leo e eu conversamos por alto, mas temos versões ligeiramente diferentes do que sucedeu. Então, achamos mais sensato esperar até você estar melhor, para juntar as peças. Ao que parece, algumas coisas aconteceram mesmo, e outras, só na nossa mente. De qualquer maneira, estávamos de pé, e, repentinamente, o seu corpo entrou em convulsão, igual à primeira vez em que você tomou a *ayahuasca*...

– Como assim, "em convulsão"?

– Não lembra?

Faço que não.

– A intensidade das convulsões variava conforme a composição da bebida. No começo, eu ficava apavorado, mas fui me acostumando. Vi que em menos de um minuto você entrava em um estado de "calma do outro mundo". Aliás, a descrição é do Leo, não minha.

Jeremy faz uma pausa, beija a minha mão e continua.

– Até que, na última vez, na companhia do pajé, você não teve convulsões no início. Quando ficou de pé, foi como se uma força invisível invadisse o seu corpo, e você começou a girar, com a cabeça jogada para trás, percorrendo toda a clareira onde estávamos. Ficamos em dúvida entre interromper ou deixar, e você continuou rodando, cada vez mais rápido, até cair, batendo a cabeça na pedra.

Levo a mão livre até o curativo, no lado esquerdo da cabeça, bem atrás da orelha.

– Ao ver que estava ferida, saímos imediatamente do estado de transe e começamos a organizar a volta para Miami. Mas, quando você vomitou no avião, eu preferi que ficasse sob os cuidados dos meus colegas neste hospital.

Aperto a mão de Jeremy, ao perceber em seus olhos a intensidade de sua emoção, a preocupação com a minha vida.

– É, parece uma boa decisão. Se você diz que vou ficar bem, é porque vou.

Ele volta para mim e para o presente, e me beija o rosto.

– Vai ficar bem, sim, querida, e é muito bom tê-la de volta. Quer alguma coisa para a dor?

– Não sei. A cabeça ainda dói, mas não muito.

Ele aperta o botão para chamar a enfermagem.

– Tem de ir devagar por algum tempo. Precisou de uma pequena transfusão de sangue pouco depois de chegar aqui.

– Sério?

Esse é mais um choque. Até Jeremy parece meio inquieto.

– O seu sangue não coagulou tão bem quanto o esperado. Então, o cirurgião decidiu que seria melhor, depois que limpou a sua ferida, e...

Ele hesita.

– O que houve, Jeremy?

– Bem, Alexa, tinha sangue nos seus mamilos durante o seu voo da alma, e eu não podia compreender qual era a causa. Parecia sangue velho, em vez de sangue vivo. Foi muito estranho...

Ele coça o lado da cabeça, como se ainda tentasse encontrar uma teoria científica aceitável.

O rosto de Caitlin aparece na minha mente.

– Uau, isso é impressionante. Devo realmente ter estabelecido uma conexão com ela.

Jeremy me olha espantado.

– Conexão? Como?

– Tenho tanta coisa para contar... Digamos que, durante o meu voo da alma, uma moça chamada Caitlin... Bem, suponho que de uma maneira estranha eu e ela éramos uma só...

Percebo que vai ser difícil explicar, agora que estou de volta ao "mundo presente", à realidade.

– Ela teve os mamilos perfurados. Portanto, acho que essa pode ser a razão do sangue nos meus. Eu fiquei ligada a ela, Jeremy, como se ela fosse parte de mim. Eu sentia tudo que ela estava sofrendo.

Ele me olha pensativo.

– Sabe, querida, antes da viagem à Amazônia eu diria que você está doida varrida, ou pelo menos prejudicada mentalmente pelo golpe na cabeça. No entanto, depois de tudo que vivemos, tenho de admitir que existem coisas não explicadas pela Ciência e pela Medicina. E a amostra de sangue comprova.

– Olho para ele.

– Sangue dos meus mamilos? – pergunto, atônita.

Ele concorda.

– Embora seja do grupo AB e apresente alguns atributos do DNA similares, definitivamente não é sangue seu. É um completo mistério.

Não contenho um sorriso.

– É sangue de Caitlin.

Quanta coisa essas palavras e ideias me trazem à mente... Quanta coisa eu não entendia, antes da minha experiência amazônica... Fecho os olhos, recordando por um momento o que o universo me ensinou: a razão de estar aqui com Jeremy, o motivo pelo qual Leo esteve no meu passado e estará no meu futuro, e o que podemos alcançar todos juntos. Ouço Jeremy ao fundo dizer que preciso descansar o máximo possível, se quiser estar em casa no Natal.

Um golpe me devolve à realidade tão abruptamente, que não sei como não pensei nisso antes. A lembrança da situação que deixei para trás surge e cobre meu corpo inteiro, como um manto de puro terror.

– O que houve, Alexa? Ficou pálida de repente!

Jeremy examina o monitor, quando a enfermeira entra no quarto.

– E Jurilique? Sou uma mulher condenada?

Meus braços e pernas tremem, enquanto imagino as fotos e as manchetes. O que os meus filhos vão pensar de mim? Talvez não queiram mais me ver, depois de tomarem conhecimento de tudo que fiz...

– Acho que ela vai entrar em choque outra vez.

A enfermeira se apressa em acrescentar alguma coisa ao soro e entra em contato com o médico.

Jeremy, me diga! Quero gritar, mas as palavras só se formam no meu cérebro, já que estou paralisada de medo. Ele me segura as mãos e olha no fundo dos meus olhos, enquanto uma sensação de calor toma o meu corpo.

– Não tem com que se preocupar. Apenas descanse agora, querida, feche os olhos. Tudo vai correr bem, prometo.

Ainda tento permanecer consciente, mas o quarto e os amorosos olhos verdes de Jeremy aos poucos desaparecem, e mais uma vez mergulho no nada.

***

Ao acordar, dou com uma espetacular paisagem de inverno lá fora, através da vidraça da sacada. Preciso me beliscar, para ter a certeza de não estar sonhando – de novo.

Sempre quis viver a experiência de um *White Christmas* – um Natal branco, mas nunca tive a oportunidade. E, agora, aqui estou eu em Whistler, British Columbia, já que Leo reuniu todo mundo em seu chalé de esqui. Embora sinta falta da minha família e do banquete de frutos do mar, seguido de algumas horas de prática de surfe na praia, que compõem um Natal no verão da Austrália, sei que vou aproveitar ao máximo, na companhia dos meus filhos, cada minuto desta época mágica do ano, nesta parte do mundo tão especial. Isto é, se as crianças voltarem de mais uma sessão de *snowboard*. Elas estão encantadas com o novo esporte, e, pelo que vejo, Jeremy e Robert não perdem uma oportunidade de levá-las a passear, sempre que pedem.

Como ainda preciso de repouso, minhas noites são longas, e os dias, irregulares. Jeremy me diz que isso é bom sinal e parte do processo de cura, já que as dores de cabeça estão sob controle. Chegamos há poucos dias, e vim tão exausta da viagem, que sequer consegui sair e explorar o terreno da belíssima casa de Leo. Nem me preocupei em levantar a possibilidade de esquiar, porque já podia imaginar a resposta. Além disso, tenho de admitir que, depois de tudo que me aconteceu, não teria energia para andar em botas de esqui, e muito menos para carregar o equipamento. Fico satisfeita com um chocolate quente e um cochilo ao pé do fogo.

Pelo que vejo, Leo e Jeremy passaram muitos Natais aqui com suas famílias. Saber disso aumenta para mim a importância destes dias, pois posso ter certeza de que me tornei parte integrante da vida deles. Com uma boa espreguiçada, reflito sobre tudo que ocorreu nas últimas duas semanas.

Foi com alegria e alívio que descobri, por intermédio de Martin, que Josef e Salina saíram em segurança das instalações da Xsade, em Lake Bled. Descobriu-se que o novo sistema de segurança tinha falhado severamente, causando uma série de explosões muito mais poderosas do que o esperado e, de alguma forma, provocando explosões secundárias que incendiaram e praticamente destruíram todo o complexo. Felizmente, Salina tinha conseguido localizar Josef, e eles escaparam na hora certa, não antes de tentar salvar Madame Jurilique, presa embaixo de uma máquina. Mesmo depois de tudo que ela lhe havia feito, a compaixão de Josef foi maior. Em vez de deixá-la morrer, fez o que pôde para salvar seu rosto, queimado por produtos químicos.

Já do lado de fora das instalações, levada por Martin e Josef, Jurilique foi recolhida por uma equipe de emergência que a levou diretamente para o hospital. As queimaduras químicas foram tão sérias, que ela ficou totalmente irreconhecível, e devo admitir que não desejaria isso ao meu pior inimigo – que, por acaso, suponho que seja ela. A situação toda é terrível. Na noite passada, Jeremy disse que as mais recentes informações sobre seu estado dão conta de que ela contraiu *staphylococcus aureus*, ou infecção por estafilococo dourado, durante uma de suas cirurgias no rosto, e não está reagindo a nenhum antibiótico. O prognóstico é que ela talvez não sobreviva até o Natal.

Saber que Josef reencontrou a esposa fez meu coração se encher de alegria. Ele foi convidado a assumir um alto cargo em um laboratório farmacêutico renomado, com sede na Alemanha, com o qual Jeremy faz muitos trabalhos de pesquisa. Trata-se de uma instituição conhecida pelos valores éticos e pela abordagem muito mais equilibrada em relação às pessoas, ao planeta e aos lucros, o que é ótima notícia. Segundo me disseram, ele está em dúvida entre essa proposta e o trabalho ao lado da mulher com os Médicos sem Fronteiras em países do Terceiro Mundo, por uns dois anos, afastando-se temporariamente da insanidade corporativa de que fez parte. A decisão deve ser tomada logo depois do Ano Novo.

A Xsade, como entidade corporativa, foi à falência, devido a seu nível de endividamento e à vultosa quantia necessária à reconstrução. Alguns diretores enfrentam acusações de homicídio, uma vez que houve cinco mortes, como resultado da explosão, o que é terrível. Louis e Frederic foram incluídos nesse cálculo, bem como membros da equipe de segurança da Xsade, que percebeu tarde demais a falha do sistema. Não posso deixar de pensar no fim de Madame Jurilique e em como uma só maçã podre, em posição de comando, pode ser traiçoeira e perigosa para a vida dos outros. O risco de eu ser obrigada a permitir a análise do meu sangue e do sangue das minhas crianças desapareceu por inteiro, bem como as fotos e as manchetes, que felizmente nunca chegaram à Internet.

As notícias merecem uma comemoração com champanhe, embora desde o acidente eu não tenha a menor vontade de beber. Até me sinto mal, só de pensar nisso, provavelmente por causa da minha cabeça. Talvez, quem sabe, um golinho no dia de Natal.

Uma leve batida na porta da incrível e bem decorada suíte interrompe meu devaneio. Depois de afofar os travesseiros e sentar-me recostada neles, respondo:

– Pode entrar.

Leo abre a porta trazendo uma bandeja com duas bebidas, alguns biscoitos e um jornal.

– Boa tarde – ele cumprimenta.

– Oh, não! De novo?

– Exatamente. Eu disse que tomaria conta de você. Jeremy levou as crianças para fazer umas compras de última hora.

– Obrigada, Leo. Não precisa. Você sabe que sou perfeitamente capaz de cuidar de mim.

Ele me olha com as sobrancelhas levantadas e um sorriso cúmplice. Parece bonito como sempre, de camisa polo e calça esporte.

– Você sabe o papel que estou destinado a representar na sua vida, Alexandra.

Eu me sinto corar. Não tivemos ocasião para muitas conversas desde Avalon, com minha estada no hospital, meu sono constante e o vaivém de pessoas. Agora temos. Com uma frase simples, ele me faz entender que sabe tudo o que sei e, conhecendo Leo, provavelmente muito mais.

– Não adianta lutar contra isso, não é?

Ele simplesmente balança a cabeça, e nem ao menos tenta esconder o sorriso, enquanto eu continuo.

– Mas posso dizer obrigada por tudo, do fundo do coração, não posso?

– Sempre.

Ele pousa a bandeja e me entrega uma xícara de chocolate quente. Acho que vou acabar viciada.

– Posso fazer umas perguntas, enquanto estamos a sós?

Levanto a cabeça, para encontrar seu olhar. Sei que estarei eternamente ligada à sabedoria de seus olhos e de sua alma.

– Com certeza, Alexandra, qualquer coisa.

– Há algumas coisas que não entendi, e sei que, se você não tiver as respostas, provavelmente ninguém terá.

Ele faz que sim e espera pacientemente que eu continue. Leo nunca se precipita. Dá a cada um o tempo e o espaço necessários para avançar no próprio ritmo. Essa é uma das qualidades que admiro nele.

– Você é ligado ao jovem médico, a pessoa que salvou Caitlin e acabou se casando com ela e protegendo as gêmeas, não é?

– O mesmo homem que foi salvo pela mulher do coração, sim.

– E você sabia que ela era uma mulher do coração por causa da marca no corpo.

– É verdade.

– Conheço bem o meu corpo e sei que não tenho nenhum sinal ou marca que indique alguma singularidade no meu sangue. Então, venho tentando compreender: por que eu? E por que o meu sangue? Cada cena que vivenciei no voo da alma mostrava a marca de nascença em forma de coração, em algum lugar do corpo daquelas pessoas, mas eu não tenho nada! Não trago marca de espécie alguma, e, no entanto, meu sangue está ligado ao sangue delas!

Leo pousa sua xícara e pega a minha, deixando as duas na mesa de cabeceira. Em seguida, vira as minhas mãos de palmas para cima e fica me olhando em silêncio, como se eu devesse captar o que tenta demonstrar. Ao perceber, pela minha expressão, como estou confusa, ele sorri.

– Lembra quando o ancião, em Avalon, verificou as palmas das suas mãos e declarou que estava pronta para embarcar no voo da alma?

– Sim, lembro.

Eu me recordo muito bem do momento em que o homem examinou atentamente as minhas mãos e os meus braços.

– Ele soube que você estava pronta por duas razões: primeiro, porque sentiu a sua energia, disponível para o que experimentaria na selva; segundo, porque confirmou que você possui o sinal para formar algumas peças que faltavam ao quebra-cabeça que tentávamos montar.

– Leo, você está sendo enigmático de propósito, ou sou eu que não consigo entender o que está dizendo, por causa do meu ferimento na cabeça? Estou perdida...

– Você tem o sinal do coração, Alexandra, nas palmas das mãos.

Olho fixamente as palmas das minhas mãos como se esperasse uma milagrosa materialização, já que sei não haver nelas marca de nascença alguma. Quando Leo aproxima as minhas mãos, unindo-as lado a lado, custo a acreditar no que meus olhos veem: juntas, as linhas formam um coração perfeito, cobrindo quase toda a superfície. Minha surpresa se reflete na sabedoria do olhar de Leo.

– Alexandra, querida, você realmente possui a marca. Desde que nasceu. As suas linhas da cabeça e do coração, combinadas, tomam o feitio perfeito de um coração, o que é altamente significativo. A Quiromancia, ou leitura das mãos, é praticada há mais de 5 mil anos, embora hoje em dia só se pense nisso como brincadeira, ignorando um conhecimento ancestral. A mão esquerda é controlada pelo hemisfério direito do cérebro, responsável pelo desenvolvimento pessoal ou espiritual, que alguns dizem ser o *yin* ou lado feminino da personalidade. A mão direita – ele levanta a minha mão enquanto fala – é controlada pelo hemisfério esquerdo do cérebro, o *yang*, o lado masculino e mais lógico. O seu destino reflete a junção desses componentes.

Um tanto impressionada pela explicação, mais uma vez fico hipnotizada pelo tom calmo e ponderado de Leo.

– A marca de Caitlin foi se escondendo, conforme ela crescia, transformando-se em mulher. Além disso, a história tentava erradicar a existência da divindade feminina. A sua marca – ele une novamente as palmas das minhas mãos – reflete consciência e integração. A sua marca do coração só é reconhecível quando as duas partes se juntam, quando se encontram direita e esquerda, *yin* e *yang*, masculinidade e feminilidade, observação e intuição, ciência e espiritualidade. No entanto, ela aí está.

Leo faz uma pausa, enquanto eu continuo a olhar as minhas mãos, atônita com o que agora posso ver, embora sempre tenha estado no mesmo lugar. Nem preciso dizer como é estranha essa sensação.

– Quase não consigo acreditar... Isso foi o que ele viu, o que você viu? Mas nunca me disse nada...

– Faria alguma diferença, se eu lhe contasse naquela ocasião? Teria para você o mesmo significado de ficar sabendo agora?

Faço que não. Sou forçada a reconhecer a verdade em suas palavras, e, em vez de guardar para mim, partilho alegremente com ele os meus pensamentos. Minha coruja, meu sábio conselheiro, meu protetor.

– Não, para mim seria apenas uma estranha coincidência da Quiromancia, se me dissesse antes. Se não tivesse visto Evelyn e Caitlin, e o sangue delas marcado nas mulheres através dos séculos, não teria significado algum. Se não tivesse recebido os ensinamentos de Vênus e aprendido o que é a verdadeira espiritualidade, não estaria agora tendo esta conversa com você, e muito menos entendendo o que me diz.

– E o que fará de tudo isso, Alexandra, o que aprendeu?

– Sei que a minha alma e a alma de Jeremy esperam para se reencontrar há séculos, desde que o Viking e a sacerdotisa promoveram o despertar sexual de seu sangue curativo. Sei que temos agora a oportunidade que perdemos tantas vezes, em vidas passadas. Sei que você sempre estará aqui, para proteger minha linhagem de sangue de todos os riscos ou para reunir almas antigas.

Ao olhar aqueles luminosos olhos azuis, entendo que compartilhamos um amor e uma união que nunca vivi, um amor mais elevado, puro, incondicional, não nascido do desejo ou de algo meramente físico.

– Também sei que Jeremy aceita isso. Quando não pôde estar presente, por alguma razão, confiava em que você estaria lá, para me proteger.

As ideias jorram da minha mente, transformando-se em palavras, enquanto Leo mantém o olhar fixo nos meus olhos, que passeiam entre o rosto dele e as minhas mãos.

– Sei que o meu papel será de integração. Construir uma ponte entre a Ciência, a Medicina e os poderes curativos da espiritualidade. Devo trabalhar com vocês dois, para que isso aconteça no decorrer das nossas vidas.

A conversa com Leo me dá uma leveza que há muito não experimentava. Estar perto dele me faz acreditar que tudo é possível, e digo com franqueza que poucas vezes senti isso com Jeremy; alguma coisa sempre impedia a nossa felicidade. Foi assim quando cheguei a Londres e foi assim em Orlando. Nas duas ocasiões a Bruxa se intrometeu entre nós, mas Leo estava lá para assegurar que reencontrássemos nosso caminho e nossa união.

– E quanto a você, Leo, o que acha de tudo que aconteceu?

– Bem, essa é uma longa história, mas a minha opinião é que você e Jaq sempre foram atraídos um para o outro, como se houvesse alguma conexão magnética universal. Dr. Quinn diria que tem tudo a ver com os seus sistemas límbicos, e, sem dúvida, vai continuar a pesquisa sobre as terminações nervosas em torno do córtex, para um dia explicar, científica e exatamente, como a coisa funciona.

Com um sorriso, ele continua.

– Seja como for, essa conexão foi interrompida por muitos acontecimentos, em várias vidas. Os momentos mais importantes desta vida foram o suicídio do irmão dele, que serviu para nos aproximar, e a sua decisão de ter filhos, Alexandra, que lançou vocês em caminhos separados. A sequência de eventos que levaram o meu irmão e o seu marido a se unirem, e você a ser Alexandra Blake, o supremo amor da vida de Jaq, foi coincidência demais. Eu não deixaria de acompanhar isso pessoalmente. Era como se me oferecessem uma oportunidade incrível, e minha intuição me mandou seguir cada mínimo detalhe.

Leo faz uma pausa, para que eu tenha tempo de refletir sobre suas palavras, enquanto nossos olhos se reencontram.

– O experimento ao qual você se submeteu, durante o fim de semana com Jeremy, me despertou muitas recordações. Eu me senti revivendo um passado que não podia compreender. O seu posicionamento, as suas reações, era como se eu já soubesse o que o seu corpo faria. Eu nunca havia experimentado nada semelhante, e sabia que tinha de existir muito mais do que o simples testemunho de um ato sexual intenso. A sua tese explorava os mesmos assuntos em que eu trabalhava havia anos, embora por uma perspectiva diferente. As similaridades eram desconcertantes demais para o meu cérebro lógico. Então, recorri ao pajé, e tudo se esclareceu. Você era tão importante para mim quanto Jeremy é para você. Nossas vidas estiveram e estão entrelaçadas. Se você enfrenta um perigo, cada parte de mim precisa garantir a sua segurança, a sua linhagem de sangue. É meu destino e torna-se meu único objetivo.

Permanecemos em silêncio por algum tempo, analisando a estranha sequência de acontecimentos que nos trouxe a este momento.

Com um suspiro, eu retomo a conversa.

– Ainda há muito a considerar, mas você está certo, eu entendo completamente. Embora essa história de linhagem de sangue ainda me perturbe, espero que tudo se resolva com o tempo.

Ele une novamente as minhas mãos e permanece assim por alguns segundos, como se esperasse em silêncio pelas perguntas que ainda tenho a fazer. Realmente, existe algo que não me senti confortável para discutir com Jeremy, ou nunca encontrei o momento certo. Na verdade, não sei bem como me expressar. No entanto, depois de tudo que passamos, nada pode ser embaraçoso demais. Assim, contrariando os meus hábitos, vou direto ao ponto.

– Obviamente há muito mais a discutir, mas venho me questionando sobre uma coisa em especial.

– Claro – ele me incentiva a continuar.

– Bem, quando estávamos com o pajé e em estado de transe antes do meu acidente, eu suponho... Bem... Tive o que percebi ser um encontro intensamente sexual. Nós três junt...

A porta se abre e Jeremy entra para juntar-se a nós.

– Ah, aqui estão vocês. Ainda na cama, Bela Adormecida?

Não tenho certeza se estou aliviada ou aborrecida pela interrupção. Sei que Leo acharia o momento pouco adequado para continuarmos a conversa. Ainda não estou tão "zen" quanto ele, mas alguma coisa me diz que não vale a pena relatar o que ocorreu quando eu estava amarrada dentro de um círculo. Pelo menos por enquanto.

Jeremy engatinha sobre a cama *king-size* e me dá um beijo na boca, nem um pouco perturbado pelo fato do Leo estar segurando as minhas mãos. Leo beija cada metade do meu "coração" e pisca para mim, antes de afastar-se um pouco.

Com certeza, houve um tempo na minha vida em que teria considerado isso absolutamente inacreditável. No entanto, tendo em vista tudo o que passei com o marido, os filhos, o amante, e agora com meu protetor, quem sou eu para achar qualquer coisa estranha? A verdade é que estar com esses dois homens incríveis faz com que me sinta mais completa do que jamais estive na vida inteira. Não é surreal?

Enquanto esses pensamentos passam pela minha mente, os homens trocam mensagens sem palavras que não posso sequer fingir entender. Parecem adolescentes safadinhos. Prefiro deixar que tenham seu momento.

– Como foi lá? – Leo pergunta a Jeremy.

– Ótimo, mas não aguento esperar. O momento me parece perfeito, já que estamos juntos.

Depois de outra troca de olhares e silêncios significativos, Leo faz que sim.

– Querem que eu saia, para os dois conversarem em particular? – pergunto. – Acho que estou atrapalhando.

– Sábias palavras, querida – Jeremy responde.

– Mas não há razão alguma para sair. Você está exatamente onde deveria estar – Leo completa.

Estou visivelmente confusa.

– Bem no meio de nós dois – Leo explica.

Jeremy tira uma caixa da sacola que trouxe, passa para Leo e diz:

– Pode fazer as honras, amigo. Sua ideia, minha execução.

Não tenho a menor ideia do que estão aprontando.

– Queremos dar a você um presente de Natal conjunto, Alexandra.

Um presente que demonstra quem você é e o que representa para nós dois.

Leo me entrega a caixa lindamente embrulhada.

– Escolhemos isto.

Estou profundamente embaraçada, por não ter como retribuir.

– Oh, não, por favor, não tenho...

Assim que começo a me desculpar, os dois colocam ao mesmo tempo o dedo indicador sobre os meus lábios, pedindo silêncio. Explodimos todos em uma bela risada.

– Céus, que posso fazer?

– Absolutamente nada – Jeremy sorri. – Portanto, nada de desculpas. Estar aqui conosco é presente suficiente para nós. Portanto, abra o embrulho, por favor.

Ao desembrulhar cuidadosamente o pacote, encontro o mais belo cordão trançado em couro preto, com três grandes placas redondas penduradas, uma em ouro branco, uma em ouro amarelo e uma em ouro rosa. É maravilhoso. Em cada círculo há uma palavra gravada.

Passado. Presente. Futuro.

Meus olhos de imediato enchem-se de lágrimas. Estou tomada pela emoção. Jeremy e Leo trocam acenos. Sabem que tocaram o ponto que pretendiam e esperam que eu me recomponha.

Agora possuo duas joias preciosas que refletem tudo em mim: o bracelete e o cordão. Eles simbolizam nosso compromisso mútuo em todas as épocas, de todas as maneiras distintas. Não sinto necessidade nem desejo de ter um anel no dedo. Já estou completa.

– É mais do que perfeito, obrigada – digo, com um abraço comovido em cada um.

Quando me curvo para receber o cordão, que Jeremy está ansioso para prender no meu pescoço, encontro o olhar de Leo. Entendo que as minhas experiências durante o transe, não sei se físicas ou espirituais, também foram de algum modo vivenciadas por eles. Nossa conversa interrompida perdeu a importância. O cordão simboliza perfeitamente a interligação das nossas vidas.

Ao sentir o peso da joia e a maciez de sua textura em contato com a pele, pego o primeiro círculo e passo o dedo pela palavra gravada. Encontro então, no verso, outro símbolo: a letra "C". O segundo e o terceiro círculos também estão marcados, um com um "E" e o outro com um "S".

– Três letras? "C E S"?

Olho para Jeremy e depois para Leo. Os risinhos se transformam em sorrisos abertos, enquanto eles esperam que eu adivinhe.

– Ciência?

Jeremy faz que sim.

– Espiritualidade?

Leo concorda.

Abano a cabeça, percebendo que eles sabem mais do que admitem, sobre o meu transe com o pajé, o alinhamento das estrelas, e, finalmente, sobre nossos destinos entrelaçados.

– Sexualidade? – pergunto hesitante, sabendo a resposta.

– É você quem diz, querida.

Depois de novas risadas, eles me informam que preciso me vestir e descer para a sala. Saem juntos, de braços dados, como irmãos e grandes amigos, discutindo as maravilhas de um mundo integrado.

Ao me levantar da cama, dou uma olhada no jornal que Leo trouxe com o chocolate quente. Está dobrado em determinada página, e noto que data de duas semanas atrás.

> *As pessoas que estavam perto da Linha do Equador tiveram o privilégio de observar um raro espetáculo celeste, quando Vênus foi eclipsada pela lua crescente. O fenômeno pôde ser mais bem observado no norte do Brasil, onde a Lua ficou entre Vênus e a Terra, no céu crepuscular. Tal acontecimento ocorre somente com séculos de intervalo, e os astrônomos acreditam ter sido o alinhamento da última noite o mais perfeito já registrado.*

Respiro fundo, absorvendo o que acabo de ler. Absolutamente inacreditável! Então as estrelas se alinharam!

Prometo a mim mesma jamais dizer "nunca".

***

Há semanas não me sentia tão bem. Depois de me tornar mais apresentável – de cabelos secos e penteados, usando calças pretas, uma blusa vermelha decotada, que mostra o meu maravilhoso cordão novo, e um xale de caxemira sobre os ombros, saio do quarto e desço a escada.

Paro de repente, ao descobrir que reconheço cada rosto no grupo que me espera. Quantas surpresas ainda me reservam? Permaneço imóvel, cheia de amor pela minha família e pelas pessoas queridas que me olham carinhosamente. Jeremy se aproxima e me guia pelos degraus que restam, para me juntar à feliz comemoração.

Leo convidou meus pais e as famílias do meu irmão e da minha irmã. Assim, os sobrinhos estão todos aqui. Não admira que Elizabeth e Jordan tenham sumido desde que chegaram. Devem estar no sétimo céu! Abraço cada um como se não os visse há décadas. Depois de tudo o que passei, é assim que sinto.

Os pais de Jeremy também vieram. Esses realmente não vejo há décadas. Eles me abraçam, sabendo que estou voltando a fazer parte da família. Sou apresentada aos pais de Leo e Adam, tão agradáveis e generosos quanto os filhos. O olhar satisfeito que dirigem a Adam e Robert reforça a ideia de que os últimos acontecimentos das nossas vidas, por mais difíceis que tenham sido alguns trechos da jornada, realmente tinham de existir.

Quando as pessoas se afastam um pouco, mal posso acreditar em quem também está aqui: Josef! Corro para abraçá-lo, feliz por ver que está vivo. Depois de ser apresentada a Nikita, sua mulher, uma bela versão feminina do marido, aproveito para agradecer mais uma vez a minha salvação. Neste momento, Martin aparece na companhia de uma mulher que só pode ser Salina – outra deliciosa surpresa. Ao passar o braço pela cintura de dela, Martin responde à minha pergunta silenciosa. Cumprimento os dois, profundamente grata por tudo que tiveram que passar por nossa causa.

Quanta gente maravilhosa! Estou emocionadíssima pelo inesperado presente que é passarmos o Natal juntos. Brincando distraidamente com o meu novo cordão, vou procurar Leo e agradecer mais uma vez por tudo que fez para oferecer a todos a oportunidade de estarmos reunidos. Existem coisas que o dinheiro não compra, mas devo admitir que, em momentos como este, tem suas vantagens.

Nosso jantar de véspera de Natal não se parece com coisa alguma que eu tenha experimentado. Família, amigos, vida antiga, vida nova, integrados, todos juntos para um farto banquete. E mais: não precisei levantar um dedinho sequer; nada de listas, compras, cozinha nem limpeza. Absolutamente impossível na minha vida anterior. Muito estranho.

Eu converso, como, rio, choro. Jamais senti ou recebi amor com tanta intensidade. Meu coração transborda. Minha vida nunca foi tão completa. Não tenho mais medo; somente esperanças sinceras no futuro.

Com votos de doces sonhos, acomodo as crianças na cama, consciente de que não adianta querer acalmar sua excitação. A véspera de Natal representa uma noite mágica para eles. Como é bom dizer apenas boa noite, em vez de adeus, a todo os que estão aqui, já que passaremos a próxima semana inteirinha juntos!

Quando Jeremy e eu afinal nos retiramos para a nossa suíte, estou absolutamente exausta e feliz, e digo isso enquanto recebo seu beijo. Sou capaz de jurar que adormeço antes mesmo que a minha cabeça toque o travesseiro.

***

Acordo cedo, na manhã de Natal, e me demoro a observar Jeremy adormecido perto de mim. Afasto cuidadosamente o cabelo que cai sobre seus olhos e admiro sua beleza, agradecendo às minhas estrelas da sorte o fato de ele ser meu e de estarmos finalmente juntos. Ao abrir os olhos, ele me pega em flagrante, e um lindo sorriso escapa de seus lábios.

Isso me deixa imediatamente "no clima". Ele é mais delicado comigo do que nunca: acaricia meu corpo com sensualidade e me trata como se eu fosse alguma exótica deusa mística. Eu faço o mesmo. Nosso amor é intenso, sincero e belo, o encontro de duas almas predestinadas. Que maneira de acordar de manhã!

– Isso é melhor do que qualquer presente que pudesse estar embaixo da árvore de Natal.

– Também acho, querida.

Ficamos deitados, lado a lado, de frente um para o outro, maravilhados.

– Ainda bem, porque acho que não tenho um presente de verdade para você, Jeremy.

Ele me olha com um risinho malicioso.

– O que foi?

– Na verdade, você tem.

– Não tenho, não.

Oh, céus, ele está obviamente animado pensando em alguma coisa.

– Eu me sinto péssima por não ter providenciado. Deveria ter pedido a Leo ou às crianças. Minha cabeça simplesmente não anda...

Ele se estica e pega embaixo da cama alguma coisa que entrega para mim. Balanço a cabeça.

– Nem pensar! Não abro mais embrulho nenhum enquanto não tiver alguma coisa para lhe dar.

– Especialmente hoje, você não pode recusar nada. E garanto que o presente é tanto para mim como para você. Talvez mais para mim.

Olho para ele, em dúvida, e abano a cabeça.

– Não, não é direito. Abro mais tarde, quando estivermos quites.

– Alexa, é sério. Realmente quero que abra agora.

Continuo fazendo que não.

– Como pode ser tão teimosa em pleno dia de Natal? Está muito errado!

Ele monta sobre o meu corpo, de maneira que fico presa embaixo dele.

– Ótimo. Não vou deixar você sair desta cama enquanto não abrir.

– Pretende mesmo recorrer à força física toda vez que eu me recusar a fazer alguma coisa que você queira?

– Se for preciso, querida – ele responde maliciosamente.

Jeremy muda de tom, ao continuar.

– Sério. Eu gostaria realmente que abrisse. Para mim, isso significa tudo e mais um pouco.

Ele me liberta e deita-se ao meu lado, sustentando a cabeça com o braço.

– Abra, por favor. Por mim. Por nós.

O tom sério do pedido tem a estranha capacidade de me desarmar.

– Está bem, então. Mas, por favor, não faça essa cara de infeliz.

Olho para a caixa com suspeita, tendo em vista que parece uma versão menor daquela na qual veio o cordão, e desamarro a fita.

A expressão de Jeremy muda imediatamente para uma excitação nervosa contagiante, mas guarda certa seriedade, e eu me pergunto o que ele pode ter aprontado desta vez. A caixa é leve, e nada faz barulho dentro dela. Ao abrir a tampa, acho um quadradinho de papel branco e brilhante.

– O que é isto?

– Vire o outro lado.

Sou capaz de jurar que ele prende o fôlego, enquanto eu cumpro suas instruções e descubro uma espécie de fotografia.

Fico paralisada. Até meu coração para de bater. O de Jeremy também, tenho certeza.

Oh, meu Deus!

– Sério?

Ele faz que sim.

– Não pode ser, pode? Quando? Como?

– Não só pode ser como é, querida. Está feliz?

Ele aguarda ansioso a minha resposta.

– Gêmeos?

– Nossos gêmeos!

Epílogo

É maravilhoso estar de volta ao lar por algumas semanas, longe do frio de Boston. Felizmente, Jeremy entendeu como é importante para mim que os gêmeos tenham raízes australianas. Tanta coisa aconteceu neste último ano... Talvez a mais importante seja o meu sangue não carregar mais nenhum alelo especial. Não existe razão científica para tal, a não ser, possivelmente a transfusão que recebi no hospital, mas agradeço que o meu sangue AB seja normal, como o de qualquer outra pessoa. Jeremy providenciou para que o sangue do cordão umbilical dos gêmeos, contendo as células-tronco, fosse armazenado em instalações secretas. Acredito plenamente que essas células carregam os poderes curativos da próxima geração, agora que não mais existem no meu sangue. Prometemos um ao outro não conduzir pesquisas sobre o assunto até que chegue o momento. Assim, teremos tempo para nos concentrarmos simplesmente em amá-los e acompanhar seu desenvolvimento.

A equipe de Jeremy continua a trabalhar em uma forma radical de possibilitar às pessoas deprimidas uma vida melhor, com base nos resultados do meu "experimento" com ele – que agora parece ter acontecido há uma eternidade. Já se notam muitos progressos. A companhia alemã com a qual eles trabalham em parceria está para lançar um programa piloto que combina uma nova droga a teorias de terapia comportamental para adultos, de cujo desenvolvimento tive a satisfação de participar. Só o tempo dirá, mas nunca vi Jeremy tão empenhado e entusiasmado com a vida como neste último ano. Isso me alegra. Meu amor por ele cresce a cada dia.

Nos próximos anos, Jeremy e eu trabalharemos com Leo na transformação de suas propriedades Avalon em centros de excelência para a integração da Ciência, da sexualidade e da espiritualidade – para nós três um trabalho excepcionalmente instigante e que, em resumo, é a razão da nossa existência. Os recursos obtidos com os *resorts* serão usados para financiar os projetos filantrópicos de Leo em benefício dos menos favorecidos.

Elizabeth e Jordan estão adorando este dia. Muito elegantes, de roupa nova, admiram encantados os novos bebês, o irmãozinho e a irmãzinha. Depois de navegar ao longo da costa, desde Hobart, chegamos à baía de Peppermint, junto às águas brilhantes do rio Derwent, para o batizado dos gêmeos.

Jeremy carrega nossa linda garotinha, Caitlin Eve, enquanto eu levo nos braços o tranquilo Leroy Josef, cujo sorriso, igual ao do pai, não desaparece do rosto desde que ele chegou em segurança a este mundo. Leo, o padrinho dos gêmeos, a quem não víamos há mais de um mês, acaba de chegar. Veio de helicóptero, na companhia de uma mulher de aparência exótica. Simplesmente deslumbrante, ela parece descendente de índios americanos. Ele e minha irmã, a madrinha dos gêmeos, colocam-se entre Jeremy e eu. A cerimônia começa, e reconhecemos que os pequeninos são uma milagrosa extensão de nossas almas – filhos do destino.

***

Na hora do almoço, aproximo-me discretamente de Leo, que está de excelente humor e muito honrado por ter sido convidado para padrinho. (Como se pudéssemos convidar qualquer outra pessoa!) Estou ansiosa para saber quem é a nova mulher, Mahria, na vida dele.

– É tão bom ver você com alguém! Como se conheceram?

– Digamos que nossos caminhos se cruzaram quando tinha de ser.

Ainda bem que já me acostumei a sua abordagem filosófica e misteriosa da vida.

– É uma ligação forte? – pergunto, enquanto observo Mahria.

Ao olhar novamente para Leo e dar com aqueles olhos tão brilhantes, sou imediatamente arrebatada pelas lembranças do meu transe no

Brasil... Um círculo formado por 13 mulheres... Enquanto volto ao aqui e agora, sinto e entendo o amor incondicional que experimentei naquele ambiente semelhante a um útero, onde eu era parte de algo maior, de uma conexão ainda não estabelecida.

– Quantas propriedades Avalon pretende manter, Leo?

– Serão 13 – ele responde, com um sorriso cúmplice.

Oh, céus! É a realidade.

– Não sou a única, sou?

Minha voz não passa de um sussurro.

– Digamos apenas, Alexandra, que essa é outra história.

Agradecimentos

Harper Collins Australia. Todos vocês foram absolutamente inacreditáveis, atingindo altos níveis de eficiência e suporte. Agradecimentos especiais a Anna, Shona, Rochelle, Melanie, Kate, Graeme e Stephanie: três livros publicados em sete meses. Quem poderia imaginar?

Harper Collins UK. Amy Winchester, Kate Bradley e Sarah Ritherdon, muito obrigada pelo apoio e pela excelente promoção da trilogia de Avalon.

Selwa Anthony, minha agente, obrigada por transformar este sonho imprevisível em realidade, guiando-me durante sua realização.

Minha maravilhosa família e amigos, que me ampararam enquanto a minha cabeça estava em outro mundo pelos últimos seis meses (no mínimo). Vocês são tudo para mim.

Meu marido. Uau!

Meus filhos. Ainda que estejam realmente orgulhosos por mamãe ser agora uma escritora, só poderão ler estes livros quando tiverem no mínimo 18 anos!

Todos os meus leitores. Agradeço em especial àqueles que enviaram mensagens de agradecimento e me incentivaram a continuar escrevendo. Vocês abriram um caminho fantástico, divertido e surpreendente na minha vida. Obrigada!

Tassie. Nada disso teria acontecido sem você.